L'INVENTION DES CORPS

DU MÊME AUTEUR

REQUIEM POUR LOLA ROUGE (prix de la Vocation 2011), Grasset, 2010.

LA VIE QU'ON VOULAIT, Grasset, 2013.

EROICA, Grasset, 2015 ; Babel n° 1525.

L'INVENTION DES CORPS (prix de Flore 2017), Actes Sud, 2017 ; Babel n° 1617.

L'auteur remercie l'Institut français
et les Correspondances de Manosque.

Aux pages 235-236, on lira un extrait de *TAZ. Zone autonome temporaire*,
de Hakim Bey, traduit par Christine Tréguier
et publié en 1997 aux éditions L'Éclat.

ISBN 978-2-330-11994-2

PIERRE DUCROZET

L'INVENTION DES CORPS

roman

BABEL

À Julieta,
qui me donne les clefs, et le reste,
à mes parents,
à mon frère.

Ier MOUVEMENT

Il n'y a rien ici ou presque mais il faut pourtant en dire quelque chose. Des baraques seules sous un ciel bas, des chemins qui serpentent vers des amas de pierres. La terre a été pelée par des siècles de soleil. Les gestes ont un temps de retard sur les choses. Les fils électriques s'entortillent autour d'une *taquería* aux relents de porc grillé. Au loin, sur les collines, des plantations de pavot et de marijuana, un village qui porte un nom. Les mots qui pouvaient reformuler le réel se sont englués le long des parois en chaux.

L'un des chemins monte vers l'école normale Isidro Burgos, seule possibilité pour les gosses des montagnes alentour de sortir leurs mains de la terre.

Ayotzinapa, État du Guerrero, à six heures au sud de Mexico DF.

Álvaro est arrivé il y a un mois. Il a pris le bus de la gare routière de Mexico jusqu'à Chilpancingo, puis un mini-camion collectif l'a amené jusqu'ici, le long de ces lacets qu'on ne peut pas emprunter la nuit. Il a marché à pas lents jusqu'à l'école aux murs peints en rouge et noir, il a dépassé les portraits de Zapata et du Che, l'étrange sculpture au centre du patio, est entré dans le hall. Il a parlé un moment avec le directeur et le personnel de l'école, puis il est redescendu au village chercher une chambre au mois. Un couple d'artisans lui a proposé, pour 1 400 pesos, une piaule au fond de la cour avec eau chaude et wifi, il a dit oui. Quatre jours plus tard, le 30 août, il a commencé à donner des cours d'informatique aux premiers arrivés des villages avoisinants. Álvaro a vu entrer dans la salle au fond de la cour la silhouette trapue d'Aldo Gutiérrez, celles plus fluettes de Jorge Aníbal Mendoza et du Chilango, des gars de dix-huit, dix-neuf ans, aux mains rêches, au regard lointain, des taiseux qui aiment la tequila, le foot et danser la cumbia avec les filles. Ils en ont laissé une quelque part d'ailleurs, avec un enfant pour certains. Álvaro leur apprend à se servir des cinq ordinateurs qu'il a réussi à obtenir, il leur donne des notions de mise en page, leur explique l'architecture d'une machine, un peu de code basique et de navigation sur le web, mais ça ils savent déjà à peu près. Le soir, avant de rentrer, il boit parfois une bière avec ceux qui traînent là. El Cochiloco, notamment, dont la main droite s'élève en silence. Il a un visage rond et un cou puissant de cheval. Álvaro l'aime bien. Il est doué. Il partage avec lui une rage froide et sans nom. Ils échangent quelques mots, écoutent le souffle de leurs cigarettes relâché dans le noir encore chaud, puis Álvaro repart vers le centre d'Ayotzinapa.

El Cochiloco est l'un des cent quarante élèves de deuxième année. Il est né là-haut dans l'État du Guerrero, avec comme seule perspective le sol sec et les pierres. Il a réussi le concours d'entrée, après tout prof c'était mieux que de se cramer les mains ou de s'user la vie sur les chantiers à la ville. Il est devenu l'un des leaders de l'école, on le suit à l'instinct. Les cours viennent de commencer, les élèves ont passé trois semaines à trimer, bizutage de début d'année, voir qui tient et qui tient pas. L'école normale est un privilège, il faut se montrer à la hauteur. Après, on commence à leur enseigner la critique du pouvoir politique et l'histoire des guérillas. C'est une terre de révolte, par ailleurs rongée par le narcotrafic et par la corruption, comme le pays tout entier. Chaque élève lit les œuvres de Marx, de Kropotkine, les écrits du Che et refait le parcours de Simón Bolívar. El Cochiloco, lui, préfère Augusto Sandino, le révolutionnaire qui libéra le Nicaragua avant d'être assassiné par le dictateur Somoza, dit *el Vampiro*.

Álvaro se sent proche d'eux même s'il n'est pas des leurs. Il est né à Mexico, dans le quartier de la Condesa, un autre monde, rues tranquilles à l'ombre des jacarandas centenaires. Mais toujours là-bas ses gestes l'ont fait se sentir à part. L'obséquiosité et l'indolence de ses compatriotes l'exaspèrent. Il a la peau obscure, d'un noir caramel, comme sa mère, qui a fui Cuba en 1979, il a les yeux verts de son père. Il marche raide dans les rues et on le voit passer. Il a toujours été plus grand que ses camarades, plus élancé, plus sauvage aussi que ces enfants de la bourgeoisie mexicaine, à laquelle ses parents avaient fugacement appartenu. Ces derniers avaient malgré tout eu le temps, avant de perdre leur prestige et la grâce qu'ils avaient à vingt-cinq ans, d'acheter une petite maison rue Yautepec où ils vivent encore. Le passage des jours les a tassés. Le père d'Álvaro enseigne toujours l'anthropologie à l'Université autonome de Mexico, mais il ne lustre plus sa moustache ni ses mocassins. Personne n'ayant jamais réagi à ses traits d'esprit, il a fini par se taire. Sa mère, elle, rit toujours, mais chaque fois plus près du sol.

Enfant, Álvaro rêve mer d'Acapulco, royaumes perdus dans les Andes, il veut les pirates de la mer de Chine et les chevaux sauvages de Mongolie. Mais vite quelque chose tourne mal. Les murs de l'école sentent fort l'amiante, et rien devant lui n'évoque les splendeurs de la cour impériale ou la jungle bruissante d'Angkor. Il défonce les plus grands que lui au premier regard. On ne l'approche plus du coup, ni garçons ni filles, on a capté. Il est pourtant pas plus pauvre qu'un autre, c'est pas une question de godasses. Le problème c'est tout ce qu'il a devant lui. Il hait le trou abject où on l'a laissé pousser comme une mauvaise herbe. C'est une splendeur pourtant ce garçon à la peau sombre qui marche d'un pas délié, ses longues mains le long du corps. Mais ça bout là-dedans à des températures qu'il faudrait pas. L'embrouille, c'est tout ce qu'il a devant lui. Ici on appelle ça Mexique, mais ça pourrait être le Mozambique ou la Bolivie ce serait pareil. Álvaro se lève tôt et va fumer de l'herbe pure à l'angle du Parque España avant de traîner son jean à l'école d'à côté. Il y a ces filles qui tournent autour de lui, éclat de sa silhouette, fermeté des muscles et les filles qui sont là mais il ne les voit pas, il a quatorze ans et il traverse les choses et les gens, déjà il regarde entre les plis pour voir s'il y a une brèche, un espace où se glisser et se perdre. Il y a une fille quand même qui lui plaît, celle qui ricane un peu moins que ses copines et s'habille en punk mais sans plus. Ils se croisent devant l'école. Ils parlent de musique, de groupes new-yorkais et du film *Y tu mamá también* qui vient de sortir et qu'ils ont aimé, enfin surtout elle. Peu après, il pose sa main sur son bras et c'est pas délicat, il sait pas faire autrement. Au début elle aime pas. Elle voulait pourtant. Ils semblaient se comprendre. Ils étaient allés marcher dans le centre, lui il souriait pas mais il voulait bien. Ils s'embrassent finalement. C'est pas glorieux mais elle s'y fait. Ça réveille en elle quelque chose d'antérieur au désir, un truc brut et compact comme la peur, et c'est bon. Un soir ils se retrouvent chez elle, sans personne. Elle lui enlève son jean et il passe ses mains sur ses fesses. Il la serre fort contre lui et elle se cabre. Il jouit aussi dans son lit d'adolescente. Puis tout redevient noir et le jour d'après plus rien. Ils se revoient à l'école. Il a pas envie d'aller conter fleurette dans les parcs comme le font les autres morveux de leur âge. Ils se frottent malgré tout encore. Ça devrait suffire ; ça suffit pas.

Son père lui offre un jour un vieux PC qu'il a récupéré à la fac. Tu pourras jouer comme ça. Jouer l'emmerde, il bidouille. La grosse boîte et l'écran sont des champs de bataille. En deux mois il en connaît la structure complète, qu'il déconstruit. Il installe Linux et plonge dans les profondeurs d'Internet. Un monde s'ouvre sous ses pieds.

Il ne va presque plus à l'école. Il falsifie les réponses de ses parents aux mots des professeurs, certifiant qu'il est malade et qu'il a besoin de repos. Il découvre enfin quelque chose à la hauteur de la rage qui bat en lui : le monde radical des hackers, dernier repaire de pirates. Le XXIe siècle s'invente là, dans cet espace sans limites.

Il maîtrise de mieux en mieux la programmation informatique, bâtit d'immenses architectures.

Il reste des nuits entières fasciné par ce puits sans fond devant lui, suites infinies de 0 et de 1, câbles jaunes rouges bleus, agglomérats d'aluminium, d'âme en cuivre, de silicone et de tresse isolante dans lesquels coule toute l'information du monde ; il se glisse dedans et gicle comme un fluide sur les autoroutes souterraines.

Le soir, ses nerfs se heurtent frontalement à la léthargie de son père et à l'hystérie de sa mère. Ce qu'il voit dans ce salon humide, ce sont deux petits fonctionnaires de la culture au service du savoir et de la sagesse (dont ils ignorent tout), qui pensent encore que les seuls noms de Buñuel et d'Octavio Paz vous sauvent de quoi que ce soit. Ce qui sauve, c'est de savoir utiliser Buñuel et Octavio Paz pour changer sa vie – en tant que tels, ils ne signifient rien de plus qu'une truie ou qu'un boyau.

Dès qu'il peut, après quelques années difficiles à l'école, Álvaro part vivre seul avec l'argent gagné dans les bars du quartier de la Roma. Mais quelque chose en lui dépasse, que ni les marches hystériques dans la ville ni les tonneaux d'alcool ne parviennent à apaiser.

Il descend chaque nuit davantage dans les étranges réserves de mammifères marins du Net. Il rôde principalement sur le forum 4chan, d'où émerge alors un semblant de communauté qui n'en est pas une, et qu'on appelle vite les Anonymous. Álvaro participe, en février 2008, à la grande offensive contre l'Église de scientologie. Les geeks et les trolls, portés par un éclat de rire noir, sortent pour la première fois dans la rue, comme les militants politiques dont ils haïssent pourtant la *bonne volonté*, se réunissant sur des places du monde entier, à New York, Berlin,

Tokyo, Brighton et Mexico, où deux mille personnes, dont Álvaro, se tiennent longtemps debout dans la fraîcheur de l'Alameda Central, un masque de Guy Fawkes sur le visage. Ces milliers de sourires effrayants et frondeurs viennent et reviennent sur les écrans dans une répétition envoûtante. Álvaro participe ensuite au pilonnage de la scientologie, envois de commandes non payées, harcèlement téléphonique, intimidations variées, pour essayer d'user la résistance réputée infinie de ces *manipulateurs d'âmes faibles*. Il poursuit ses errances dans les sous-mondes. Ses potes de l'université, où il ne se rend plus, l'appellent parfois pour aller prendre un verre à une des terrasses de la Roma mais Álvaro ne vient pas, les rues de Mexico envahies par les eucalyptus et les belombras ne l'intéressent plus.

Il discute un soir, sur 4chan, avec un certain BamX. Ils s'y sont déjà croisés plusieurs fois, le type n'a pas l'air beaucoup plus fêlé que les autres. On peut se voir ? J'ai un truc à te proposer. Non, écrit Álvaro, qui a d'autres choses à foutre. Le type insiste. C'est pas des craques. Un boulot, un vrai truc. On peut pas en parler ici. Où tu veux, je paie la bière. OK, il dit OK. Et c'est un grand légume à Nike blanches qui vient s'asseoir sur la chaise en bois en face d'Álvaro deux jours plus tard dans un bar bruyant du centre, le Salón Corona. Après les maigres politesses d'usage :

— Je travaille en ce moment pour López Obrador, le candidat du Partido de la Revolución Democrática. Son équipe média a été informée – va savoir comment, ce sont des branques – qu'Andrés Sepulveda (tu dois le connaître, le type a l'habitude de hacker les élections dans toute l'Amérique latine) bosse pour le Partido Revolucionario Institucional et leur candidat Enrique Peña Nieto. On ne sait pas exactement ce que son équipe a fait, mais en gros ils manipulent les réseaux sociaux en créant des milliers de faux profils pour faire monter les articles et tout ce qui concerne leur candidat à la présidence.

— Pas compliqué.

— Ouais. C'est pour ça qu'on va faire la même chose.

Álvaro a regardé le visage en fer à repasser du type.

— Ça me semble une bonne idée. Mais comptez pas sur moi, je bosse pas pour les partis.

— Moi aussi j'avais dit ça.

Il y a eu une autre bière ambrée, et puis Álvaro a redescendu la rue Ignacio Allende jusqu'à chez lui.

Une semaine plus tard, devant le deuxième refus de son chèque par le proprio de son appart pour insolvabilité, il envoie un message à BamX.

Álvaro met en place, en quatre jours, un système équivalent de faux profils sur Twitter et Facebook qu'il bourre de liens vers des sites d'infos et des articles sur López Obrador (souvent créés eux aussi de toutes pièces). Il ne s'en tient pas là et lance une armée de trolls aux trousses du parti adverse, le PRI, saturant leurs serveurs, soulevant des scandales passés, détruisant leur stratégie de communication. Il s'infiltre par ailleurs dans leur système interne avec une affolante facilité, ravageant la moitié de leurs contacts et de leurs archives.

— C'est qui ce p'tit génie ? demande le candidat López Obrador à son assistant, qui lui répond.

Mais la bande de Sepulveda, qui a déjà trafiqué des élections en Colombie, au Nicaragua, Panama, Venezuela, Guatemala, Costa Rica, Honduras et au Salvador, est forte d'une dizaine d'hommes, qui contre-attaquent. Álvaro aurait besoin de renforts, mais López Obrador refuse, tu t'en sors à merveille continue. Il travaille une semaine jour et nuit pour tenter de renverser la vapeur, mais quand il se réveille ce matin-là, épuisé devant son café au lait, dégoûté par ses propres mains capables de se livrer à de si viles manœuvres, il se lève, appelle BamX et lui dit j'me casse, vous vous démerdez. Vingt jours plus tard, le 1er juillet 2012, le candidat du PRI, Peña Nieto, remporte l'élection présidentielle, levant les bras devant la foule réunie sur le Zócalo, sourire huileux et mèche blanche impeccable.

Usé par la torpeur de la ville infiniment déroulée sous lui, Álvaro se tire. Il se sent coupable de n'avoir jamais rien tenté, ne serait-ce qu'un geste ou un mot, contre la glaise qui enlise son pays, ce mélange boueux de corruption et d'indifférence, de violence et d'effroi, et, doublement coupable sans doute d'avoir, en un sens, lui-même participé à son érosion éthique, comme tous, il offre ses services à différentes écoles normales du Mexique, héritières des préceptes de Zapata et de la Révolution de 1910 dans leur volonté d'offrir aux fils de paysans un savoir et un avenir. L'école d'Oaxaca lui dit oui, il part en septembre.

Il se sent bien et seul dans cette ville aux murs peints en bleu smalt et indigo, en vert pin, où l'art de vivre prend le doux nom de *mezcal blanco* ou *reposado*, plus ou moins fruité ou fumé, qu'il boit chaque soir, derrière l'église de Santo Domingo, au comptoir de la *mezcalería* Los Amantes, devant les cornes empaillées, les cruches transparentes et les bouteilles baignées de lumière turquoise. Les élèves sont enthousiastes, conscients de leur chance de pouvoir apprendre gratuitement les principes révolutionnaires et la syntaxe castillane. Álvaro passe une année là, rentre avec bonheur à la capitale, où la vitesse, les amis et les filles l'extirpent un temps de son indolence.

Mais quelque chose ne va pas, n'est jamais allé. Il n'est pas là où est son corps, et les gens le sentent, ils s'éloignent, ils ne savent pas comment s'y prendre. Il ne coïncide pas avec les lieux ni avec les gens. Il ne sait pas comment le décrire, mais c'est une histoire de rage, de puissance, c'est une histoire de nerfs. Quand les nerfs partout se hérissent et se tendent comme des cordes on se détache de soi-même, on veut en sortir, et c'est ce qu'il sent tout le jour.

Le 12 août 2014, alors qu'il n'est pas sorti depuis quatre-vingt-dix heures, tout occupé à perfectionner le programme SQL, un appel du ministère de l'Éducation le réveille. On lui propose le même poste de professeur, à partir de la fin du mois, à l'école normale d'Ayotzinapa, dans l'état du Guerrero. Il a très soif tout à coup, il dit oui pour mettre fin à la conversation. En appuyant sur le rond central de son téléphone, courant dans les escaliers pour aller acheter un Sprite à l'épicerie d'en bas, il regrette déjà sa décision.

— Tu vas venir, toi, demande el Cochiloco.

— Où, dit Álvaro.

— À Mexico, pour la manif.

— Oui, je viens.

Álvaro tire sur sa clope qui brûle un instant dans l'air.

— Bien. Pour y aller tous, il faut qu'on ait plus de bus, deux ou trois en plus du nôtre. Ici ça se passe comme ça : on va à la gare, on monte dans un de ceux qui sont garés, on dit au chauffeur qu'on prend le bus et lui avec et qu'on revient ici, les mecs disent oui, c'est une sorte d'accord qu'on a avec l'État et les compagnies de bus, comme ils peuvent pas nous en donner plus, on les réquisitionne.

Álvaro se souvient d'y être allé une fois déjà à cette manif. Tous les ans, le 2 octobre, place des Trois-Cultures à Mexico, les étudiants de Guadalajara, d'Oaxaca, de Veracruz et d'ailleurs se réunissent en hommage à leurs camarades fusillés en octobre 1968 par l'armée républicaine. Sur cette même place, Hernán Cortés et ses troupes avaient massacré les quarante mille derniers combattants aztèques le 13 août 1521, capturant leur chef Cuauhtémoc, avant de détruire entièrement la ville de Tenochtitlán et son fabuleux réseau de canaux et d'îlots pour y fonder Mexico, capitale du vice-royaume de Nouvelle Espagne.

Le soir, el Cochiloco explique aux étudiants de première année réunis autour de lui le programme du lendemain. On essaiera à la gare de Chilpancingo, et si ça marche pas on va à Iguala. Il nous faut ces bus. Les visages sont fermés autour de lui. Les gars n'ont jamais fait ça, mais ils savent. Rien n'est donné ici, et moins encore aux étudiants rouges, contraints comme tous de trouver une poche d'air entre les narcos d'un côté et l'armée de l'autre. On sait ça tout de suite, on naît le souffle court, le visage vers le sol. On a le regard fermé des grands. On n'a jamais été un enfant. On sort, on commence à marcher, et c'est plié déjà. C'est pas qu'on vous frappe, c'est pas nécessairement qu'on vous fasse trimer, c'est les choses qui pèsent sur vous comme une enclume. C'est l'air qui vous assèche le cœur. Les humiliations aussi, tout le temps, et puis l'assaut final, le couteau qui vous saigne.

Les gars sont crevés, ils vont dormir dans leur piaule.

Le lendemain, vendredi 25 septembre 2014, à l'heure où la colline d'en face se teinte d'orange, ils sont debout dans le patio et rentrent en classe. Après la journée de cours, espagnol et histoire, près de cent élèves se retrouvent devant les deux bus Estrella de Oro. Les première année doivent venir, c'est comme ça, aller chercher des bus fait partie de l'apprentissage. Daniel n'a pas envie, il est tard et il fera bientôt nuit, sa mère est passée ce matin par surprise le voir, ça a remué des choses en lui. Il monte quand même dans le bus avec les autres. Álvaro s'assoit au fond.

— On tient pas tous, les gars, dit el Cochiloco, alors vous, vous prenez le *colectivo* jusqu'à Chilpancingo et on se retrouve à la gare.

Le chauffeur, qui vit à l'année avec les étudiants, embarque la grande masse rouge sur les premiers lacets. Ça rigole dans les travées, el Chilango s'avance pour mettre Enrique Iglesias à fond, les autres dansent, on se balance des vannes. Certains ne dansent pas, comme el Cochiloco qui fixe les flancs asséchés de la colline. Álvaro, lui, est dans le pli. Il cherche quelque chose. Toujours il cherche dans le pli des images, derrière ce flou qui persiste sur la cornée à force de fixer les objets et les gens, quelque chose qui pourrait expliquer pourquoi, comment. Il observe le paysage jusqu'à la buée sur l'œil pour s'approcher du mystère. A priori il trouve rien. Il rêve à des choses moins pelées, moins jaunes. Ce qu'il voit ne suffit toujours pas. Ça ne suffit à personne à vrai dire. Personne n'est prêt à crever pour un regard trop haut, pour une rue qu'on n'aurait pas dû prendre, pour votre mur défoncé à la kalachnikov parce que le voisin était narco chez les Zetas. Personne veut ça. El Cochiloco lui a expliqué trois jours plus tôt l'histoire de son village. Les militaires y avaient fait des descentes pendant toute son enfance, enlevant un dixième de ses habitants, qu'ils présumaient tous plus ou moins liés à un guérillero originaire d'ici. Sous la table où il s'abritait des tirs, el Cochiloco, sept ans, serrait les poings. Dans le bus aujourd'hui contre la vitre, il les serre toujours.

Le chauffeur s'arrête à Chilpancingo comme prévu, mais tous sentent vite qu'il ne vaut mieux pas rester là, quelque chose stagne dans l'air, des patrouilles zonent un peu partout, deux étudiants ont eu des emmerdes ici récemment.

— On attend les autres et on s'casse.

Álvaro descend avec la moitié d'entre eux au péage d'Iguala. Un bus passe, un autre, qui s'arrête. Ils montent. El Cochiloco dit au chauffeur qu'ils ont besoin du bus et le réquisitionnent, le gars dit OK, je laisse les passagers à la gare routière et je repars avec vous. El Cochiloco et Álvaro passent dans les rangs pour rassurer les passagers qui se sont raidis sur leurs sièges : on est juste des étudiants, et moi je suis leur professeur, on a besoin d'un bus pour aller à la manif du 2 octobre à Mexico, ne vous inquiétez pas. Le chauffeur entre dans la gare routière d'Iguala, se glisse entre deux autres bus, les passagers sortent vite, le chauffeur descend et dit aux étudiants qu'il revient. Du temps passe. Ils regardent le ballet des petites formes derrière la grande vitre avant. Álvaro s'avance pour ouvrir la porte, fermée. Il se tourne et voit passer une patrouille de flics sur l'avenue, une autre voiture rouge est stationnée à l'entrée de la gare sous le toit en tôle.

— Y a un truc pas normal, on appelle les autres.

Un coup de fil, on est enfermés dans le bus les gars, OK on arrive, et ils raccrochent. Le chauffeur revient finalement et leur dit que c'est pas possible, qu'en fait il peut pas leur laisser le bus.

— Ça veut dire quoi cette connerie ? T'avais dit que c'était bon.

— C'est plus bon, la compagnie veut pas.

— On fait toujours comme ça, tu sais bien.

— C'est non.

— On va prendre ceux-là alors.

Ils se séparent en deux groupes et montent dans un bus Estrella de Oro et un autre Costa Line qui viennent tout juste de se garer dans la cour terreuse de la gare, devant les échoppes de chips et les types à santiags aux regards de plaine. Álvaro monte avec el Cochiloco et une dizaine d'autres dans le bus Estrella de Oro. Le chauffeur dit OK, on y va, je vais à Ayotzinapa avec vous. Il fait marche arrière et sort par l'avenue Juan Álvarez. Álvaro le regarde. Le type n'appuie pas sur la pédale, il se laisse traîner le long des trottoirs.

— Avance putain tu fais quoi.

— J'me sens pas bien. Il me faut mes médicaments.

— J't'ai dit d'avancer bordel.

Les gestes commencent à être nerveux dedans. Le bus arrive aux abords de la place centrale d'Iguala, la musique dégouline des baffles mais comme en bout de course, c'est la fin d'un meeting peut-être ou d'une foire, la foule se disperse. Álvaro regarde les mouvements sur la place, une bousculade, comme un vent étrange. Des affiches sur le côté montrent les visages huileux du maire et de sa femme. Le bus contourne la place et s'engage dans la rue Francisco Madero quand un bruit fend le métal de la carrosserie. Les étudiants tournent la tête, dérapage d'une patrouille de police, puis d'une deuxième. Des masses en jaillissent et des flingues qui canardent le bus.

— C'est quoi ce bordel.

— Tous à terre ! crie el Cochiloco.

Ça dure quoi une minute de feu en règle, puis une pause, dans l'air une odeur de cramé. Les gars se lèvent.

— On est des putains d'étudiants arrêtez !

Sur la place les passants se dispersent bruyamment. Les rafales reprennent, ils se jettent à terre. Les balles explosent les vitres qui se brisent sur leur dos.

— On peut pas les gars, on sort d'ici, ils vont nous crever.

— Non.

Le chauffeur prend une balle dans l'épaule, une nouvelle patrouille dérape en renforts.

— OK on se rend.

Jorge, Daniel et Aldo s'avancent vers la porte du bus les bras en l'air en gueulant *Somos pinches estudiantes*, on n'a pas d'armes bordel arrêtez ! Nouvelle salve les gars se jettent à terre puis roulent sous les roues du bus, leurs tympans sifflent orage sur tête, ils sont de l'autre côté où un autre bus, celui de leurs camarades, s'est arrêté. Les étudiants en sortent, courent, cris, quoi ce bordel, devant les balles giclent, renfort de patrouilles, putain les gars nous mitraillent j'y crois pas. Ça continue, des étudiants s'avancent, mains levées encore arrêtez mais détonation ; Aldo tombe.

— Un gars à terre !

Du sang s'écoule de sa tête. Jorge s'avance et lui parle, pas de réponse.

— Une ambulance ! il crie, une putain d'ambulance !

Les rafales continuent, tous se réfugient entre les deux bus, Aldo Gutiérrez reste là, étendu sur le bitume, entre le premier bus et les patrouilles. Álvaro est accroupi, quand il passe la tête devant les roues, une balle le frôle.

— On se rend pas les gars, dit el Cochiloco, pendant que Jorge lance une des quatre pierres qu'il avait récupérées dans la gare routière.

— Mais on n'a rien !

Erick, un garçon frêle de deuxième année, commence à haleter. Il a les poumons en charpie suite à une opération il y a quelques mois.

— Je peux pas chais pas ce qui m'a –

— Tranquille, lui dit Álvaro. Assieds-toi là.

Erick suffoque.

— Une ambulance ! Il meurt là enfants de putain !

— Alors avancez-vous, les mains levées, lance une voix tout à coup nette de l'autre côté de l'avenue.

El Cochiloco passe la tête derrière le bus. Deux nouvelles voitures se sont garées, en sont sortis des types cagoulés.

— Si vous montrez vos visages oui, crie el Cochiloco.

Les flics enlèvent les cagoules, la flaque rouge sous la tête d'Aldo s'est agrandie.

— Levez les mains, dit Álvaro, on y va.

— Il faut une ambulance vite pour notre camarade à terre et pour lui, il peut plus respirer.

— Levez les mains plus haut d'abord, dit la voix.

— On n'a rien bordel, pas une arme, dix fois qu'on vous le crie.

Álvaro dit on se calme, les gars, on se calme. Il prend les commandes. Une vingtaine d'étudiants s'approchent, mains levées. Ils arrivent aux abords des patrouilles. Des flics les plaquent au sol. Une Rangers s'écrase sur les côtes d'Álvaro, une autre sur son cou. Puis une semelle sur sa gueule, et une voix :

— J'vais te crever.

Il ferme les yeux. Son cœur bat sur son front. Il parvient à se libérer de l'étreinte et à se retourner – il voit el Cochiloco qui se dresse et insulte les flics, l'un d'eux s'avance et le frappe à l'abdomen, puis lui explose le nez, el Cochiloco tombe dans un bruit mat. Des voix partout des cris, les gars tombent, Álvaro sent un truc s'écraser sur son cul, il hurle, puis on lui attrape les mains et du métal dessus. Menottes pour tous, on les relève, *venga rápido* ! et on jette Álvaro comme un sac à l'arrière d'une bagnole. Tout à coup tout est blanc dans le cerveau d'Álvaro, toute la fébrilité du jour s'est muée en détachement, il sait ce qu'il doit faire, et pour l'instant c'est rien. Il a peur et pas peur, il garde son souffle, il n'a pas mal, il sait qu'il faut être prêt à tout, et il est prêt depuis toujours pour ce moment-là. Des corps s'écrasent sur lui, ses jambes pendent dans le vide, quelqu'un les prend et les jette à l'avant, son genou se tord, on referme le coffre. Des cris, au loin, ça doit être les autres.

La voiture démarre.

— Vous dites un mot on vous flingue.

— *Chinga tu madre*, dit Jorge.

Álvaro parvient à tourner la tête, le flic sort son flingue, le place sur le crâne de Jorge et appuie. Détonation nette et sans suite, du silence comme un putain de fleuve noir. Álvaro en a plein la gueule. Rien, plus rien.

Ils roulent. Álvaro secoue la tête pour faire gicler le sang. La voiture accélère, dérape, monte. Elle pile tout à coup et les portes claquent. On ouvre le coffre dans des cris –

— *Hijos de la chingada!*

— Ils vous ont filmés ils vous retrouveront.

On les tire comme des bêtes par les pieds, le nez d'Álvaro se fracasse sur le bitume, on lui attrape une main et on le jette sur une surface en métal. Camion. Rester calme, malgré les muscles qui brûlent et le nez en sang. Un autre corps tombe sur lui. Un autre. Les têtes s'encastrent, il hurle et c'est une masse qui s'effondre au-dessus. Il sent un souffle épais et chaud dans son cou. Il parvient à s'extraire légèrement de la pression, mais un nouveau poids à côté de lui l'empêche d'en sortir entièrement. Álvaro reconnaît les voix. Encore des corps au-dessus et à côté, qui oppressent chaque fois plus sa poitrine encastrée contre le métal. La porte se referme. Noir partout à présent. Des corps à ras bord à l'arrière. Il entend les souffles, la cadence folle des souffles, il sent l'odeur de sueur et de sang, son cou craque sous le poids des autres. Le camion démarre. Álvaro part comme tous vers l'arrière, son crâne vient heurter une autre paroi en métal, puis, virage, Álvaro tombe sur le côté, la pile s'écroule, il avale l'air mais deux camarades retombent sur lui et l'enfoncent dans le métal. Il parvient à s'extraire de la tenaille à coups de reins et à se glisser vers l'extrémité, plus d'air peut-être là-bas. Ils doivent être quinze entassés comme ça. Le camion bringuebale, Álvaro essaie de retenir son souffle. Son cœur s'écrase comme un poing sur ces masses autour, lancé par l'effort et la peur, la proximité des autres, la douleur, mais il faut s'efforcer de respirer lentement, impossible, de penser à autre chose, de penser au blanc, partout, et surtout pas à ça, il faut garder de l'air. Il ferme les yeux, c'est noir tout autant mais c'est un autre espace, du noir pour lui seul. Halètements de chiens dans sa nuque et certains qui disent des choses, on fait quoi, j'peux pas bouger – calmez-vous les gars, dit Álvaro. Moins de cahots sur la route. Daniel respire fort à côté de lui. Arrête, arrête. Son épaule est ouverte et goutte sur un autre crâne. Álvaro ne peut rien faire, menotté comme tous. Son cœur le crame. Deux gars roulent sur le côté au virage à gauche, défonçant ses lombaires. Álvaro halète lui aussi pour faire rentrer un filet d'air dans sa poitrine, parfaitement bloquée par la tôle et la chair partout autour de lui. Ça dure. Il crie. Il se débat tout à coup pour libérer sa poitrine ; rien ne bouge. Il se lance à nouveau vers la rainure du camion, perpendiculaire, mais là-bas c'est pareil. Il sent les autres qui flanchent. Il faut tenir encore. Des clébards cherchant de l'air. Il pousse un grand coup sur ses hanches et parvient à se placer bouche en haut. Il voit les viandes. Certaines ne bougent plus. D'autres à peine. Les poitrines essaient de se soulever mais pas d'espace pour. Ses yeux se sont habitués au noir et commencent à voir. Il essaie de dire quelque chose, du calme, les gars, mais ça ne sort pas. Le camion tourne, on entend des voix devant. Une main tombe sur son ventre. Il a réussi à se placer entre deux piles, il n'y a plus qu'une masse qui appuie sur lui. Mais plus d'air et sa tête entre dans une zone plus noire encore, tout tourne dedans, et c'est plus grand-chose ce *tout*-là, c'est une dernière miette qui voltige, qui va tomber, il va s'évanouir, sans mots, sans bruit, il a le tournis sur le métal, un des gars, il reconnaît sa voix, gémit quelque chose, un autre bave, il sent que c'est noir déjà, il pose une main sur le sol, il sait qu'il faut tenir encore, mais il en peut plus, il est tout au bout de lui-même, peut plus soulever sa cage thoracique, plus rien qui rentre dedans. C'est fini. Le camion continue. Quelque chose tombe sur lui et il tombe avec.

C'est une percée dans le voile noir qui l'en extrait. Sa tête s'écrase dans la terre. Une odeur d'herbe mouillée et de racines lui fouette la gueule. Il se retourne et avale tout ce qu'il peut. L'air qui rentre décime tout. Il veut respirer encore, encore, à s'en déchirer les poumons mais l'animal en lui sait que non ; il se retourne sur le côté, inspire régulier, la bouche à moitié dans la terre. Il essaie d'ouvrir un œil. Ses muscles tremblent. Il est devant la roue du camion. Il se laisse rouler dessous. Il ramène ses jambes, glisse tout son corps sous la carrosserie. Il reste là, recroquevillé comme un chien. Il faut continuer comme ça à contresens, ne pas courir quand il le voudrait. Il tourne la tête. Les viandes tombent une à une du camion. Des chaussures derrière et sur le côté, à quelques centimètres de son visage, s'agitent. Il entend des ordres, des voix brusques. Une tête s'écrase juste devant lui. Daniel. Il voit la bave et le visage qui se tord. Les chaussures le tirent vers l'arrière. Álvaro ferme les yeux et essaie de visualiser l'air qui rentre et sort de son nez, de ne plus voir que ça, d'adoucir la peur compacte et la déflagration dans ses poumons, il veut tousser, il ne veut qu'une chose au monde c'est tousser, il faut retenir, retenir, il regarde l'air qui rentre, il lui donne la couleur bleue, ses poumons s'ouvrent en plein. Il avance sur les épaules, poussant son corps vers l'arrière du camion. Ses menottes lui brûlent les poignets. Devant les roues, les chaussures jettent les amas de chair dans des sacs en plastique noirs. Pas faire un geste, pas. Pas essayer, rien, le mort, faire le mort. Il plante sa tête dans la terre et ne bouge plus. Les bras tirent les sacs vers l'avant. La porte du camion claque. Des gars hurlent dans les sacs. Un truc monte en lui, animal. Il a la tête dans la mort et c'est un goût de terre. Les pas s'éloignent. Il tombe à nouveau.

Pleine nuit. Souffle frais sur lui. Membres tordus le nez qui goutte et le sang séché partout. Pas de bruit autour, toujours le camion au-dessus de lui. Quelques sons maintenant, loin. Il roule sur le côté. Craquement d'épaule. Trois tours et c'est l'immense nuit qui l'entoure. Il ouvre grand la bouche avale tout, de l'air noir entre en force il en tousse. Il est seul. Il lève le torse dans un gémissement de bête. En contrebas comme une forêt, le chemin de terre s'affaisse et s'ouvre sur une masse opaque, que tranche seulement, dans la noirceur sans faille, un mince rideau de fumée. Il recouvre lentement ses sens et entend un crépitement lointain. Il sent la boule rouge ardente sous son plexus qui le lance, qui enfle et l'empêche de respirer. Il sent son corps qui dicte le mouvement et lui dit d'attendre encore un peu pour avoir mal et hurler, l'instinct animal qui lui dit de se lever et de courir. Il essaie de se hisser sur ses jambes qui se défaussent, il y parvient pourtant, prend appui sur ce qui reste, il râle et mord l'intérieur de sa bouche, non, non – il est allé trop vite il met un genou au sol. Les ongles dans la terre il reprend son souffle. Tout concentrer sur ses deux jambes. Il sait depuis un jour lointain, un champ dans la nuit et les chiens derrière lui, qu'il y a un moment précis où l'être s'arrête et où il faut courir. Il enfonce ses mains dans la terre, pose le deuxième genou, dans un cri soulève toute sa carcasse. Pas tomber cette fois l'air de la nuit sur ses bras nus houle mais non non il se mord la langue de toutes ses forces ses yeux clignent ; il fait un pas. Un deuxième. Il marche. Il laisse le ravin sur sa droite et avance sur le chemin. Traces de pneus. Odeur de cramé, des bruits derrière lui, il marche. Noir absolu chemin forêt il avance le bras devant.

Il rejoint la route. Il marche aussi longtemps qu'il le peut, il va au bout et alors que la route bifurque, que les étoiles montent, il avise un champ sur sa droite, corps animal hors d'atteinte ou presque. Il est là dans ce champ et la lumière du bout du jour qui tout juste réveille la terre où est-il quelle ville il ne devrait pas être là, tout sur lui muscles peau et os le fait crier, il manque tomber mais garde les yeux ouverts, il se remet à marcher. Il aperçoit quelque chose au loin. Il s'avance, c'est une cahute. Il y a des formes devant mais dans son œil gauche une tache rouge brouille les choses. Une des formes s'arrête. Álvaro s'approche, sa bouche s'ouvre pour dire quelque chose mais c'est un son inconnu qui sort. L'homme fait un pas. Álvaro se tourne pour lui montrer. L'homme s'éloigne, contourne la ferme et revient avec une hache.

— Fous-toi par terre.

Il place la lame sur le métal, lève, abat. Il replace les menottes, lève, abat, frôle la main gauche d'Álvaro, à genoux. À nouveau. Les menottes éclatent. Álvaro bouge lentement une main, l'autre. Le gars le soulève, ils se regardent. Le gars lui dit va-t'en. Titubant, les bras le long du corps, les épaules le brûlant d'avoir été forcées des heures, Álvaro claudique vers la route. Le type reste là debout à regarder ce garçon de quoi vingt-cinq ans s'éloigner sans boussole sans route sans rien, le dos plein de terre et de sang séché, avec sur lui encore la puanteur, il regarde ce pantin défait s'éloigner dans son champ et pense qu'il vaudrait mieux qu'il fasse vite.

Álvaro ne s'arrête pas. Nuit totale seulement percée çà et là de lampadaires, puis de plus en plus, baraques aussi agglomération. Il ne pense plus qu'à cette soif immense qui envahit le haut de son corps, mais il a déjà regardé partout, retourné son jean, son sweat bleu pourri, il n'a plus rien, tout est tombé plus rien, téléphone fric ni papiers. La ville est là devant encore un effort, enfin il voit un Oxxo il pousse la porte le type le regarde, il goutte sur le palier, il court vers le frigo du fond, ouvre une bouteille et la verse entièrement dans sa bouche, un gémissement s'en échappe. Il rouvre les yeux, attrape une deuxième bouteille et repart vers la porte d'entrée. Il tourne la tête vers le vendeur qui s'approche, et ses yeux suffisent, le type s'arrête. Álvaro s'éloigne.

Pleine ville à présent dans les odeurs d'asphalte tiède et de gasoil. Il voit sur le côté une de ces vieilles cabines téléphoniques, mais qui appeler ? La police ? Se livrer aux loups ? Son tee-shirt est poisseux de sueur et de sang. Il y a une lumière blanche là-bas il y va. L'hôpital semble-t-il il s'approche. Mais quand il voit les deux voitures bleues de flics devant il se retourne et court. Deux rues, une autre sur le côté, il reprend son souffle. Il y a quelque chose sur la route, là-bas. Il fait quelques pas. Les chaussures rouges, le pantalon, il les connaît. Un corps étalé sur la route. Il marche sur des douilles, il est presque à côté maintenant, il met sa main sur sa bouche et se détourne. Non. Un des gars étendus, un tee-shirt noir Metallica, et au-dessus, un crâne à ciel ouvert. On lui a méthodiquement arraché la peau du visage jusqu'en haut, on a découpé au niveau du cou et enlevé, ou bien laissé bouffer par les chiens. C'est rouge, rouge chair partout, les deux cavités des yeux entièrement vides. Álvaro détourne le regard de ce crâne à peine recouvert d'un ruban de chair. Il vomit sur le côté et regarde à nouveau. Le tee-shirt noir. Les blessures aux poignets. Horreur absolue de la mort sur le vif. C'est lui. C'est el Chilango. Álvaro se met à courir.

La boule rouge du thorax envahit tout et il court, les rues d'Iguala endormies défilent, il court au milieu de la route, évite une voiture matinale, les vendeurs ambulants. Il court tout droit jusqu'à tomber sur le côté, tout au bout de lui-même. Il se relève dix minutes plus tard le cœur au bord des lèvres et se remet à marcher. Il avise un truc de bord de route genre cahute avec une lumière jaune branlante au milieu et une famille dedans, qui dévisage le jeune gars tee-shirt sale, hors de lui, la peau chocolat cramé. Le téléphone ? Oui. Il est où votre putain de téléphone ? Là, là, t'énerve pas. Álvaro regarde le type. Répète plus jamais ça. Il s'approche du téléphone. Regarde sur Internet et donne-moi le numéro de *La Jornada*. Álvaro tape les chiffres que lui dicte le garçon gorge nouée. Il explique à la voix grave de l'autre côté du combiné ce qu'il sait, qu'ils ont été attaqués par des flics, ou peut-être des sicaires, qu'ils les ont balancés dans un camion, puis une fosse peut-être, qu'il s'en est échappé, que les autres sont là-bas. Vous êtes qui ? Álvaro Beltrán. J'ai vu un camarade mort dans une rue. Il doit y en avoir ailleurs. Nos journalistes sont déjà sur place, dit la voix grave, ils ont été prévenus à 1 heure du matin. Vous êtes où, là ? Álvaro raccroche. Il se tourne vers l'ampoule qui crame dans un long grésillement, les visages autour interdits, il pousse la porte dans un carillon de clochettes.

Il est loin d'Iguala déjà sur cette route qui doit être celle du nord ou à peu près. Le soleil monte au-dessus des échoppes et lui racle la gueule. Il n'a rien dans les poches. Il a un trou dans le ventre.

Il entre dans une *taquería*, c'est plus possible. Il s'assoit et commande des tacos au porc. Il entend un bruissement familier, il lève les yeux, la télé est là qui trône au-dessus de leurs têtes. Un homme parle dans le micro, derrière lui une rue et des gens debout. Álvaro voit un bus, des bagnoles de flics. Il voit surtout le type qui découpe la viande et la viande qui descend dans ses tripes – il ferme les yeux. Et il entend :

— … *la nuit du 26 septembre, à Iguala. Les étudiants de l'école normale d'Ayotzinapa étaient venus chercher des fonds et réquisitionner des bus, même par la force. Des affrontements ont eu lieu avec…*

Les morceaux de gras brûlants sur la paroi de son estomac.

— … *trois bus auraient été attaqués. La police municipale de l'État du Guerrero a déclaré que les attaques seraient le fait de bandes armées œuvrant dans la région. Le maire, José Luis Abarca, décline toute responsabilité dans l'affaire. "Iguala est sur pied, elle travaille", a-t-il déclaré à la presse.*

Álvaro avale le dernier taco et ressort. Le vieux type au bar lui crie par la fenêtre *tienes que pagar hijo*! Álvaro se retourne et ce n'est pas un regard, c'est autre chose, il dit j'ai rien, *viejo*. Le type secoue la tête, regardant Álvaro s'éloigner sur le trottoir en contrebas.

Il marche sur le bord de la nationale 95. Il fait nuit partout autour il bouffe son souffle. Des camions le frôlent, son pied parfois glisse sur le côté, alternent les zones flottantes d'agglomération et les étendues vides de lumière. Il a volé des clopes un peu plus tôt dans la veste du type qui attendait le bus, des Marlboro rouges qui dépassaient, il s'en allume une, relâche la fumée. Il se rapproche insensiblement des phares et des voitures, il faudrait s'éloigner de ce bord de route. Il se laisse porter. Il marche dans le noir on ne le voit plus.

Il s'endort finalement dans un champ sur le bas-côté. Le matin le cueille comme une eau sale. Il a mal partout. Il lui faut un café, jeter un truc chaud dans ce gosier. Il en commande un à une jeune fille dans son tablier sous la peinture écaillée. Le café arrive qu'il avale en se cramant la langue. Il tend à la fille un des billets qu'il y avait dans la veste du mec.

Il marche tout le jour sur le côté de la route. Il passe la ville de Buenavista de Cuéllar, tout est toujours de la même eau, camions qui dérapent dans des odeurs de fuel, magasins infinis et de traviole, des cartables d'écoliers et les regards perdus des mères, des fils électriques et des herbes rases, des épiceries Oxxo, des stations-service, des panneaux d'affichage Freedent, Infinitum 20 gigas de connexion ; rien.

Ses jambes sont en feu.

Álvaro arrive devant la gare routière de Santa Fe Tepetlapa. Un bus passe qui affiche *México DF* sur son fronton. Il va rentrer, dormir chez lui, se reprendre, se laver, manger – non, il n'a plus de chez lui, il n'a plus rien à faire ici, il n'a jamais rien eu à faire ici, il va partir le plus loin possible oublier l'odeur de mort le goût de métal, il veut cracher ses tripes s'arracher tout ce qu'il a disparaître sous la terre. Il n'a pas de fric de toute façon. La boule qui était sous son thorax et l'empêchait d'inhaler a empli son corps entier, elle a tout recouvert, il essaie de l'apaiser en marchant tout le jour, comme un dératé, marcher pour empêcher la boule de déborder au-delà des limites de son corps, mais rien n'y fait.

Il ne rentrera pas à Mexico, il ne veut plus rien voir de tout ça, il marche le long de la route il ne sait pas où il va.

Un type un soir s'arrête sur le bas-côté.

— Tu veux monter j'vais au prochain village ?

Álvaro regarde le pick-up, la gueule du mec, il monte.

Le mec roule sans un mot c'est ce qui lui faut. Quinze kilomètres plus loin il lui dit je m'arrête là, et Álvaro descend.

Ça dure trois jours peut-être quatre. Il marche comme un forçat, il s'endort alors sur un banc, dans un champ, un fossé. Ses fringues lui collent à la peau. Dès qu'il ouvre un œil il se met à marcher, seule chose qui puisse éventuellement l'apaiser – et puis non finalement, ça bout toujours et tout le monde se demande qui est ce fou hirsute sublime liane échevelée qui marche ainsi tout droit, lancé vers nulle part. Il est aussi loin que possible des mots et des autres. Il avance somnambule dans son cauchemar personnel, il chasse des mains les ombres, les souffles dans son cou, tout ce que son corps lui rappelle à chaque mouvement. Il voudrait faire quelque chose pour ses camarades, mais quoi, il n'est plus question de justice depuis longtemps ici déjà, et il ne peut s'opposer à la boule qui lui ordonne de marcher. Témoigner, appeler, dénoncer, tout ça n'a aucun sens. Il ne voit pas comment il pourrait formuler une phrase, développer une pensée, sortir de cette rage dans laquelle il se noie. Il est perdu au monde, il n'est plus d'ici.

Il arrive finalement aux abords de l'infinie agglomération, il reconnaît Mexico à l'odeur, aux panneaux verts, à cette montée de bitume. Il marche un jour entier pour arriver jusqu'à l'avenue du Rio Churubusco. Les trottoirs, défoncés par les puissantes racines des arbres qui les bordent, forment des pics et des pentes. Il avance dans l'agitation grandissante, retrouve la densité de l'air qu'il connaît, les angles de rues qui ne lui arrachent rien. Il remonte l'avenue Insurgentes, enjambe le tourniquet du métro-bus et monte dans le premier qui arrive. Les choses défilent un peu plus vite. Il descend à l'arrêt Durango. Après la place Rio de Janeiro abritée par les feuillages des eucalyptus, au 84 de la rue Córdoba, il sonne. Natalia lui ouvre la porte et pose sa main sur sa bouche. Il marche sans un mot jusqu'à la salle de bains, ouvre les vannes et se déshabille. Lorsque l'eau touche sa peau, un cri sort de sa gorge.

Natalia ne lui pose pas de questions, il n'y a pas la place. Elle lui prépare une casserole de pâtes à la bolognaise, ouvre deux Corona. Ils s'étaient connus dans un bar du quartier, avaient couché ensemble pendant deux mois avant qu'Álvaro parte pour le Sud, s'étaient appelés quelques fois depuis. Elle prend sa main dans la sienne, lui demande ce qu'elle peut faire, il est coupé partout, elle ne peut détacher son regard de cette masse électrique qui souffle, inerte, elle observe la peau crème et les yeux verts, tu peux me dire, il dit rien, il la regarde, avale une fourchette de pâtes. Il finit sa bière, en boit une autre. Elle parle alors pour mettre quelque chose entre eux, elle raconte des trucs qu'il n'entend pas, sa tête tourne tout à coup de la bouffe et de l'alcool, il se lève titube et s'étend sur le canapé. Lorsqu'il se réveille c'est la nuit pleine et Natalia est contre lui. Pendant un instant il tâte de sa main l'obscurité, ne sachant où il se trouve, puis il se souvient et se lève. Elle respire doucement. Il va aux toilettes, observe dans le miroir son visage, il ne se reconnaît pas, les yeux plus loin que lui-même, il sort, ouvre la porte. S'arrête. Demi-tour, il ouvre le sac de Natalia, sort le porte-monnaie, attrape les 3 000 pesos, une des deux cartes de crédit, va dans la chambre, prend un tee-shirt trop petit et un sweat à capuche, elle s'habille comme un type, il revient vers la porte. Il s'arrête un moment devant elle. Elle m'en voudra pas. Il referme la porte et descend les escaliers. Natalia se retourne sur le canapé, referme les yeux. Bonne chance, *corazón* – elle se rendort.

Dans les rues froides Álvaro avance. Il prend l'avenue Chapultepec sur sa droite. Il marche une heure au milieu des taxis de nuit et des égarés jusqu'à la gare routière. Des noms de villes défilent en rouge sur le tableau à cristaux liquides. Bus pour Guadalajara, voie 4, à 8 h 15. Il achète un ticket au comptoir et s'affale sur une chaise. Avec ses nouveaux billets, il s'achète deux sandwichs de *carnitas* sur un des stands de la gare. Une masse chaude tombe dans son ventre et se propage dans l'ensemble de son corps.

Le bus arrive, il s'assoit à l'arrière, s'écroulant dans un sommeil sans retour.

Six heures plus tard, Guadalajara par la fenêtre. Il se fout de savoir ce qu'il peut y avoir sous le déluge de fils électriques, de klaxons et de tôles. Il enfile son nouveau sweat trop petit pour lui. Le bus arrive, il descend.

Il est debout au milieu de la gare, les gens tournent autour de lui, il en a brusquement plein le cul de tout ce qui l'entoure, il veut égorger quelqu'un, il veut que ça s'arrête de tourner alors il hurle de toutes ses forces, il hurle à s'en faire péter l'âme, il se broie les cordes vocales et tout le monde le regarde, s'écarte du dingue, qui porte les mains à son crâne pour que tout s'arrête enfin, et son cri encore s'élève. Un jeune gars peau foncée, les deux mains dans les cheveux, accroupi au milieu du hall, ne sait plus où il est.

Quand il revient à lui et comprend qu'il est bien là, dans ce hall de la gare de Guadalajara, les larmes viennent. C'est la rupture entre l'état d'apoplexie et la prise de conscience, cette cassure dans l'ordre de l'entendement du réel qui l'y précipite. Quand il a pleuré tout son soûl, il se lève et se remet en marche.

Il avance jusqu'à ce que les mollets se rendent, ischios enflés comme des harpons, il s'allonge alors dans les fossés secs ou sur les bancs, les arrêts de bus, les places, recroquevillé comme un chien. Il a trouvé une veste en cuir dans un terrain vague, qu'il a enfilée.

Les gars autour ne voient pas les cendres qu'on leur souffle tout le jour au visage, ils ne distinguent pas la mélancolie extrême des maisons et des lampes, ils ne voient pas ou bien ils ne voient plus, ils marchent somnambules au milieu des ombres. Toujours Álvaro a eu cette hypersensibilité à tout ce qui tombe, le regard de son père, les gestes des passants, la résignation, les défaites toute cette mort en suspension dans l'air le déchire. Partir tout droit n'apaise en rien cela, ça l'attiserait plutôt de voir que l'air est partout le même.

Il revoit la nuit les ombres. Les coups reviennent et les souffles des gars dans son cou. Il reprend alors sa marche qui enfonce les choses en lui. Il ne pense pas, il ne se souvient pas, il ne descend pas, il s'efforce simplement d'éteindre les braises.

La rage d'Álvaro est plus ancienne que lui-même, elle le dépasse, elle ne lui appartient pas. Il n'a pas souffert, il a grandi dans un beau quartier d'une ville moderne, il n'avait pas vécu, jusqu'à cette nuit-là, la violence dans sa chair, et pourtant la rage a toujours été là. C'est elle qui pousse ses jambes vers l'avant jusqu'à Zacatecas, une centaine de kilomètres peut-être sur cette route pourrie sillonnée par des camions. Dans la ville il s'arrête, il a envie de viande et de café. Il s'assoit sur une des chaises en plastique blanc de ce bar.

Bienvenue, chers collègues, bienvenue au Mexique, qui a fait des droits de l'homme la pierre angulaire de sa Constitution et de son régime démocratique.

Il se tourne vers l'écran de télé. La voix est légèrement éraillée, le ton est ferme.

La protection des droits humains doit être une pratique systématique dans l'exercice de l'autorité.

Le visage rond du président Peña Nieto se penche en cadence vers un parterre de responsables politiques.

Et je tiens à dire ici, car il me semble que c'est le cadre approprié, que, contrairement à ce qu'ont pu affirmer les médias à propos de différents sujets, les forces armées partagent pleinement cette conviction sur le respect et la consolidation des droits de l'homme.

Álvaro note la cravate bleu sur rayures bleu clair. La *cochinita pibil*, sorte de viande en ragoût, arrive sur sa table.

Nous avons tout mis en œuvre pour que la lumière soit faite sur les événements de Tlataya et d'Iguala. Et que soit démontré à nouveau l'engagement total des forces armées mexicaines dans le respect des droits de l'homme.

Un rire puissant s'élève dans la salle.

Je vous souhaite à nouveau, au nom des autorités mexicaines, la bienvenue au Mexique, en espérant que votre séjour vous soit agréable et que nous parvenions, grâce à notre engagement et notre volonté commune, à mettre en œuvre de nouvelles réformes pour la protection des droits individuels et collectifs.

Clap de fin retour au studio.

Álvaro avale son plat, demande un café, puis il se lève et reprend les choses où il les avait laissées.

L'après-midi, il se lance. Il avait repéré le type sur l'avenue principale de Zacatecas, habillé costumes deux pièces sans plis, il le suit, le type tourne à droite, téléphone sur l'oreille, mais si, tu vois bien ma chérie, la blanche, celle avec les boutons, il faut la récupérer oui n'oublie pas, Álvaro s'élance, il arrache la sacoche qui pend à son bras, cavale, tourne à gauche, une autre rue sur le côté, quelques cris à peine derrière, puis rien.

La pioche se révèle à la hauteur, des milliers de pesos en liquide, un ordinateur presque neuf, beau pactole. Álvaro revend le PC le soir même pour 25 000 pesos dans un magasin du centre. Il repart.

Il marche des semaines peut-être trois. Il se bousille les pieds, il marche comme un damné, comme si on l'attendait quelque part, comme s'il avait quelque chose à faire, il avance, il se fout absolument du pays qu'il traverse et de celui où il arrivera. Il désapprend.

Il dort dans des halls d'école, dans la rue, sur un carton qui traînait là. Le soir, il fume l'herbe que lui a laissée un type sur un banc un soir, ça l'aide à plonger, et s'il n'y parvient pas, il finit son paquet de clopes, attendant de glisser vers le seul pays qui ne lui demande rien et où un peu d'air subsiste.

Ce soir-là, plus loin sur la route, à Torreón, alors qu'il rôde dans les quartiers périphériques de la ville, il aperçoit un entrepôt dans une demi-pénombre traversée par des silhouettes et des chiens.

Il s'approche, pousse une grille à moitié ouverte, marche vers le son lourd qui s'élève.

— Vous avez une clope ?

Un petit gars à dreads et un grand peau sombre et tatouée se retournent. C'est qui ce connard. Un autre gars tee-shirt Guns N' Roses gris usé est assis dans un canapé éventré à côté d'une fille qui fume, les lèvres en épingle, les yeux au khôl. Elle jette une clope à Álvaro qui l'attrape. Il s'assoit par terre. Des gens entrent et sortent de l'entrepôt. Tout reprend comme s'il n'était plus là. Il écoute les rythmes électroniques en fumant dans le ciel. La fille se penche pour prendre le bout d'aluminium que le gars aux longs bras tatoués tribaux lui tend, elle le brûle avec son briquet, aspire avec la pipe, relâche la fumée dense et grise qui stagne un moment dans l'air. Álvaro attrape le pack qu'elle lui tend et fait comme elle. Petite boule noire qui se consume. La vague envahit ses bronches, relâchant, dans une déflagration diffuse, l'ensemble de sa cage thoracique enserrée dans un corset, pendant que monte au cerveau une vague d'un blanc laiteux, double caravelle braquée qui dilate les nœuds et l'emmène. Il ferme les yeux. Eh tranquille, dit le gars à côté de lui en lui prenant la pipe des mains. Álvaro avale la nuit qui l'apaise. Plus tard, ils parleront, ils échangeront des mots sur des choses sans importance. Il repartira. Il serrera les mains des types et de la fille. Ils lui proposeront de rester là dans l'angle, y a des cartons et une couverture, il hésitera, dira finalement OK j'me mets là. Il s'endormira en pensant au corps de la fille contre lui et à des formes visqueuses et troubles, des êtres bifides échappés des marécages, il ouvrira les yeux pour stabiliser les formes, se lèvera à moitié, se recouchera finalement, tombant dans les ombres lourdes laissées là par le crack.

Il se réveillera dans les bras de la fille. Elle sera en tee-shirt noir et il la tiendra contre lui. Elle dormira, il regardera son cou, ses quelques cheveux emmêlés. Elle se tournera et il verra son visage asymétrique, l'extrémité des paupières clignant à peine, par réflexe, la rondeur de ses joues l'apaisera. Elle ouvrira finalement les yeux, le verra, le prendra dans ses bras.

Il repart quelques heures plus tard. Ils n'ont pas parlé, il ne peut rien dire, elle ne voit pas quoi non plus. Ils n'ont pas fait l'amour, il ne saurait comment s'y prendre, n'a peut-être jamais su, comment démêler cette pelote qui bride tous ces gestes et l'enferme, elle ne force pas, ils se sont simplement enlacés. Il faut voir ce matin-là, sur le sol sale et humide, dans la cour de cet entrepôt d'une banlieue oubliée, ce gars *no direction home* et cette punkette ado qui se serrent dans les bras avec toute la violence de deux êtres perdus, comme si l'étreinte pouvait diffuser en eux un peu de la force de l'autre. Ils s'accrochent à ce corps qui tombe. Cette autre poitrine contre la leur étonnamment les bouleverse. Ils se détachent finalement, puis elle se lève, il la suit. Il remet son jean, il la regarde, elle lui sourit, ils s'enlacent, et il est reparti.

Une vague a déferlé sur le réseau. 43. 43. 43. Sur Twitter #Ayotzinapa #CrimenDeEstado #43desaparecidos #43disparus. Les gros tubes épais des data centers ont tout à coup débordé de 43, immense flux de rage, comme lorsque des cellules cancéreuses injectées dans une cellule saine forment une excroissance et finissent par la faire éclater. Sur Facebook, après les appels au secours preuves à l'appui des étudiants d'Ayotzinapa durant la nuit du 26 septembre 2014, des centaines de photos ont circulé et envahi les canaux, les bus criblés de balles, Aldo et Erick à terre, les patrouilles, et surtout le visage énucléé et décharné du Chilango, le visage du Mexique. Sur le web des milliers d'articles, de chroniques, d'enquêtes, et des visages, des visages, des visages, ceux des quarante-trois étudiants disparus – dans les rues de Chilpancingo, de Mexico, de Guadalajara, de toutes les villes du pays, les gens debout, on se tient la tête dans les mains à Times Square, à Berlin, à Los Angeles, on relit le récit des événements sans y croire, de l'attaque des bus aux corps soi-disant cramés dans la décharge de Cocula, selon les conclusions données à la va-vite par les autorités fédérales, tout dans cette histoire donne la nausée aux Mexicains et au monde entier, l'attaque des étudiants innocents, révolutionnaires, des pauvres parmi les pauvres, leur mort probable, la collusion extrême entre l'État et le crime organisé, les fausses pistes et entraves à l'enquête du gouvernement, la fuite du maire et de sa femme, tous les jours pourtant il y a des exécutions et des morts pendus ou découpés, mais là une limite semble avoir été franchie. Les quarante-trois étudiants entraînent tout avec eux, les années de terreur, les mensonges d'État, la corruption, la violence à chaque minute, les disparus, 27 659 en neuf ans, la jeunesse rouge massacrée, tout remonte avec les quarante-trois. Leurs familles se rassemblent chaque jour dans la cour de l'école normale d'Ayotzinapa, partent en battue dans les environs, déploient toutes leurs forces pour mettre la main sur leurs enfants, le président dit je vous entends, mais personne n'entend le cri du père qui se réveille en nage au creux de la nuit. L'impuissance des Mexicains devant chaque minute qui passe devient un délire intenable et une force en action. Le cri étouffé depuis des années jaillit finalement. Un torrent secoue les rues du pays.

Les Mexicains exilés aux États-Unis, en Espagne, en Amérique du Sud crient leur rage sur Internet, devenu le nouveau siège de la République mexicaine. Le sol a cessé d'être un lieu de droit. L'espace numérique, incorruptible, loyal, devient le seul refuge possible. Depuis des années déjà, les Mexicains, et en particulier ceux du Nord, se retrouvent sur Twitter, où l'on annonce la présence des narcos à tel embranchement d'autoroute, d'une brigade de police ici, on se déplace avec l'oiseau bleu sur fond blanc, dont les pépiements sont les seuls fiables ici.

43

43

43

Les angles raides du 4 et les courbes du 3 incarnent tout à coup l'horreur quotidienne du Mexique.

Aux alentours d'Iguala on cherche les quarante-trois. Des parents ivres de douleur parcourent les alentours, bêchant la terre, traquant les cendres ou les os. Ils savent que leur terre est semée de fosses sauvages où volettent encore les restes de disparus. On en découvre six nouvelles en vingt jours. Les autorités, devant la pression générale, poussent un peu l'enquête et déterrent les restes d'un des étudiants, Alexander Mora. Elles les présentent à la presse, indiquant les avoir trouvés près de la décharge de Cocula, ce qui prouverait que les étudiants ont été brûlés et incinérés là-bas par les membres du cartel des Guerreros Unidos. Mais brûler quarante-trois étudiants n'est pas une mince affaire et on aurait vu un feu, des flammes, quelque chose, or personne n'a rien vu. Les parents continuent.

On cherche un professeur aussi. Le gars qui venait d'arriver de Mexico pour donner des cours d'informatique était dans le premier bus, semble-t-il, les rescapés des autres bus l'ont bien dit, il était là-bas avec nous, il n'est pas revenu.

Le directeur de l'école a cherché à contacter ses parents, rien.

Le procureur, lui, y est parvenu. La mère d'Álvaro Beltrán n'a rien dit au téléphone. Elle avait pourtant reçu deux jours plus tôt un appel de son fils. Il est vivant. Il a survécu à l'attaque. Il part. Il ne reviendra pas. Elle avait crié dans le combiné. Il avait raccroché.

Depuis elle est prostrée dans un coin de l'appartement, devant la fenêtre qui donne sur la mercerie de la rue Vicente Suárez.

On cherche Álvaro, qui marche. Il est arrivé à Nogales, à la frontière. Il va devoir faire comme tous. Ce n'est pourtant pas l'argent qui le pousse, l'idée folle de se sauver, il n'a pas de famille, personne à sauver à part lui, il ne croit pas en un *monde meilleur*. C'est l'air insoutenable là partout qu'il ne peut plus respirer. Aller n'importe où mais y aller. Il a naturellement pris la direction du nord, le sud n'existe pas, le sud ce serait descendre plus bas encore, il est à ras le sol déjà. Le nord c'est haïssable mais au moins c'est quelque chose. Une fois de l'autre côté il pourra partir n'importe où. Il pourra aussi faire ce qu'il sait faire et dont tout le monde se fout éperdument de ce côté-ci. Sauvagerie des deux bords bien sûr mais pourquoi pas troquer l'une contre l'autre. Qu'il y ait une frontière, la mieux gardée et la plus dangereuse du monde, ne le concerne pas. Il n'y a qu'une porte et c'est celle-là.

Il traîne le soir dans la ville. Il croise les gars. On ne voit qu'eux. Il parle avec celui-ci, il essaie l'autre. Les gars lui disent les prix, il écoute. Ils savent qu'il reviendra. Les prix sont insensés bien sûr, les gars risquent leur peau et l'affaire est extrêmement compliquée, impossible presque, la moitié des passeurs et des passés crèvent en chemin, avant le mur, au niveau des barrages ou du mur ou de la grille, ou dans le désert percés comme des porcs par des maraudeurs spécialisés dans le braquage des immigrants, épuisés par des jours de marche dans le désert, ils crèvent la bouche ouverte dans la chaleur d'huile, 43 °C, le gosier craquelé, ils sont abattus comme des chiens par des propriétaires de Sonoita, de Harshaw, de Rio Rico qui porte mal son nom, fatigués de voir leurs terres labourées jour et nuit par les troupes armées des frontières et par les Mexicains affamés qui bouffent leurs récoltes, mordus à mort par les chiens des gardes-frontières, ils crèvent plantés par les passeurs eux-mêmes, qui récoltent les dernières liasses, ils crèvent d'épuisement, de noyade dans le Rio Grande, ils tombent fauchés par une rafale des flics qui n'en peuvent plus de devoir ramener proprement les *dos mouillés* à la frontière, ils crèvent et s'ils ne crèvent pas ils reviendront retenteront et le prix sera le même, c'est un des meilleurs business qui soient, même si on n'en revient pas.

La nuit, Álvaro dort où il peut.

Il parle avec un p'tit gars qui traîne vers les gargotes du marché de Nogales. Il doit avoir dix-huit ans, il tire nerveusement sur sa clope, le visage en crépi effrité où baignent deux yeux globuleux. Le garçon qui n'en est plus un lui dit c'est 50 000 pesos. Álvaro n'a pas autant bien sûr. Il répond 35 000. L'autre rigole et dit casse-toi. Tu peux essayer autour si tu veux avec d'autres tu trouveras rien à ce prix-là. Trois jours de déserts et de champs pour arriver à 50 kilomètres de la frontière hors d'atteinte. Et moi je dois faire le chemin dans l'autre sens, aussi dur, et tu rajoutes trois jours, connard. Tu crois que ça vaut deux balles ? Mille fois j'peux y rester.

Álvaro se casse et fait le tour du quartier. L'armée rôde et il faut louvoyer, dès qu'elle s'approche partir. Il entend des prix, des bouches qui grognent des trucs, il ne trouve pas mieux en effet. Il voit des pancartes vert clair qui pendouillent dans l'air moite, des hôtels de passe dans des allées seules, des bars à putes et volutes lourdes des cigares. On se tourne autour comme des chiens, on se renifle le cul pour voir ce qu'on y garde, à quel cartel appartient l'autre, les yeux faut pas les laisser traîner, les flingues giclent au premier mot de travers. Il passe devant la faune, mains tatouées prêtes à jaillir. Si Álvaro ne marchait pas avec ce visage défait, si les petites mains des cartels ne sentaient pas l'odeur de mort qu'il traîne, ils l'abattraient comme un rat. Il fait demi-tour et retrouve le gosse du début, il lui dit je viens demain avec la thune. Et il s'endort sur le lit tassé d'un hôtel, loin des bruits, dans l'envers.

Le lendemain il retourne vers la colline à l'extérieur de la ville où il avait enterré deux jours plus tôt ses billets. Après une demi-heure de pioche à la main, les ongles noirs et meurtris, il les retrouve. Il repart voir le gars, qui lui dit c'est trop tard maintenant, il faut attendre demain. J'attends pas, dit Álvaro, on part aujourd'hui. Le gamin le dévisage.

— Tu crois quoi.

— On part maintenant j'te dis. Il est midi.

Le gamin regarde les billets, le soleil, la rue devant lui, et dit comme tu voudras.

Álvaro suit le gamin qui s'éloigne de l'agglomération. Ils passent des chemins de terre, des bouts de bitume qui s'évasent et deviennent abords fauves d'usines, terrains vagues, zones grises des cartes, peuplées de sacs plastique et de chiens errants, qui grattent d'une patte flasque leurs plaques de gale. Álvaro suit les pas vifs du gamin qui enjambe les radicelles et les herbes folles perçant les trottoirs.

Ça dure. Il voit le mur sur sa gauche dès que la perspective se dégage. Ce sont deux barrières successives en béton avec un espace au milieu. De ce côté, devant la barre grise de plus de 3 mètres, un large fossé, puis une ceinture de barbelés. Sur la gauche, une tour de contrôle dépasse.

— Monte.

Le gamin ouvre la portière d'une ruine vert olivâtre carbonisée par le soleil. Il met le contact et démarre. Ils roulent pendant une demi-heure. Les roues s'enfoncent dans le sable rouge, elles renâclent, le garçon tord le volant ils s'en sortent. Ils retrouvent un peu plus loin un chemin à peu près goudronné. Il lui dit qu'ils vont rester là à l'arrêt un moment. Ils respirent dans l'air brûlant. Puis le gamin remet le contact, ils roulent une heure peut-être. Plus rien maintenant dehors. Du sable presque et quelques fougères disséminées. Ils laissent la voiture loin du mur, se mettent à marcher.

— Baisse-toi.

L'imposante structure apparaît, composée de pales laissant voir à travers le désert. Le gamin a accéléré ; il est tout contre le grillage, dans lequel on distingue comme une brèche.

— Ils ont forcé avec un camion à un endroit pour faire passer de l'uranium, ça a été réparé mais mal, avait-il dit à Álvaro un peu plus tôt dans la voiture.

Le gamin parvient, avec sa barre à mine, à libérer un minuscule interstice dans la grille. Un clic se fait entendre quelque part derrière.

— Vite.

Ils repartent en sens inverse. Ils se terrent sous la dune la plus proche. Des bruits de pas, des grognements de chiens. Puis vite plus rien. Le gamin a enfoncé la tête dans le sable. On attend maintenant, il dit.

Il sait qu'à 7-8 heures du soir il y a un roulement de patrouille. Les vidéos tournent toujours bien sûr, dont les gardes ne perdent rien, mais le changement de tour est nécessairement un moment de flottement.

Des heures passent. Le soleil descend dans la nuque d'Álvaro jusqu'à s'y fondre. On entend l'immensité du désert se déployer. La nuit s'étale sur les collines. Soudain le gamin se lève et Álvaro le suit. Devant le mur, d'un clic de sa barre à mine il fait bouger de quelques centimètres une des pales noires. Pas assez pour s'y glisser. Le gamin si apparemment.

— Je passe et j'te tire.

Le gamin s'enroule comme une mèche de perceuse et ressort de l'autre côté. Álvaro passe ses bras, mais sa poitrine est entièrement coincée.

— Sur le côté.

— Putain comment veux-tu –

Le gamin tire comme un dingue. Álvaro ne peut plus respirer. Et finalement il fait tout rentrer à l'intérieur, ses poumons ses côtes, il est aspiré par l'air – bing, il retombe de l'autre côté du mur. Le gamin le relève vite, le regarde dans les yeux, maintenant il faut courir.

Ce qu'ils font. On entend au loin des bruits de pas, une lumière tranche l'obscurité. Ils courent. Longtemps. Reprennent leur souffle derrière un buisson aussi sec que la nuit, repartent. Quand tout autour d'eux est aussi rond que le noir qui règne, ils s'étalent dans la terre sèche. Une heure plus tard, ils se relèvent.

Le soleil tape dès son apparition. Leurs pieds raclent la terre. Álvaro a les yeux dans les pieds qui cavalent devant lui. Il a faim bien sûr il a soif mais il ne pense à rien son corps se meut vers l'avant. Il sait depuis le début qu'il y arrivera. Le garçon souffle un peu les gouttes perlent dans son cou et sur ses bras, on entend pas loin un bruit d'hélicoptère, ils se penchent entre les herbes sèches, le battement des pales se rapproche, il y a des bruits de pas aussi, le garçon se retourne et dit à Álvaro de se foutre à terre, tête dans l'odeur brûlée et rouge, et ils restent là, rampant comme des animaux, entre les croûtes ouvertes de la terre et les scorpions. Le bruit s'éloignant, ils se relèvent et courent jusqu'à une frondaison à l'abri. Là ils tombent et versent dans leurs gorges le reste d'une bouteille.

Pas le temps. Pas le temps vite. Le garçon dit rien mais on voit. Ils repartent. Il reste des bornes. Le garçon a entendu des gens geindre derrière lui craquer tomber, mais là le type ne dit rien, on l'entend à peine, il avance comme un loup, on sent une puissance se dégager de cette figure qui glisse sans un bruit sur la terre. Lui il ne dit rien non plus, il observe, il sait le cactus là, l'ornière, il sait et vérifie que ses pas sont les bons, dans les creux qu'il connaît. Il a fait le chemin des dizaines de fois, un an plus tôt une famille est morte avec lui, enfin une famille non, le père, le garçon n'avait pas prévu assez d'eau et le père a donné la dernière goutte qui restait à son enfant, un bébé de deux ans qui pleurait dans les bras de sa mère, tous assoiffés dans les bras du diable, perlant ardents au bord du vide, il ne restait plus que quelques heures lorsque l'homme est tombé, le garçon a essayé de le ranimer mais c'est allé très vite, la femme a chialé mais elle savait, ils se sont relevés et ont avancé. Le garçon a laissé la femme et son gosse au poste à côté de Harshaw, où un type leur a donné un bout de pain et un peu d'eau, et les a trimballés ensuite jusqu'à l'embranchement avec la 83. Le garçon est reparti.

C'était pas cette fois-là, une autre deux ans avant, qu'il avait croisé le chien. Les gardes-frontières l'avaient lâché enragé sur ces étendues comme ils font à la première alerte, si les gars de la tour ont vu quelque chose de louche, avec la collaboration des propriétaires fonciers, qui arpentent aussi leurs terres tout le jour, armés, chiens, 4×4, le nez dans le viseur. Le clébard avait foncé comme une blinde sur les herbes rases. Le garçon l'avait vu venir mais rien pu faire. Le chien l'avait attrapé à la jambe en pleine course. Les crocs s'étaient plantés dans la chair et l'avaient emporté vers l'arrière. Le garçon avait hurlé mais avait pensé, réflexe, à suivre le mouvement du chien pour éviter que les crocs s'enfoncent plus avant. Douleur rage dans la gueule, la morsure ouverte rigoles rouges, il avait pensé perspective paysages où aller. Le chien était déjà de retour mais cette fois le garçon avait pris son autre pied et le lui avait envoyé en pleine gueule. Le chien était reparti à l'assaut et le garçon s'était mis à courir, mais douleur fulgurante dans la cuisse dont les nerfs à vif coulent sur le genou, il tombe. La gueule arrive sur lui et il envoie son poing. Ça marche une fois. La deuxième le chien revient et lui bouffe le bras. La rage ou autre chose, le garçon ne sait plus mais quand il se réveille du tumulte et de la poussière il a le chien à ses pieds, sur le flanc, dans son sang, et il tient un bâton dans la main. Il s'effondre à côté dans la terre. Lorsqu'il revient à lui il fait nuit, l'air est à peine plus frais, des taches d'humidité collent son jean à sa peau, il a du sang partout sur lui à moitié tiède. Ses mollets et ses bras le flinguent, il essaie de se lever, il doit avancer, le froid l'aura sinon, le chien reste là, prune carmin sous lui.

Depuis le chien a été bouffé par les charognards et le garçon avance sur les mêmes chemins. Ce jean-là il l'avait jeté le lendemain, trouvé un autre sur un bord de route. Álvaro derrière lui ne dit rien, il regarde autour les étendues rouge hostile. Il est chez lui. Il n'a pas peur.

Le soleil chute à nouveau, ils continuent, et c'est nuit totale lorsqu'ils arrivent devant une cahute de fermiers où s'empilent pelles, moteurs usés, machines agricoles en morceaux ; ils poussent les trucs et se créent une niche là entre les roues du mini-tracteur, se pelotonnent contre les vieilles bâches, s'endorment immédiatement.

Avant l'aube, l'heure incertaine où les fermiers pourraient rappliquer, le garçon pousse Álvaro dans les côtes, on y va. Ils se lèvent la carcasse lourde et passent la porte vers le froid sec, qui bientôt tourne au tiède ; le ciel rosit, abricot pourri, rouge passé, mais Álvaro détourne le regard, on n'est pas là pour le ciel, et il n'est certainement pas là pour nous. Le garçon avance. Il dit quelque chose qu'Álvaro n'entend pas. Il accélère le pas. Il lance direct cette fois :

— Si on marche vite on arrivera ce soir.

Il faudrait frapper ce petit gamin de merde mais lui seul connaît le chemin. Álvaro regarde les jambes menues du garçon dans ce jean trop grand et taché. Il évalue l'ampleur du paysage, les routes en vue, l'étendue, les points d'arrivée possibles de dangers.

Devant les multiples lignes de fuite, il repose son regard au sol et se concentre sur le 1, 2, 1, 2.

Quelques heures et ils s'arrêtent pour avaler ce qu'il reste dans le sac. Ils n'y laissent qu'un fond, à peine pour le soir et ce sera fini. Ils repartent. Álvaro entend des bruits, pourtant rien devant ni sur le côté. Ça bourdonne. Il fait une chaleur du centre de la terre, le sel pique les yeux et les écorchures. On y est presque, dit le garçon. Et ça c'est quoi, dit Álvaro. Un insecte à roues grossit au loin là-bas. Ils courent sur le côté et se jettent à terre entre deux maigres broussailles. Le bruit se rapproche. Le garçon regarde Álvaro qui ne bouge plus. C'est tout près maintenant. Et puis plus rien, jamais bon signe. Portières qui claquent. Des voix. Des cliquetis, des pas à peine sur le sol. Le garçon regarde devant, pas de perspective, pas d'échappée. Les bruits sont juste là. Respire plus. Álvaro regarde le garçon d'un air noir, t'agite pas, sans les mots. Il y a dans l'air cette voix reconnaissable, âpre, basse, shérif ou *redneck*. La voix est là, ne s'approche pas plus. Elle tourne autour. Y en a une autre aussi. Elles s'éloignent finalement. Pas bouger, rien, surtout pas. Le son du moteur baisse entre les pierres. Les deux soufflent.

Quand rien plus rien du tout ils se relèvent. L'horizon dégagé. Ils repartent. La bouche d'Álvaro le brûle. Le soleil est fixe dans le ciel.

— Là-bas, c'est là-bas.

Une tache à nouveau mais plus large comme une flaque ou pire. L'écran d'huile ou de gaz flotte devant et empêche de savoir si c'est une ville ou un lac – enfin lac, peu de chance. Le garçon accélère lui aussi. C'est une ville. Ils y sont.

C'est pas fini pour autant c'est même peut-être là qu'il faut être plus vigilant que jamais, on se fait toujours prendre quand on relâche la garde. Ils observent le mouvement général depuis la colline sur laquelle ils se sont arrêtés. Patrouilles, voitures qui vont et viennent, trafic normal ou flics aux aguets ?

— On va tout de suite chez le gars. De là, il te fait tes papiers, et tu vois tout avec lui pour dormir. C'est 15 000 en plus.

— Bien sûr, dit Álvaro.

Il savait bien que rien ne serait simple, pas même l'arrivée. Il n'a plus un billet, le gamin essaie de le gratter, il faudra trouver une solution là-bas.

— Et comment on y va ?

— On attend la nuit.

Álvaro est proche de l'évanouissement mais il tient. Il plonge la main dans le sac, des miettes qu'il fourre dans sa gueule. Ce sont les nerfs. Ce sont les nerfs qui depuis le début le font tenir debout. Il en a un paquet en réserve. Il se laisse tomber sur le sable rouge, le soleil est encore haut, il a le temps.

Il s'est assoupi tout est noir. Le gamin n'est plus là. Il regarde autour de lui, rien. Ça dure longtemps. Le gamin revient enfin, une lumière devant lui. On y va. C'est bon. Ils s'élancent tous les deux jambes basses sur sol rouge. Ils arrivent jusqu'à un ruban de route sale qu'ils dépassent. Premières maisons. Lotissements. Ils se glissent comme dans une jungle hostile, attentifs aux ombres et aux mouvements. À chaque angle, l'un se penche et dit à l'autre d'y aller. Ils passent une route vite car cernée de phares, et, après deux angles et de nouvelles maisons, parviennent jusqu'à une bicoque. Le gamin sonne. La porte s'ouvre et ils entrent.

IIe MOUVEMENT

1

Álvaro vient tous les matins dans ce bar miteux de Firestone Boulevard. Il commande à la serveuse en tablier jaune un café et des œufs brouillés. C'est ce qui se fait apparemment. Il observe le ballet des paumés qui viennent comme lui s'asseoir là. On leur apporte des plats. Ils ressortent sans un rond mais contents, reprennent leurs voitures en ruine qu'ils traînent sur l'avenue vers nulle part.

Mexico, L.A., c'est pareil à peu de chose près – peut-être ici meurt-on seulement un peu plus tard. Heureusement qu'il n'a pas fait tout ce chemin pour voir ça. Los Angeles est une ville mexicaine avec des rubans d'autoroute qui s'emmêlent au-dessus. Il s'est immédiatement enfoncé dans les bas quartiers de South Los Angeles, Florence, Watts, où il pouvait espérer survivre avec ses quelques billets en poche. South L.A. c'est une plaine infinie scandée tous les 25 mètres par un feu rouge marquant la fin du bloc d'habitations basses, dont la peinture n'a cessé de s'écailler depuis les émeutes de 1992. Les enseignes pendent en espagnol parfois en anglais, des bagnoles noires passent lentement à l'angle, s'ouvrant sur de lourds beats de hip-hop et un bandana attaché sur un crâne. Álvaro a choisi un bloc comme les autres. Celui à l'angle de Vermont Avenue et de la 56ᵉ. Dans les sous-couches d'un bas monde. Un vent sec et droit secoue l'avenue, la Highway 110 passe tout près. Il a dormi plusieurs jours à cet angle particulièrement hospitalier, entre le parking d'un Trader Joe's et une laverie automatique, avant qu'une Mexicaine aux mains sèches, quarante ans peut-être, lui jette un sandwich un matin.

— Viens avec moi.

Il a attrapé son sac et l'a suivie.

— Là, prends cette chemise. Je te vois depuis des jours. T'as une bonne gueule, trouve un boulot. Tu peux venir te laver ici. Dormir mais juste quelques fois.

Il a demandé à tous les bars et restaurants du quartier, non, rien, casse-toi. Et puis finalement l'un d'eux, sur Slauson Avenue, a dit OK mais pour un mois. Álvaro a commencé le lendemain.

Depuis il a quelques dollars en poche. Il a trouvé une sorte de piaule dégueulasse, plus bas encore, sur Manchester Avenue. Étonnamment, dans ces longues rues traversées de bagnoles cabossées, il reprend lentement goût à certaines choses. Comme de venir là le matin, dans ce *diner* oublié, commander un café noir et des œufs, manger en regardant passer les voitures, demander une rallonge de café, savoir qu'il pourrait en redemander à l'infini s'il le voulait.

Au bout de cinq tasses il sort.

Cette ville absurde, horizontale, démesurée, abasourdie de soleil et de fantômes, cette ville qui n'est pas une ville mais un chancre, une excroissance d'elle-même, finit presque par lui plaire. Il y a quelque chose de joyeusement désespéré qui le pousse à marcher à l'aveugle, à être le seul à marcher à l'aveugle, à trouver cela fascinant. Il revient ensuite dans cette chambre au deuxième étage qui sent la sciure et le remugle de fosse septique, il s'allonge sur son lit, ou plutôt sur ses ressorts, et ouvre l'ordinateur que la Mexicaine lui a trouvé pour 60 dollars.

Sur le net résonne encore l'écho de cette nuit-là. On cherche les étudiants, qui ont pourtant brûlé dans la nuit d'Iguala. Le maire et sa femme ont pris la fuite. Et lui il est là, allongé sur ce lit qui grince, dans une ville sans fin. C'est un traître, une bouture de sale race, ce qu'il a fait, partir comme ça sans rien dire, rien faire, seuls les chiens et les rats l'auraient fait, gouvernés par la peur – n'aider personne, ne pas prendre part à la révolte qui secoue le Mexique, rien, pas là. C'est sans doute parfaitement amoral, mais il s'en fout. Cette histoire ne lui appartient pas, rien de ce pays ne lui a jamais appartenu.

Il erre dans les rues, bouffe des sandwichs, va bosser, amène des plats, les récupère, les lave, il fait des tours en bagnole la nuit conduit par un collègue du boulot, un p'tit gars aussi paumé que lui. Ils tissent leur toile dans South L.A., les odeurs de grillades et de cannabis. Ils ouvrent les fenêtres et laissent le vent chaud leur emplir la tête.

Álvaro traîne sur le web aussi. L'envie de programmer revient lentement. Il lit un soir sur Twitter que Parker Hayes donnera une conférence le 5 février à Los Angeles autour de la troisième révolution numérique. Il a d'autres choses à faire qu'aller écouter le fondateur de Cashflow. Il part laver des assiettes.

Et pourtant, le jeudi suivant, il est dans la salle de conférences du Marriott L.A. Live. Il n'avait pas grand-chose d'autre à faire finalement ce soir-là.

Un grand type au visage massif s'avance, salue la foule réunie. Il porte un tee-shirt *I Love Nirvana and I don't want to die* sous une veste de costume extrêmement relâchée, noire avec coudières bleues. Il commence sans ambages.

Álvaro regarde la force tranquille et arrogante se déployer devant lui.

L'homme n'en est qu'au début. Il est une esquisse de lui-même.

Il était venu pour entendre parler imprimantes 3D et big data. Il a dû se tromper de salle.

… pour cela que j'ai créé un nouveau centre à San Francisco, le Cube, où j'ai réuni les meilleurs spécialistes des nouvelles transformations biotechnologiques…

Álvaro se laisse bercer.

… la nouvelle révolution en cours, qui est celle de l'homme elle-même. Internet ne modifie pas la communication. Internet modifie l'homme. Nous travaillons, au sein de ce complexe, à la fois sur le corps, le réseau et les nanotechnologies : tout cela fait partie de la grande convergence qui approche.

Et puis c'est fini, les gens applaudissent. Un cercle se forme autour du sourire de Parker Hayes.

Álvaro reste à l'écart, se remplissant la bouche de chips au fromage.

Mais au moment où Parker Hayes, s'étant extrait de la salle principale, s'apprête à monter à l'arrière de la voiture noire qui l'attend sur le trottoir, Álvaro jaillit :

— Je.

— Excusez-moi, dit Parker en le poussant du bras.

— Je peux travailler pour vous.

Parker Hayes se retourne. Il voit un jeune type aux longs bras fins, un visage aux traits secs dans lequel flottent deux yeux gris-vert. Une cicatrice court sur sa joue droite, il est beau comme un dieu, pense Parker qui tarde un moment à répondre. Son garde du corps écarte le garçon.

— Je suis programmeur, continue Álvaro, un des meilleurs.

Parker Hayes rit de l'audace du type.

— Des gars comme toi j'en reçois tous les jours, vous êtes tous des super génies.

— J'peux vous montrer.

— Non, non.

Il s'engouffre dans la Tesla, le chauffeur démarre.

Parker souffle en laissant ballotter ses bras le long du corps.

La voiture se fraie un chemin entre les lacets enchevêtrés des autoroutes. Seul un fin ruban ouaté de ce ballet dans la lumière tombante parvient aux oreilles de Parker, qui, les jambes écartées à l'arrière sur les sièges en cuir noir, observe au-dessus de lui le tapis velouté.

— Tu peux passer par les collines, Max ?

— Mais vous n'étiez pas pressé ?

— Si mais j'ai envie de passer par là-haut.

Max sort de l'I-25, entame l'ascension de Mulholland Drive, qui s'ouvre à ses flancs sur l'infinie plaine piquetée déjà de flammèches.

Parker Hayes est depuis 1997 une des figures majeures de la Silicon Valley. Cette année-là, il fonde avec Elon Musk (qui créera cinq ans plus tard Tesla Motors, constructeur de la voiture électrique dans laquelle Parker circule aujourd'hui) le premier système de paiement en ligne, Cashflow, qui devient vite incontournable. L'idée (pas de commission, paiement direct de particulier à particulier échappant aux taxes étatiques) était brillante. Quatre ans plus tard, après s'être brouillé avec son associé, il revend Cashflow pour 1,5 milliard de dollars à eBay. Il se consacre dès lors au financement de projets, qui fleurissent en ce début de XXIe siècle et la révolution numérique en marche. Il investit dans les applications qui naissent chaque jour, dans la téléphonie, l'aérospatiale, les softwares. Il s'achète un château sur Pacific Heights qui domine la baie de San Francisco. Mais les milliards qu'il ramasse n'intéressent pas tellement Parker, qui observe les demeures allongées comme des lions dans l'obscurité sur les bas-côtés de Mulholland Drive (l'une d'elles est la sienne, d'ailleurs, mais il n'arrive plus à la retrouver). Il a un dessein bien plus grand : modifier le cours de l'espèce. Il croit en un homme augmenté, amélioré, qui parviendrait à s'élever au-dessus de sa condition actuelle, bien piteuse au regard de ses possibilités.

Parker fait glisser ses mains sur le cuir noir au contact duquel les doigts créent un frottement délicat. Il ne porte plus de chemises depuis la fin du XXe siècle. Il passe une main dans ses cheveux parfaitement blonds, malgré ses quarante-six ans. Sa peau est ferme et bronzée. Une fine cicatrice à la tempe gauche parachève l'harmonie du visage.

Quand il se déplace c'est avec une grande souplesse. La plupart de ses collègues dans la Silicon Valley sont empotés, gauches, fringués comme des sacs, ils marchent avec difficulté, leur vitesse est ailleurs, mais Parker lui est un jaguar, un mètre quatre-vingt-huit, un corps svelte et athlétique qui module les vitesses, jaillit quand il le faut, glisse parfois. Il a cette beauté qu'on trouverait en Europe formatée, ennuyeuse à force de perfection aux dents blanches, mais qui est grandement appréciée partout ailleurs.

— C'est ta peau, lui avait murmuré Beth devant un verre de rosé. On se demande comment tu fais.

La Tesla redescend de l'autre côté de la colline, rejoignant l'Interstate 5 que Max peste d'avoir abandonnée pour cette escapade stupide.

— Mais en fait explique-moi un peu, reprend Beth : toi c'est les hommes ou les femmes ?

— Oh j'ai pas vraiment d'a priori, répond Parker.

À la surface tout est parfait. Mais quelque chose dessous le tenaille.

Parker a cinq ans, il résout des énigmes au milieu du salon, allongé tranquillement avec son livre sur le tapis. Les Hayes habitent avec leurs deux enfants dans ce pavillon à quelques kilomètres du centre de Cleveland. Le père de Parker est chroniqueur juridique au *Plain Dealer*, le journal local. Sa mère, après s'être longtemps occupée de Parker et de sa sœur Kim, a repris un travail à la mairie dans les affaires culturelles. Parker passe et repasse sa main dans les poils si doux du tapis. Dans l'autre, il tient un Lego égaré là. Il demande quelque chose à son père.

— Quoi ?

— Ce truc là par terre, c'est quoi ?

— Le tapis ?

— Oui.

— De la peau de vache.

— De vache ?

Merde le père est emmerdé c'est pas vraiment un sujet qu'il a envie d'aborder là avec un gamin de cinq ans, mais après tout pourquoi pas, il faudra bien y aller à un moment donné.

— Elle est morte, la vache ?

Ah et puis c'est pas son jour, tout a mal commencé, ça se joue à pas grand-chose le tube de dentifrice qui tombe à côté du verre le café qui brusque les nerfs, la tasse qui ripe sur la table en marbre, il est à la bourre et il faut répondre pourtant.

— Oui, oui, elle est morte.

— Ils l'ont tuée.

— C'est ça. Les animaux meurent.

— Les koalas aussi ?

— Oui, les koalas aussi.

Bon on se calme mon vieux le gosse n'y est pour rien, et puis c'est pas dix minutes de plus ou de moins qui vont changer quelque chose, prends le temps et essaie de t'en sortir avec les honneurs c'est un garçon sensible il faut y aller avec tact – oui et d'une intelligence telle qu'on ne peut rien lui cacher – ah et puis j'ai le soleil dans la gueule ça commence à me.

— Les animaux. Les gens. Mais c'est pas grave, tu sais, c'est pas grave.

Le père se tourne vers Parker, et apparemment c'est grave. Le Lego tombe de sa main gauche.

Assis à l'arrière de la Tesla, Parker se dit que cela ferait une belle scène d'origine, *là où tout a commencé*, le frisson et la nouvelle que tout s'achève, mais bien sûr il n'en sait rien. Il a une mémoire d'animal : il se souvient des coups, des hontes, des peurs, mais sans pouvoir les situer précisément dans le temps. Ce direct dans le ventre aurait pu advenir ce jour-là ou un autre, ailleurs, devant un pigeon éventré ou un poulet qu'on perce comme un sac. Ce qu'il sait, c'est que ce bloc de ciment ne l'a jamais quitté. Il est assis dans sa voiture, un jour il n'y sera plus, ni dans sa voiture ni ailleurs, et ça n'a aucun sens.

— Ce qui est touchant, Parker, ce n'est pas que tu aies peur du vide, de la mort, c'est la chose la plus normale et partagée du monde, dit Gary Hart, non, ce qui est touchant, c'est que tu penses être le seul, ou plutôt tu penses avoir plus peur que les autres et devoir y remédier. Les enfants pensent qu'ils sont les seuls à souffrir. Les adultes savent que ce n'est pas le cas. Ils ont peur parfois. Ils font avec.

Gary, qui investit lui aussi dans les entreprises numériques, est un homme plutôt intelligent mais bien résigné. Ce qu'il n'a pas compris, c'est que le fatalisme ou le cynisme grecs n'ont plus lieu d'être. Parker Hayes a tout. Comme Elon Musk, fondateur de SpaceX qui bientôt peuplera Mars, comme Larry Page et Sergueï Brin, les fondateurs de Google, comme Mark Zuckerberg de Facebook. Tout : les milliards, le pouvoir économique, politique, social, ils mènent la danse, ils parlent à l'oreille des présidents de la Bank of America et des États-Unis, ils vivent dans des manoirs bois blanc sur bord de mer, ils partent en week-end à Salonique où les vieilles pierres les apaisent, ils couchent avec des femmes qui semblent irréelles à force d'échapper aux lois biologiques, ce n'est plus de la peau c'est de la soie, ils couchent aussi avec des hommes parfois, ils dorment dans des lits qui n'en sont pas, dans lesquels on flotte, ils partiraient en vacances dans l'espace mais les vacances les ennuient. Ils vivent dans la baie de San Francisco, se déplacent en jet, ils sont les rois du monde, dont ils infléchissent le cours. Oui. Oui mais. Il y a une chose qui leur résiste.

— Beth, si je t'introduis un flingue dans l'anus, a priori t'es pas contre ?

— Oh tu es fou, Parker, complètement fou. Vas-y.

D'une manière générale la vie se plie à leurs désirs. Il faut dire qu'eux aussi ont beaucoup fait pour la vie. Que feriez-vous aujourd'hui, pauvres de vous, sans Google, sans Mac, sans Internet, sans iPhone ? Que feriez-vous, bande de tocards ?

Mais quelque chose leur résiste. Une anomalie, une erreur du système. Ils contrôlent pourtant l'ensemble du processus.

— La mort est une idéologie comme une autre.

Parker est debout face à un parterre d'étudiants, de chercheurs et d'entrepreneurs dans une salle de l'Université de la Singularité située dans l'enceinte du pôle de recherche de la Nasa, à un kilomètre d'une gigantesque serre en métal où sont construites les fusées.

— De nombreux obstacles entravent l'évolution de l'homme, et en premier lieu sa mortalité. C'est un immense handicap. Or la mort n'est pas obligatoire et inévitable comme on veut bien nous le faire croire. Ce n'est pas une nécessité. Moi, par exemple, je compte bien m'en passer. (Léger relâchement des épaules dans la salle.) Je n'ai pas de temps à consacrer à de telles bassesses. J'ai créé avec Aubrey de Grey la Fondation Mathusalem, qui regroupe une trentaine de spécialistes s'employant chaque jour à repousser les limites du vieillissement. À quoi bon vieillir ? Ça vous intéresse, vous ? (Michelle, dans la salle, note dans la voix métallique de Parker un léger fléchissement, mais c'est peut-être son oreille.) Moi pas. C'est ignoble d'être vieux. (Parker se rend compte qu'il a un peu forcé, il y a peut-être des vieux dans la salle. Il fait le tour. Non c'est bon il n'y en a pas.) Je ne veux pas offenser les seniors, c'est une profession tout à fait acceptable, mais c'est un peu *dégradant*, non ? On fait, et puis on ne peut plus faire. Si on pouvait éviter ça, vous signeriez ?

Oh ils signeraient des deux mains les enfants de putain.

C'est la dernière frontière, le dernier territoire à conquérir.

Parker trouve les hommes bien serviles. On leur a dit c'est ainsi, ils s'y résignent. Il a étudié lui aussi les anciens, leur grande sagesse, et puis les modernes à partir de Montaigne. La mort n'est rien pour nous, philosopher c'est apprendre à mourir, et toutes ces conneries. Il a étudié la philosophie à Stanford. Il a surtout vu la bassesse des hommes et leur résignation. Pourquoi accepter de mourir alors que ce n'est plus nécessaire ? Pourquoi accepter de disparaître pour toujours, de ne plus jamais revenir ? C'est ça surtout qui l'angoisse, il partirait et ne serait plus *jamais* invité à la fête, on disperserait ses cendres dans l'océan en face et basta, jusqu'à la fin des temps, *la fin des temps*, et lui plus là jamais – une main l'attrape à la gorge.

— L'idée de la conquête de l'Ouest était de repousser toujours plus loin la frontière, dit Sergueï Brin, cofondateur de Google, à la tribune. Et puis les pionniers ont buté contre l'océan, alors ils ont dû s'arrêter. Partir vers le nord chercher de l'or. Mais on est en 2015, chers amis. L'or nous l'avons entre les mains. Nous roulerons bientôt tous en Google Car, nous traverserons le globe avec l'Hyperloop, ce train magnétique qui nous propulsera à 1 200 kilomètres-heure, nous partirons vivre sur Mars. Et nous repousserons la dernière frontière de l'Ouest : nous vaincrons la mort.

Sergueï s'était trouvé peut-être un peu emphatique sur la fin, mais les gens dans la salle l'avaient longuement applaudi.

Quand Parker rencontre Aubrey de Grey, en juin 2010, il a un mouvement de recul. Il aurait pensé qu'une telle barbe était interdite de nos jours. Ce n'est d'ailleurs plus vraiment une barbe à ce stade-là, c'est une étendue, un territoire indépendant, roux et rugueux. La carcasse d'Aubrey s'élève, massive, au-dessus de la tribune.

— Deux tiers des décès sont dus à l'âge.

Sa voix vient de loin, bien plus loin que les cordes.

— Je ne sais pas si vous vous, hum, rendez compte. Les deux tiers. C'est l'équivalent, pour que vous vous fassiez une idée, de trente World Trade Center par jour ! Trente tours fois deux, ça fait soixante tours qui s'effondrent chaque matin. Et tout ça à cause de la vieillesse. Vous trouvez ça normal.

On entend de timides Non.

— Eh bien vous avez raison. Lorsqu'une tour s'effondre, justement, ou qu'un tsunami tue des milliers de personnes, on pousse des hauts cris. Alors ? Quoi ? On va rester assis comme ça, à attendre le cataclysme ? Personnellement, non.

Murmures dans la salle.

— J'ai lancé l'année dernière le projet Seven, qui a identifié les sept grandes causes du vieillissement, contre lesquelles nous luttons activement. La vieillesse est le pire des fléaux, elle s'infiltre sous votre peau, elle déforme les organes, les artères, elle vous bouffe l'intérieur (il reprend son souffle), c'est la maladie la plus vicieuse, la plus mortelle, et pendant que les hommes, partout, de tout temps, se sont croisés les bras en l'acceptant, nous ne ferons pas de même, nous dirons non à la vieillesse.

Hourras.

Thomas Payne, assis au troisième rang, replace discrètement son sonotone.

Parker Hayes ne connaît rien au désir. Il connaît la volonté. Ne sachant rien du désir, il n'a pas de notion de la mort. Le noir infini n'est pour lui qu'une peur, une angoisse sourde, sans le moindre lien avec le vivant. Non seulement la mort n'a pas lieu d'exister, mais elle n'existe pas. Elle est entièrement détachée du réel, elle est hors de toute chose. S'il avait fait, plus tôt, l'apprentissage du désir, il aurait appris que la perte lui est consubstantielle, et que rien n'existe qui ne puisse disparaître. S'il s'était livré à ses sens, il aurait vu le noir infini logé dans toute couleur. Mais il n'a pas voulu. Il a choisi l'action, comme si elle était l'antithèse du doute et du néant. Il s'est persuadé qu'il n'avait pas peur. Il a fini par croire que rien ne pouvait lui arriver.

Le sage avance en sachant tout perdu, le fort et le fou avancent en espérant y remédier.

À dix-huit ans, lorsque Parker part étudier la philosophie et l'anthropologie à Stanford, son corps pèse sur lui. C'est un manteau trop grand, qui tombe tout à coup en pluie sur ses épaules, le laissant nu et glacé aux yeux du monde. Cette masse froide l'embarrasse, il l'éreinte d'amphétamines pour aller plus vite, l'assomme le soir de somnifères et de Xanax. Il y a la gêne mais il y a surtout l'angoisse.

Et ce n'est pas qu'un mot, c'est une pâte lourde et visqueuse dans son ventre, qu'il traîne tout le jour sur les trottoirs.

Malgré tout, parfois, lors de timides éclaircies, il sent que ses jambes avancent et que sa démarche s'assouplit. Ce corps qu'il a partout sur lui, c'est tout ce qu'il a et il n'est pas prêt à le perdre.

Il passe ses journées dans l'immense bibliothèque de Stanford dont les allées exhalent l'odeur fauve du bois de noyer. Il lit Hegel, Melville, Ezra Pound, il lit le théoricien du libéralisme Adam Smith et le chantre de la fin de l'Histoire Francis Fukuyama. Un après-midi, en première année, il trouve un roman dont il a souvent entendu parler, qui doit peser dans les 1 200 grammes : *La Grève* d'Ayn Rand. Paru en 1957, vendu à six millions d'exemplaires, il a façonné un grand nombre d'intellectuels américains. Le personnage principal, John Galt, invente la grève inversée : les entrepreneurs, opprimés par les taxes et le climat collectiviste, se soulèvent et fondent leur propre communauté libertarienne, du nom de cette idéologie prônant la liberté absolue de l'individu, à tous les niveaux et en particulier économique, loin de toute tutelle étatique. Ayn Rand, Russe anticommuniste arrivée aux États-Unis en 1926, y fait l'éloge de l'égoïsme salvateur, de l'initiative individuelle contre le sacrifice de soi et l'altruisme. Parker est enthousiaste. L'homme doit échapper à l'État, cette maladie infantile de la société, se défaire des entraves multiples qui l'empêchent de devenir plus que lui-même.

Les cours reprennent à Stanford. Parker marche en polo vert et blanc sous les majestueuses arcades de ce campus de 32 kilomètres carrés. Il croise sur chaque pelouse des filles pétillantes et de jolis garçons. Il revit sous le soleil franc de la Californie.

Il s'inscrit en janvier à un cours donné par le philosophe français René Girard, que tout le monde connaît sur le campus pour son impressionnante carrure et ses sourcils charbonneux. Girard a débuté sa carrière en 1961 par la littérature avec un célèbre essai, *Mensonge romantique et vérité romanesque*, avant de bifurquer lentement vers l'anthropologie et la philosophie, s'efforçant d'englober ces différents savoirs dans une vaste recherche autour de l'origine de la violence, du sacré, du religieux. Il est considéré depuis longtemps déjà, le jour où Parker Hayes pénètre dans l'amphithéâtre 4E, comme l'un des plus grands intellectuels français.

— Tu peux me laisser passer.

Parker enjambe un type à casquette et deux étudiantes encastrées entre le mur et les escaliers, parvenant à glisser une moitié de fesse sur le banc en bois recouvert de stickers politiques et pornographiques. René Girard s'avance vers l'estrade. Il est encore plus grand que prévu. Le cours s'intitule *Sauvagerie et civilisation*.

— Bonjour à tous. Je commencerai par –

Parker remplit dix pages ce jour-là, deux cahiers entiers pour tout le semestre. Il les revoit, beiges à bordures sombres, il les avait achetés à Barnes & Noble. Il a tout oublié aujourd'hui. Il cherche, à l'arrière de la Tesla qui file sans bruit à travers la plaine jaune canari piquetée d'éoliennes, à se souvenir de quelque chose, de mots, de développements, il ne retrouve rien si ce n'est la voix de René Girard venue du fond d'une grotte. Ah si : le sauvage fait irruption dans le réel et le vrille. (Comment Girard avait-il tourné cela ? Il avait un anglais relativement fluide, assez peu chahuté par l'accent rocailleux du Sud français.) La société moderne a inventé le réel pour faire bloc contre la sauvagerie. (Il est sans doute en train de délirer complètement.) Le réel n'existe pas, avait lancé Girard, ça il s'en souvient, aux étudiants à peine surpris, déjà revenus de tout. C'est une fiction comme une autre. Le sauvage est le contraire d'un imbécile. Il sait que s'il s'oppose frontalement à la société des hommes "civilisés", il les vaincra. Ils auront peur, ils sont faibles, ils feront demi-tour. Ensuite, bien sûr, quand l'effroi sera passé, les hommes civilisés tueront le sauvage. Pour recouvrer leur dignité, ils lui feront mal avant aussi. Mais cela importe finalement peu. Le sauvage aura creusé une faille dans l'armure. Et ça suffira. Oui, Parker se souvient de cette phrase laissée en l'air, qui avait flotté un moment comme une menace, "le sauvage vainc toujours", avant que Girard ne dise à la semaine prochaine, sa grande carcasse disparaissant sous le porche de l'amphithéâtre. Et là, sur le cuir moelleux de la Tesla, traçant de son doigt une ligne au milieu des champs brûlés par le soleil californien, à quelques kilomètres de la côte pacifique, Parker Hayes se souvient de la phrase de René Girard, et il pense au visage de ce jeune Mexicain.

2

C'était un mail comme un autre. Adèle n'avait pas fait spécialement attention. Il y avait sans doute un titre, en anglais, et le nom de l'expéditeur qui lui était inconnu, étrange, elle avait observé un moment la forme du K, du H, du Y. Il y avait deux lignes ou trois, le type disait j'aimerais vous rencontrer. Il devait préciser pourquoi, elle ne se souvenait plus. Elle n'avait pas répondu. Ce nom lui disait quelque chose, pourtant, elle l'avait lu quelque part c'est sûr, mais où. Elle était passée à autre chose, elle avait du boulot.

Mais quand ce grand type aux yeux bleus marbrés s'est avancé vers elle à la fin de sa conférence à Mexico sur *L'apostose, ou les problématiques de la lutte contre le vieillissement cellulaire* et qu'il lui a dit son nom, elle s'est souvenue, oui, quelque part.

— Je m'appelle Parker Hayes, je suis le fondateur de Cashflow, que vous avez peut-être utilisé un jour. J'ai créé par ailleurs le Cube, un lieu dédié à la lutte contre le vieillissement. J'aimerais vous proposer un poste.

Tee-shirt *Free Wifi* avec le drapeau rouge / bleu / jaune du Tibet sous veste noire, l'homme devant elle semblait trop grand pour lui-même. L'agressive harmonie des traits de son visage a obligé Adèle à détourner le regard.

— J'ai déjà un travail qui me plaît beaucoup.

Son avion partait à 14 h 30.

— Je devrais peut-être vous donner des chiffres pour qu'on sache de quoi on parle.

Il a en effet dit un chiffre. Elle n'était pas vraiment sûre de comprendre. Elle est pourtant assez bonne en anglais. Il a répété. Elle avait bien compris.

— J'ai lu vos papiers, il a dit.

Sa voix semblait provenir d'un espace indécis entre le nez et la glotte, qui lui donnait cette vibration métallique.

— C'est pour ça que je suis venu vous voir ici, à Mexico. Je déteste cette ville. En revanche j'aime La Havane, ils ont la pauvreté digne là-bas, et chantante. Je plaisante. Bref, je sais qu'il y a quelque chose.

— Dans ?

— Votre travail. Vous aurez toute l'équipe que vous voulez autour de vous. Et l'axe des recherches serait –

— Je vous remercie d'avoir pensé à moi. Je reprends l'avion tout à l'heure pour Paris. Au revoir.

En 1985, la chercheuse d'origine australienne Elizabeth Blackburn fait, avec sa collègue Carol Greider, une immense découverte. Elle révèle l'existence de l'enzyme appelée télomérase dans son laboratoire de l'université de Berkeley. Le télomère désigne l'extrémité d'un chromosome. Chaque fois qu'une cellule se divise, le télomère raccourcit. Les cellules se divisent un certain nombre de fois, c'est la base du renouvellement cellulaire. À chaque fois, le télomère rétrécit. Lorsqu'il est devenu trop petit, la cellule ne peut plus se multiplier, ni se diviser ; elle meurt.

— La télomérase du coup c'est l'enzyme qui régule la longueur des télomères, c'est ça ?

— Oui, Adèle, c'est exactement ça. Eh ben si c'est clair pour tout le monde, on passe à la suite, dit Catherine Chanliau, professeure à l'école préparatoire de Paris-Descartes.

Dès lors, la connaissance du vieillissement cellulaire progresse de manière exponentielle. De nombreux laboratoires se lancent dans ces recherches, prenant le relais d'Elisabeth Blackburn, partie à la retraite en 2010 après avoir reçu le prix Nobel. On découvre que la télomérase est ce qui prémunit le corps humain contre le vieillissement cellulaire. Sans elle, après une quarantaine de divisions, la cellule mourrait. De là à devenir immortelle, il n'y a qu'un pas, allégrement franchi par les cellules cancéreuses, qui se multiplient, refusent d'être remplacées et finissent par envahir tout l'organisme. Et c'est bien la télomérase qui joue, cette fois-ci, un rôle néfaste. Les scientifiques, à Paris, Londres, Moscou, Harvard, s'efforcent de le limiter, dans l'espoir de trouver un remède contre le cancer. Pour le reste, dans le cas des cellules saines, il s'agit de préserver les télomères. Le laboratoire de Strasbourg participe à ces avancées : sans l'action de la télomérase, qui replace à chaque division cellulaire la partie perdue au bout du chromosome, celui-ci perdrait les informations de ses gènes et finirait par crever comme une coquille vide.

Adèle Cara travaille depuis 2011 autour de la télomérase dans ce même laboratoire de biologie moléculaire et cellulaire de Strasbourg. Ses recherches portent plus spécifiquement, depuis un an et demi, sur l'une des deux sous-unités de l'enzyme.

Pour les passagers du vol 432B en direction de Paris-Charles-de-Gaulle, l'embarquement se fera en porte 27.

— On en reparle, a dit Parker.

— Non merci.

Adèle est rentrée tranquillement chez elle, elle a repris le train des choses. À rebours, comme d'habitude. Adèle est aussi proche d'un animal que possible. D'une intelligence phénoménale mais instinctive, elle capte immédiatement les êtres, les forces (ce qui la rend, par ailleurs, irascible, le réel et les êtres la blessant aisément). Elle sent les hommes au nez. Ils ne sont pas encore dans la salle qu'elle les a déjà saisis comme une entrecôte sur la poêle. La plupart du temps, ça sent le cramé. A priori, les gens, elle a du mal, c'est pas vraiment son truc. Mais si son nez lui donne son accord alors elle se livre. Et elle ira jusqu'au bout. Pas de demi-mesure. Pas de compromis. Fière animale.

Adèle aime puissamment, c'est pas un truc de cartes postales. Du coup c'est compliqué, les hommes préfèrent a priori qu'on les aime tranquillement, ils trouvent ça agréable, une femme disponible, fraîche, une amante exercée, mais il faut pas non plus les emmerder outre mesure avec les bagatelles du cœur, ils ont des trucs à faire (dominer le monde, instaurer leur loi, bouffer des chips), alors les parties de jambes en l'air, c'est sympathique, ça les calme pour le reste de leurs affaires (certains avaient même remarqué que le sexe à profusion leur quittait l'envie de faire la guerre ; on leur coupa les couilles, à ces putains de hippies), mais après ça se complique toujours, les femmes veulent en *parler*, elles entortillent la chose à un point insensé, quand tout est pourtant extrêmement clair. Adèle est loin d'être une emmerdeuse, mais ne faisant rien à moitié, on la rapprochera malgré tout du fameux type de *l'hystérique*.

Adèle a le visage rond, les cheveux noirs, le rire éclatant. On la voit passer. Je la vois passer. Je ne dis rien. Je la regarde. Je suis comme tous, j'aime les animaux sauvages, rien de plus détestable que les mous, mais là je m'arrête, j'ai un doute. On se dit que c'est peut-être pas le moment, qu'on pourrait s'y perdre. Et le temps de le formuler, elle est passée.

Adèle a vécu sept ans avec Jonathan. C'était chaotique, ardent, mais c'est fini maintenant. On pourrait énumérer ce qu'il y avait dans ce cocon-là, cela serait sans doute émouvant, toutes ces miettes sont interchangeables, musiques écoutées, disputes sous la pluie, langage unique inventé pour la survie du microcosme en milieu hostile, attentions et trahisons, on pourrait, mais tout le monde connaît la chanson pop-amère ; rien de plus commun que ce qui nous paraît si intime. Un jour ou l'autre, on découvre que tout ce qui semblait constituer notre identité, nos peurs, nos extravagances, nos pensées les plus singulières n'est que bouillie commune usée jusqu'à la corde, que nous n'avons rien d'unique. Nos amours, nos tourments, notre existence ; jolis fac-similés d'une autre vie que la nôtre.

Jonathan est resté, donc, et Adèle est partie. Il était tellement lui-même, chaque nouveau matin, que cela en devenait fatigant, presque douloureux à voir. Les chansons de Sufjan Stevens, elle les écoute toute seule à présent, et c'est très bien aussi.

— Je sais pas, ma fille, elle est… Tu vois, je sais pas…, dit le père d'Adèle à son partenaire de gym, Philippe, un cinquantenaire fatigué au niveau des yeux et des petits cheveux sur les tempes. Adèle, elle est peut-être gouine après tout. Oui, ça collerait assez bien. Petite, elle jouait déjà avec ses copines. À quoi, je sais pas. Oui, ça expliquerait que ça marche jamais avec les mecs. Et puis, bon, ça m'embête de le dire, mais y a toujours eu quelque chose, les cheveux à la garçonne, les manières brusques, l'attitude, ça se sent ces choses-là – c'est pas le genre de trucs qu'on a le droit de dire, mais bon comme je suis avec toi on est en confiance je me lance.

— Tu fais bien. Ouais, maintenant que tu le dis. Ouais.

— Je comprends, avait dit Parker Hayes. Réfléchissez-y.

Adèle connaît parfaitement ces gars-là, les transhumanistes de la Silicon Valley, elle en a marre d'entendre leurs noms à toutes les sauces. C'est une bande de dingues qui ont envahi tous les domaines scientifiques et technologiques, une secte maquillée en pensée libre et transversale, des fanatiques de la pureté qui rêvent d'immortalité, de cerveaux téléchargés sur des disques durs et d'humains sans corps.

— C'est tout réfléchi.

En février 2013, elle change de division dans le laboratoire et rejoint sa spécialité : les cellules souches, qui sont les mères de toutes les autres cellules, des organes et des tissus du corps humain. On les trouve surtout chez l'embryon, dans le cordon ombilical, puis, chez l'adulte, en quantité moindre, dans le sang, la moelle épinière, la peau, les os, les intestins. Les cellules souches sont les seules à se diviser indéfiniment, quand les cellules filles meurent au bout d'un certain nombre de divisions.

— Cette fille est étrange. Tu sais, celle qui a les yeux qui flottent.

— Ah oui je vois. C'est une folle. Et j'm'y connais.

Chaque jour elle se lève et replonge dans la matière. Ce qui la fascine, c'est la beauté des intérieurs, le ballet affolé des cellules sous la peau.

— C'est vrai qu'en plus, avec sa blouse blanche, elle doit pas spécialement attirer les garçons non plus.

Ce qu'elle voit, sous la peau, ce sont des atolls, des insectes de mer, des rougets, des toiles de Pollock, ce qu'elle voit quand elle se glisse dans les vaisseaux, les crevasses et les rivières, ce sont des astéroïdes rouge-bleu, des robes au vent, des mitochondries comme les silhouettes raides de l'art brut, des soucoupes volantes jaune flamme, des gravures noires et grises (lysosomes, protéines), des éclats de peinture (chromosomes), des constellations secrètes, feux soudains, verts et rouges, dans le noir du dedans (protéines du cytosquelette), soleils cramés (noyaux de la cellule, ses quatre nucléoles, les innombrables microtubules), des amibes bleu dansant dans les abysses des mers (réseau du cytosquelette formé de deux protéines fibrillaires, l'actine et la tubuline). Elle relève le nez, inspire, et repart vers des astres piquetés de filaments, de stalactites et de cratères (le noyau de la cellule – elle a dû changer de focale –, le voici tout près : oui, c'est ça, les 6 millièmes de millimètre à échelle 1/10 0000), puis c'est un autre monde, un immense fleuve bleu-noir traversé de rubans coquelicot (les anticorps coloriés par sa collègue, les vaisseaux sanguins, et puis partout, immortelles, se reproduisant, gagnant du terrain, les cellules tumorales, délicats filaments rouges). Et puis il n'y a pas que les cellules des hommes, il y a ces formes écartelées dansantes ovales dandinées sphériques de ces cellules de souris, il y a les arbalètes et les coquillages, les rubans et les fauves, toutes couleurs et formes dansant dans les tréfonds. Adèle vit là-dedans, les choses foisonnent, silencieuses et bruyantes, elle savoure leur jaillissement insensé, elle ne connaît de magie plus pure et de grâce plus fulgurante que les fleuves de cellules, des orteils au cerveau.

Et toute cette folie intérieure est née de deux gamètes, minuscules îlots gris et blancs spécialisés dans la reproduction sexuée, qui donneront naissance à une seule cellule mère, laquelle créera un être humain (40 milliards de kilomètres de cellules pour un nouveau-né) avec ses organes, ses membres, son patrimoine génétique, toute une folle architecture, un ADN unique dans l'histoire de l'humanité, qui grandira, vivra et mourra, transmettant, ou pas, son patrimoine cellulaire et génétique à un autre être humain.

Objet : Cube
Message : Chère Adèle,
J'espère que vous êtes bien rentrée. Auriez-vous un moment pour faire un Skype dans la semaine ?
Sincerely,
Parker Hayes

Le mec insiste en plus.

Objet : Re-Cube
Message : Non, cher monsieur.
Sincerely,
Adèle Cara

Objet : Re-re-Cube
Message : Et la semaine suivante ?

Objet : Re-re-re-Cube
Message : J'ai des semaines très chargées, en particulier la suivante.

Et Adèle retourne dans les cavités.

3

Max a filé tout droit sur Geary Boulevard, puis a tourné à droite dans la 29e Avenue jusqu'au sommet de la colline Sea Cliff, s'est garé là sur le promontoire en gravier dominant l'océan, devant le Cube. Parker est sorti de la voiture, s'est approché de la grande structure parfaitement immaculée d'une quinzaine de mètres de côté, traçant dans le ciel non la forme géométrique attendue mais une parfaite demi-lune blanc neige – l'esprit de contradiction, sans doute. La matière qui recouvre la structure en métal, les parois ainsi que le sol est une fine couche de revêtement mou, qui ne reflète pas le soleil et semble flotter dans l'air. Le toit est le mur est le plafond est le sol. Même pâte de sel, indolore, lointaine déjà alors qu'elle est là sous la main, à la douce odeur de peinture fraîche. Mais ce n'est pas de la peinture. Parker avait demandé cette matière gélatineuse qui lui rappelait les petits parcs où il gambadait, enfant, et dont le rebondi aérien, la grâce molle avaient enclos et circonscrit sous ses pieds, et pour toujours, l'idée même de l'enfance. Les architectes n'avaient pas trouvé la même, évidemment, C'est impossible cher monsieur à reproduire en intérieur, les sols amortissants de ce type, et puis vous vous enfonceriez, ce serait embêtant, dangereux même, Mais c'est ce que je veux, précisément, Ah oui mais ça me semble complexe. On avait finalement opté pour un sol en bambou, *agréable au contact et pourvoyeur d'ondes positives, puisque naturelles*. Parker avait fait la gueule.

Il entre dans le hall. À l'intérieur aussi tout est blanc, table, chaise, brancard, lit. Jusqu'à ses stylos.

— C'est la pureté, vous comprenez. L'élégance, le futur. C'est mon métier.

Vingt-trois personnes travaillent ici. Il y a des chercheurs, des médecins, des chirurgiens, toute une équipe de spécialistes en biologie tenus de garder leurs travaux confidentiels. Parker leur a indiqué très clairement, dès le début, les orientations à suivre.

Il rentre dans son bureau, à droite après l'entrée, où sa secrétaire Hailey Duncan éconduit les visiteurs égarés. Il ne sait pas vraiment par où commencer aujourd'hui. Il ouvre l'écran de son ordinateur quand son téléphone se met à sonner.

— C'est pour vous, dit Hailey. Un monsieur qui dit –

— Passez-le-moi. Allô.

— Bonjour. On s'est croisés la semaine dernière à Los Angeles.

La voix est brutale, il la reconnaît.

— Je veux vous montrer ce que je sais faire.

— Ouais, ouais... Je vous ai déjà dit, mon agenda est plein de p'tits génies comme vous.

On entend le souffle à l'autre bout de la ligne, et Parker, tout à coup :

— Enfin, attendez. Oui, peut-être, j'ai peut-être quelque chose. Vous êtes à San Francisco ?

— Pas encore.

Il parle pas si mal anglais pour un Mexicain, pense Parker.

— Quand vous y serez, prenez un taxi jusqu'au 74, 26e Avenue.

Et il appuie sur le rond blanc de l'iPhone.

Álvaro prend le lendemain le Megabus pour San Francisco. Il passe sept heures et demie à la fenêtre à regarder défiler les voitures sur champs jaunes. Arrivé à Caltrain Station, il décide de traverser la ville à pied. Ça monte et redescend comme prévu, les maisons victoriennes se déclinent en teintes crème, ça doit être beau sans doute mais il s'en fout. Il arrive, presque deux heures plus tard, derrière le parc de Presidio, le soleil tombant de l'autre côté de la baie. Il s'approche de la grande structure blanche, la jeune femme souriante à l'accueil lui demande je peux vous aider, oui je viens voir Parker Hayes.

— Je vais le prévenir.

Hailey emmène Álvaro le long des couloirs dont la blancheur extrême l'éblouit légèrement, il tourne le visage mais c'est pareil de l'autre côté, on arrive finalement et la salle dans laquelle ils entrent est de la même eau.

— Bienvenue au Cube, lui dit Parker en lui serrant la main.

Álvaro s'assoit sur un des poufs.

— Vous voyez, ce lieu a été pensé comme un –

— Vous avez un boulot pour moi ?

— Alors bon écoutez. Comme je vous l'ai dit on aurait quelque chose pour vous. Le seul problème c'est que pour l'instant en termes d'ingénieurs, d'informaticiens et de programmeurs, on est bien. Bien. Mais en revanche, il nous manque quelqu'un pour les tests.

— Les tests.

— Oui ici en réalité on travaille surtout autour de la santé. Les capacités du corps humain. Et pour ça, il nous faut des volontaires.

— Je suis pas un volontaire. Je suis un programmeur.

— On parle là de plus d'un million de dollars.

— On parle de rien du tout. Je suis un putain de Mexicain, OK, mais je suis un codeur, un des meilleurs, c'est ça que je fais. Chuis pas un putain de cobaye.

— Ah non cobaye non, il est pas question de ça. Comme pour l'instant je ne peux pas vous proposer un poste d'informaticien, et je m'en excuse, je vous propose de contribuer à l'histoire de l'humanité en nous aidant à tester, sans le moindre risque, la révolution à venir.

— Vous vous êtes foutu de ma gueule en fait.

— J'ai été le plus honnête possible.

Il y a un tel lissage des formes sur le visage de Parker Hayes – dont il ne reconnaît aucun tic, aucune manière de se mouvoir – qu'Álvaro est incapable de savoir s'il dit vrai ou non.

— Et ça consisterait en quoi cette connerie ? demande Álvaro d'une voix de mort.

— C'est extrêmement simple. Il s'agirait de s'allonger ici, quelques heures, tous les deux ou trois jours. Notre équipe de médecins, parmi les plus qualifiés du monde, procédera à une série de prélèvements, d'expérimentations, à partir de vos cellules. Vous n'avez rien à faire et vous ne sentirez rien. Je vous fais un chèque tout de suite.

— Allez vous faire foutre.

Álvaro pousse sa chaise et se lève. Parker le rattrape avant la porte d'entrée du Cube.

— Prends le temps d'y réfléchir. Ma secrétaire va te montrer la maison que j'ai louée pour toi. Repose-toi. Le voyage a été long. On en reparle tranquillement.

— Je suis pas une pute. Vous devez pas être habitué à ça, mais je ne veux pas être votre pute.

Parker pose sa main sur le bras d'Álvaro.

— Calme-toi. Tout va bien. Personne ne se fout de toi ici. Tu es capable de grandes choses, je vois ça. Je te demande juste un peu de patience. J'aurai bientôt un poste pour toi. J'ai besoin de gars aussi compétents que toi.

Álvaro plonge ses yeux bouillants dans ceux de Parker qui viennent tout juste de se réveiller.

— Va dormir. Ça ne coûte rien. Demain, marche dans la ville, mange dans un bon restaurant, et on en reparle après.

Erin, une des assistantes de Parker, fait glisser la Mercedes sur California Street jusqu'au sommet de Pacific Heights. Elle fait le tour de la fastueuse place de Lafayette Park où s'élèvent des pins de Monterey, des cyprès secs et odoriférants, des acacias et des eucalyptus, avant de redescendre dans Clay Street jusqu'au numéro 1890. Un portique vert s'ouvre sur un jardinet fleuri et une maison victorienne aux colonnades crème. Álvaro marche jusqu'à la porte ornementée. À droite s'ouvre le salon, immense, dont la baie vitrée donne sur le jardin et la piscine.

— Alors vous avez trois chambres dans cette partie-là, dit l'assistante, dont les deux rangées de cils ne semblent pas être de même longueur, et deux salles de bains comme ça vous avez le choix.

Álvaro jette ses chaussures à l'entrée et lui dit OK, je trouverai. Erin repart. Il s'étale sur le lit. Pour la première fois depuis des mois, il n'entend plus rien, à peine le frou-frou lointain de quelques enfants jouant sur le trottoir. Il y a bien sûr le contact soyeux de l'oreiller, la douceur des draps sur ses mollets qui dépassent du jean, le miracle des conjectures, mais c'est surtout le fait d'avoir un corps et de pouvoir l'allonger. Un son s'élève de sa bouche, dernier signe de vie avant l'extinction.

Adèle s'emmerde un peu chez elle.

Strasbourg est très calme, spécialement en hiver, normalement elle va dès qu'elle peut à Bruxelles / Berlin / Paris, et puis ses amis viennent la voir, mais là ce week-end elle est restée, elle regarde des séries, elle lit un roman autour d'une rupture douloureuse, elle se fait chier quoi.

Elle relit le dernier mail que le type, un forcené, a envoyé malgré ses refus répétés.

Vous aurez toute une équipe pour vous épauler. Il s'agirait d'avancer, avec les moyens suivants (il y a un chiffre qu'elle a du mal à saisir à cause de la virgule), *sur votre domaine de recherche : les cellules souches. Des médecins mèneront, en parallèle, des expérimentations sur des patients.*

Ce qui l'intéresse surtout c'est le vent. Elle voit la baie de San Francisco sous ses pieds, elle voit les épingles à cheveux, la peau des bras qui craquelle.

Elle regarde par la fenêtre, rue du Noyer : on ne distingue presque rien à travers la crème tournée qui stagne, on devine qu'il y a un quai, un pont, un passant peut-être.

L'idée du Cube est la suivante : trouver une solution au vieillissement. Les cellules souches vont nous y aider. Vous aurez toute liberté de manœuvre, rien à voir avec ce que vous avez en France.

Le type est cinglé, aucun doute là-dessus. Mais le vent souffle sur sa peau.

Elle referme l'écran de son MacBook.

Prenez-moi un aller-retour Paris-San Francisco, pour la semaine prochaine. Et on discute de tout ça.

Adèle savait parfaitement, en écrivant cela, que c'était plié. On ne fait pas 9 000 kilomètres pour *discuter*. Et puis, malgré toutes ses réticences, malgré le dégoût que lui inspirent les transhumanistes américains, elle sent en elle un élan, une impulsion forte de partir et de voir – elle se plantera peut-être, mais elle veut partir, elle veut sans doute se tromper aussi. Cet élan-là, on ne peut rien y faire.

Alors elle a pris le vol direct de 18 h 30, le mercredi suivant. Elle a dit à Fabienne Annel, la responsable de son labo, qu'elle partait à San Francisco. Qu'elle la tiendrait au courant. Qu'a priori elle ne reviendrait pas tout de suite, qu'il faudrait lui trouver une remplaçante.

— Attends, j'comprends pas : tu restes ou tu pars ?

— J'ai pas encore décidé. J'te dis ça au plus vite.

— Alors là c'est quoi c'est des congés ?

— Une semaine, ouais.

— T'as intérêt à revenir.

Le vendredi, quand Parker Hayes, qu'Adèle a immédiatement trouvé aussi détestable et séducteur que trois mois auparavant, lui tend un stylo pour signer son contrat d'embauche à six chiffres avec entière responsabilité sur le labo de recherche dudit *Cube*, elle ne fait que semblant d'hésiter, comme le ferait la protagoniste d'une série d'ABC diffusée en milieu d'après-midi, elle survole le contrat, passe les pages, murmure ouaaais, comme pour réfléchir, et signe finalement. Elle relève les yeux vers le type qui sourit en face d'elle. Elle est affligée. Sa carrière d'actrice vient de s'envoler.

Álvaro est allé faire quelques pas dans le quartier pour calmer ses nerfs. Rien de ce qu'il a vu ne l'a aidé. Il n'en a rien à foutre de cette ville comme du reste. Il avait eu un moment d'enthousiasme, il avait pensé que peut-être, va savoir, et il s'est fait baiser bien sûr. Il foutrait le feu à ce pâté de maisons s'il pouvait.

Il remonte finalement dans l'autre sens, la secrétaire l'attend, qui l'emmène au Cube. Il va directement dans le bureau de Parker, qui se lève dans un sourire et lui tend la main –

— Il me faut le fric tout de suite.

— Alors tout maintenant ça va pas être possible, mais la moitié oui. Et l'autre moitié dans un mois.

Álvaro entend cette voix métallique qui lui vrille le tympan. Il ressort.

— C'est par là.

On pousse des portes pressurisées, on marche dans un long couloir vide, il suit les pas devant lui. Il entre dans la salle de gauche qu'on entrouvre pour lui.

— Bonjour.

Une voix de femme cette fois-ci.

— Je m'appelle Adèle Cara, je suis biologiste cellulaire, je vais simplement vous examiner. Enlevez s'il vous plaît votre tee-shirt, votre pantalon, ne gardez que votre caleçon.

Álvaro s'avance vers la chaise située dans le coin droit de la salle. Il ôte ses chaussures noires tachées. Il retire lentement ses deux chaussettes puis enlève son jean. Il glisse ses mains hors du tee-shirt acheté un an plus tôt à Mexico. Il est debout en caleçon noir, dans l'angle de la pièce. Il fait quelques pas vers le lit d'opération. Parker ravale sa salive et sa phrase, qu'il avait entamée sans savoir pour autant quoi mettre dedans. Adèle a les yeux fixés sur ce corps qui s'avance vers elle. C'est une silhouette d'un mètre quatre-vingts peut-être, qui, malgré le passage des coups, est parfaitement équilibrée dans l'air sec de la salle : les biceps et triceps sont bombés, dessinant courbes et aplats, laissant voir des creux dans de brusques dérobades, mais tendus à l'extrême, comme des arcs. Le torse se dresse avant de tomber à pic vers le sternum, enfoncé. Adèle voit les blessures sur la peau, fines rayures qui strient l'épiderme des bras aux jambes. La couleur de sa peau se situe quelque part entre les lignes : crème foncé, marron sépia, épices, noir cassis, création unique des sangs mêlés. Les muscles des jambes, parfaitement droites, sont secs et puissants. Elle relève les yeux, le garçon la fixe, il ne cherche pas d'effet, il plante ses deux billes dans ce qu'il y a devant lui. Álvaro s'est rasé la tête hier avec la machine qu'il a trouvée dans la première salle de bains, 5 centimètres peut-être, laissant le crâne et les plaies à ciel ouvert. Sa tête forme à présent une boule parfaitement ronde. Álvaro a dû mettre environ trois secondes pour venir jusqu'au centre de la pièce. Adèle a vu la cicatrice au sourcil gauche. Son visage d'une grande candeur et d'une noirceur sans âge. Il y a quelque chose de parfaitement troublant – sa jambe droite se fige – dans ce front étroit, cette peau des joues tendues sur rien, ces sourcils repliés. Álvaro s'allonge sur le lit. Les deltoïdes et les trapèzes dépassent du dessin. Ni Adèle ni Parker n'ont fait le moindre geste. Une force s'est déplacée. La couleur sang-mêlé jure avec le blanc immaculé du lit, des chaises, des murs. Les pieds d'Álvaro pointent vers le plafond. Adèle s'approche. C'est à elle à présent.

Elle passe le stéthoscope sur son torse. Ça bat fort. Le corps du garçon est tendu comme un fil en métal retenant une charge de cargo dans un porte-conteneurs. Rien ne filtre de dessous. C'est la peur, pense Adèle, quand on a une fois arrêté de respirer, presque jusqu'au bout, on ne retrouve plus l'élasticité du diaphragme, l'amplitude de la cage thoracique, on court derrière son souffle. Adèle déplace son stéthoscope, elle entend la ruade sous la peau, au centre et vers les côtes, elle sent une légère arythmie, tension trop haute ou dérèglement ancien. Elle passe sur les côtes, l'estomac, le foie, elle descend vers les hanches, remonte, arrive aux aisselles. Une odeur de savon très fine s'élève, mêlée de terre et de plastique neuf. La peau, au passage de l'instrument, se dérobe et se creuse, elle est comme cabossée, striée d'invisibles brisures, les lignes se rompent brusquement avant de se reformer plus loin. Elle descend sur les jambes maintenant, gonflées – elle n'écoute plus le cœur, elle veut simplement sentir la texture –, le muscle tibial antérieur en surcharge, peu de poils, des écorchures, une peau ferme de garçon de la ville.

— Bon, je remonte, dit Parker.

Qu'est-ce qu'elle cherche à la surface du corps, elle ne sait plus, il faut déjà qu'elle note sur son iPad ses observations : légère arythmie cardiaque, foie en parfait état, intestin grêle irrité, estomac et gros intestin gonflés, a sans doute souffert de la faim, parfaite constitution, nombreuses lésions de la peau, surtout au niveau des quadriceps et des cuisses, tension artérielle de 14/10, un peu au-dessus du seuil.

— Tu as fait bon voyage ? demande-t-elle en espagnol.

Álvaro tourne des yeux vides vers elle. Soit il ne comprend pas, soit il n'a aucunement l'intention de lui répondre.

— OK. Tourne-toi s'il te plaît.

Il s'exécute. Son dos dessine sous la lumière brutale une descente à pic. Adèle s'est arrêtée. Une carte devant elle.

Elle marque encore quelques trucs sans intérêt sur son écran, puis lui dit c'est bon, tu peux te rhabiller – elle devrait le vouvoyer mais en espagnol, difficile. On va te prélever quelques cellules. Voilà le tube, merci Daryl. Tu urines dedans et tu nous le ramènes.

Álvaro renfile son tee-shirt. Adèle souffle et se tourne face au mur.

4

Parker est sorti du cours de René Girard, il erre dans les travées de la bibliothèque de Stanford. Après un coude vers l'anthropologie, il remonte tout le hall principal jusqu'à l'histoire de la Chine impériale. Il attrape un livre.

Jiajing frotte sa main sur l'étoffe de son pantalon. Il s'assoit au banquet et avale un quinzième verre du meilleur vin de la cour. La dynastie Ming règne depuis deux siècles sur la Chine. Jiajing vit dans l'opulence, il lève les soubrettes, s'endort dans la soie, il fait la guerre aussi pour se désennuyer. Il poursuit la construction de la Cité interdite. Il tue à tour de bras, décime des populations entières, avant de laisser le pouvoir, qui ne l'intéresse guère, aux mains des eunuques. Jiajing a des ambitions autrement plus hautes. Il sera le premier homme à ne pas mourir. Il détrônera Dieu. Il est le régnant suprême, l'infini, le grand Tout, pourquoi se priverait-il de l'existence sur terre ? Et puis il n'a absolument aucune assurance sur ce qui se trouve de l'autre côté de la grande porte ; non, c'est décidé, il préfère rester. Il se convertit au taoïsme, qui semble plus clément en ce qui concerne la vie et la mort. Mais ça ne suffit pas. Il s'agit de trouver une solution matérielle. Les religions sont avant tout un baume pour l'âme, or ce qui préoccupe Ming Jiajing c'est son enveloppe charnelle qui occupe un espace conséquent à la table de la cour. Il se rapproche des alchimistes, autrement plus équipés et ambitieux. Leur grand bréviaire, le *Tan Ching Yao Ch'eh*, ou *Grands Secrets de l'alchimie*, rédigé par Sun Simiao autour de 650, donne des indications très précises quant à l'élaboration des élixirs d'immortalité. Ah voilà, dit Jiajing en croquant dans une pomme. Il faut, écrit Sun Simiao, réunir les éléments suivants : le soufre, le mercure, les sels d'arsenic et de mercure.

— C'est pas toxique le mercure et l'arsenic ? demande Jiajing.

— Si, répond le maître alchimiste de la cour, mais c'est *mélangés* qu'ils acquièrent leurs vertus.

— On va essayer sur un âne alors, dit Jiajing.

— Très bien, Votre Altesse.

L'alchimiste prépare l'élixir de longue vie, le laisse reposer quelques jours, l'administre à l'âne. Qui succombe dans l'heure.

— Oui mais c'est un âne, Votre Altesse. Vous êtes de sang royal.

— Tu as raison, dit l'empereur.

Le maître modifie légèrement les dosages, administre cette fois son breuvage à une poule. Qui gambade. Qui renaît.

— Vous voyez. C'est bon signe.

Mais Jiajing commence à s'inquiéter sérieusement pour ses os : il échappe à deux tentatives d'assassinat par deux de ses domestiques. Il se calfeutre dans la Cité interdite. Il faut aller vite. Mourir, c'est non, et encore moins sous les lances de ses proches. Il va tenter. Après tout il faudra bien se lancer. À lui l'histoire des hommes. Il passe deux nuits aux côtés de l'alchimiste dans son atelier, l'encourageant, l'admonestant, priant pour lui des dieux aux noms oubliés. L'alchimiste révise tous ses dosages, recueille les meilleurs sels du royaume, remue, modifie, rajoute. Au petit matin, l'élixir est prêt. Jiajing aussi. Il pose la main sur l'épaule de son acolyte, regarde le ciel marbré de mauve, les nuages gras, il avale.

Son cœur explose cinquante secondes plus tard. Jiajing tombe sur le sol en marbre de la Cité interdite.

Parker Hayes referme le livre et le replace sur l'étagère. Cet empereur chinois était un incapable qui ne connaissait rien à rien.

Parker est en quatrième année, on est en 1993. La philosophie, qui l'a longtemps passionné, a cédé le pas aux sciences dures et à l'informatique. Il a de folles ambitions. Il ne cesse de croiser des gens brillants autour des places imitations andalouses. Tous veulent changer le monde en accompagnant la révolution de la micro-informatique. Mais Parker voit plus loin déjà. Lui c'est l'homme qu'il va changer.

Il marche dans les travées de la bibliothèque. Il y a un autre livre qu'il voudrait feuilleter. Il arrive à l'autre extrémité, en histoire de l'Europe médiévale. Ah voilà.

Innocent VIII descend à grand-peine les escaliers de la basilique Saint-Pierre. Ses nuits sont agitées dernièrement. Il tremble dans son lit ; il voit le vide sous ses pieds. Le pape comble ses enfants de cadeaux, il distribue aux pauvres, il prie, il prie énormément le Seigneur, mais cela ne suffit pas. Il se souvient de ses péchés et il a peur.

Heureusement, il vient de trouver la solution.

— Faites rentrer ces cinq jeunes hommes.

Le pape est assis dans son large fauteuil dont les accoudoirs en velours lui caressent la peau. Il observe ces silhouettes fermes armées de bras comme des rondins, qu'ils ont posés en arc sur leurs hanches, leurs muscles saillant sous les chemises blanches immaculées.

— Tournez-vous.

Innocent VIII pose sa main sur sa bouche. Le dessin des jambes est l'œuvre d'un maître. Les fessiers, enrobés dans des jambières, sont parfaitement fermes et carrés.

— Vous, à droite, et vous, au milieu, vous pouvez sortir, dit Innocent VIII dans un filet de voix éraillé. Les autres, suivez le domestique qui va vous accompagner au dernier étage, où vous pourrez prendre chambre.

Le pape a consulté les meilleurs médecins de Rome, qui tous ont levé les yeux au ciel. Il a consulté deux maîtres en magie noire, qui ont trouvé l'idée brillante. Il ne lui reste, il le sent à ses artères entravées, à ses poumons qui peinent à se soulever, que quelques mois à vivre.

Deux jours plus tard, l'équipe de médecins du Vatican pénètre à l'aube dans la chambre où dorment les trois jeunes hommes. Ils les mènent, tout ankylosés encore, jusqu'au sous-sol, où quatre assistants se chargent de les attacher à une planche en bois avec force cordes et ceintures, à préparer les seaux et les tubes, avant de leur ouvrir les veines des poignets. Devant leurs cris d'oie, ils leur tranchent également le cou. Les seaux, placés sous les mains et sous la tête, recueillent leur sang prune. Les garçons s'écoulent en vingt minutes.

L'équipe verse les six seaux pleins dans une immense cuve, qu'ils déposent ensuite dans une chambre froide. À midi, le camérier vient annoncer à Innocent VIII que tout est prêt.

— Mais prenez votre temps, la cuve est là, il n'y a pas d'–

— On y va.

Le pape s'allonge sur une longue civière duveteuse. Le médecin-chef du Vatican, qu'Innocent VIII a personnellement nommé responsable de l'opération, pique le bras droit de sa Sainteté sur terre pour que s'en écoule, à petit débit, le sang dans un tube. Il glisse avec le maximum de délicatesse une aiguille dans le pli de son coude gauche pour lui injecter le sang frais depuis la cuve. Innocent VIII ferme les yeux. Le miracle est proche. Il se sent vivre. Dieu marche à ses côtés.

À 19 h 20, ce 25 juillet 1492, alors que Christophe Colomb arme à Palos de la Frontera ses deux caravelles et sa caraque, la tête du pape se fracasse sur le sol de l'hôpital de la basilique Saint-Pierre.

Parker referme le livre et retourne dans sa chambre au sixième étage d'un des bâtiments du campus, derrière Sand Hill Road, qui donne sur les aériennes circonvolutions du golf de Siebel Varsity. Ces types étaient des amateurs. Son travail à lui entrera du bon côté de l'Histoire.

5

Le 9 août 1945, le bombardier B-29, que son pilote Paul Tibbets avait baptisé des deux prénoms de sa mère, Enola Gay, balance à 587 mètres du sol une bombe atomique d'uranium 235 sur la ville d'Hiroshima qui explose au beau milieu de son hôpital central. Soixante-quinze mille personnes meurent sur le coup, entre cinquante et cent mille dans les jours qui suivent. La ville et les plaines sont entièrement calcinées. *Enola Gay* se pose à Tinian, sur l'archipel des Mariannes, six heures plus tard, où l'attendent des troupes américaines en délire.

De nombreux survivants sont recueillis dans des campements par des urgentistes et des médecins accourus. Ils ont la peau entièrement brûlée, ils ne hurlent déjà plus de douleur, ils vont mourir. Les jours passent ; la plupart ne meurent pas. Leurs organes vitaux continuent étonnamment à fonctionner, l'intérieur du corps est intact. Leur état est stable, ils vont vivre. La peau va se régénérer, pensent les médecins. Pourtant, sans avoir contracté de maladie, sans raison apparente, ils meurent les uns à la suite des autres. Les médecins ne comprennent pas. Ils découvrent, en étudiant quelques jours plus tard les cadavres, que le système sanguin des victimes était endommagé. Le sang ne se renouvelait plus, en particulier les globules blancs (lesquels sont là pour lutter contre les agents infectieux), d'où les hémorragies et les infections qu'on a pu observer chez certains patients. Les médecins, intrigués, remontent jusqu'à la source, là où le sang se crée et se renouvelle entièrement chaque semaine : la moelle osseuse. Ils découvrent alors un type de cellule inconnu, les cellules souches, qui se dupliquent et se multiplient à l'infini, donnant naissance à des cellules filles, qui, elles, meurent au bout d'un certain nombre de reproductions.

Au milieu des corps irradiés, à la peau fondue comme du caramel à présent dure et tendue jusqu'à la rupture, prête à se craqueler, au milieu des irradiés de tous âges, des corps brûlés vifs dont ne restent que des bouts, des membres seuls dans l'herbe cramée, les entrailles réduites en cendres, toute cette précise architecture à ciel ouvert, au milieu du carnage sidérant, la puissance reproductrice des cellules souches fait son apparition. On découvre, au cœur du désastre, dans l'ultime recoin du corps humain, le secret de son identité et de sa constante régénération.

La seconde partie du XXe siècle découle de cette double bascule.

Deux médecins, Leroy Stevens et Barry Pierce, parviennent dans les années 1950 à isoler les cellules souches dans un organisme en les marquant d'un point noir, lequel, constatent-ils, se reproduit ensuite au sein de la moelle osseuse.

En 1981, le professeur Howard Green parvient à cultiver pour la première fois des cellules souches de peau en laboratoire. Il en obtient suffisamment pour pouvoir reconstruire entièrement l'épiderme de deux enfants brûlés au troisième degré. La greffe prend, les enfants sont sauvés.

La thérapie à base de cellules souches se développe. Les médecins s'en servent dorénavant pour réparer un organe défectueux, auquel ils injectent ces nouvelles cellules qui le régénèrent, ils les utilisent pour recréer des tissus, soigner des maladies comme la leucémie, le diabète ou la maladie de Parkinson.

Et en 2006, un médecin chercheur japonais, Shinya Yamanaka, réalise une prouesse scientifique sans équivalent dans l'Histoire : il parvient à faire revenir artificiellement une cellule (de souris, puis d'homme l'année suivante) à son stade embryonnaire. Il prélève des fibroblastes, ces cellules encore peu différenciées, sur un adulte. Il leur ajoute quatre gènes très précis. Grâce à ce mélange aléatoire et alchimique, ces cellules redeviennent des cellules pluripotentes, qui sont capables de se différencier en n'importe quel type de cellule dans l'organisme : en cellules cardiaques, en cellules sanguines, en cellules neuronales. Ces cellules pluripotentes ne sont normalement présentes que chez l'embryon et le nouveau-né. Yamanaka, depuis son laboratoire de Kyoto, vient d'inverser le cours du temps biologique, qui conduisait jusqu'alors uniquement d'une cellule mère à une cellule fille.

— Mon idée est simple, dit Parker Hayes. Je veux refaire tous les organes possibles à partir des cellules souches d'un patient.

Adèle remue son café.

— A priori, on n'est pas là pour créer des hommes ou des machines mais pour comprendre comment ça marche, soigner les maladies dégénératives et génétiques, améliorer un peu l'existence humaine, dit-elle.

— Vous faisiez peut-être ça jusqu'à présent, mais vous êtes en Californie maintenant. Ici, on change la vie. On fabrique un monde meilleur.

Adèle écoute d'une oreille. Elle connaît le refrain, elle laisse faire.

La journée, elle avance méthodiquement dans son travail. Elle n'est d'accord sur rien, mais les moyens investis sont immenses, elle a toute latitude, par ailleurs, dès que les tâches (particulièrement aisées, et au fond assez bêtes) sont accomplies, d'effectuer ses propres recherches, et de disposer pour cela de la meilleure artillerie du monde.

Elle a procédé ce matin, avec l'équipe de chirurgiens, à la première véritable expérimentation sur Álvaro, à laquelle Parker tenait. Les ingénieurs de l'étage supérieur ont créé une puce microscopique de la taille d'une tête d'épingle, qui donnera, grâce à la connexion wifi implantée dedans, des informations concernant son état physique, et permettra par ailleurs de réguler la glycémie, la circulation sanguine, la tension, en instillant dans le sang, si nécessaire, les molécules manquantes, ou, le cas échéant, les médicaments adaptés. Cette puce est l'un des projets phares de Parker Hayes, qui compte bien, si tout fonctionne sur Álvaro, sans rejet ni dysfonctionnement, s'en implanter une.

En une heure c'est plié. Une petite anesthésie locale, l'important étant d'implanter la puce au bon endroit, dans la chair (en l'occurrence sous une côte, au flanc droit). Álvaro regarde tous ces types qui s'agitent autour de lui pour une putain de puce. Il voit une sonde entrer dans son bras, qu'il ne sent plus, il voit les appareils bruire et tracer des figures géométriques, il est là allongé comme un pauvre type et quelque chose rentre dans son corps. La sonde s'extrait de sa chair, un chirurgien recoud, ça y est, dit-il, tout est en place, on attend dix minutes que l'effet de l'anesthésie s'amenuise et qu'on puisse réaliser la connexion, et vous pourrez y aller. Álvaro tourne la tête vers l'écran qui fourmille de lignes brisées, de tracés verts sur fond noir, de chiffres flottant au milieu.

Adèle, elle, regarde ce garçon allongé sous les lampes. Il sait encore moins qu'elle ce qu'il fout ici. Parfois elle essaie de parler avec lui. Il ne répond pas. Elle le regarde pourtant. Elle peine à comprendre (après toutes ces années à observer avec tant d'attention les silhouettes, elle pensait avoir saisi quelque chose ; rien, semble-t-il) comment une telle puissance peut jaillir d'un corps allongé. Parce qu'il ne fait rien, ce garçon, il arrive le matin, s'assoit dans la salle d'en haut, ses pieds martelant le sol, son visage masque en argile, il ne compte pas faire semblant, il veut son fric et s'en aller ; il ne parle pas, il fait le nombre juste de pas, mais on sent quelque chose qui le dépasse.

— T'es pas obligé de venir demain, dit Parker. T'as vu un peu la ville ? Quelqu'un de l'équipe pourrait t'emmener faire un tour.

— Non.

Álvaro finit son café.

Il s'en fout de cette ville. Il va marcher quand même parce qu'il faut faire quelque chose mais il se fout de ces gens qui avancent vers un but, de ces maisons inclinées au bois soigné, de cet air marin qui s'y infiltre. Il n'en attend rien. Il a compris depuis longtemps que le réel n'est jamais à la hauteur de quoi que ce soit.

Parker, pendant ce temps, reçoit des prodiges auto-proclamés dans son bureau de Sacramento Street, à côté de Lafayette Park. Il sait en cinq secondes si leur projet vaut une liasse ou rien du tout.

— Alors voilà notre idée c'est une appli qui anticiperait vos envies culinaires du soir, à partir des plats que vous avez mangé dans les trois dernières semaines : en recoupant les aliments consommés, elle vous proposerait une combinaison possible pour le soir même, et le restaurant le plus proche qui possède un plat similaire dans son menu.

— Alors voilà notre idée c'est une sonde dans le cerveau qui permettrait de nommer toutes les couleurs présentes dans votre champ de vision, de les retrouver dans un imagier, et de les transformer, grâce à votre imprimante 3D, en tubes de peinture.

— Alors voilà notre idée –

Parker écoute, il dénoue les cordons de la bourse à hauteur des promesses, de la *faisabilité*, des perspectives. La plupart du temps, c'est de la merde. Il rit à la gueule des jeunes gars qui sortent en pleurant. Il leur faut bien ça pour prendre la mesure de leur naïveté, de leur étroitesse de vue. Et puis parfois :

— Bonjour monsieur. Voilà mon idée – en fait c'est plus qu'une idée parce que je l'ai déjà lancée. Il s'agit d'une sorte de réseau reliant différentes personnes, lesquelles partageront avec les autres des images, des commentaires, du *vécu*. Chacun deviendra l'ami de qui voudra. On pourra lire les textes des autres, voir leurs photos, partager avec eux des documents. Ce serait une sorte d'immense réseau, de grande conversation mondiale.

Reid Hoffman, un homme courtaud aux bajoues de bouledogue nain qui vient de fonder LinkedIn, a présenté Mark Zuckerberg à Parker Hayes, à qui il voulait parler de son projet. Ce garçon de vingt ans, jean et sweat bleu des Grizzlies trop grand pour lui, à l'œil vif, aux gestes précis, à la limite de l'autisme et sans doute lunatique, d'une ambition et d'une clairvoyance agressives, avait créé son embryon de réseau dans l'enceinte même de Harvard. Parker a tout de suite saisi l'ampleur du projet. Mark a fait défiler sur son écran, devant leurs cafés tièdes, les premières pages du réseau qu'il a baptisé *The Facebook*.

— Je peux mettre 500 000 dollars, dit Parker. Dans deux semaines, vous les avez. Mais il me faut bien sûr un dossier complet, plan d'entreprise, tout ça.

Mark lui tend un dossier, tout est là.

Huit ans plus tard, en 2012, Facebook compte plus d'un milliard d'utilisateurs et un chiffre d'affaires de 5 milliards de dollars. Parker revend alors une partie de ses parts dans l'entreprise. Les 500 000 dollars investis en 2004 lui rapportent huit cents fois sa mise de départ, lui permettant de réinvestir dans des dizaines d'autres projets, tels qu'il en naît chaque jour dans la Silicon Valley.

— Mon idée est très simple : je veux qu'on puisse baiser directement avec son iPhone. Je vous explique.

Les journées passent plutôt vite.

Quand Álvaro revient au Cube, deux jours plus tard, Adèle s'approche.

— C'était bien ?

— Quoi.

— Ces deux jours.

— Oui.

OK bon ça va pas être si facile.

— Et c'est comment chez toi ?

— C'est une maison.

— Tu m'invites ?

Il ne se retourne pas vers elle mais il s'est arrêté dans sa marche vers la porte.

— T'as pas de maison toi ?

— Si mais la tienne j'la connais pas.

Ils sont dehors, sur le parvis en gravier blanc devant le Cube. La voiture d'Adèle est garée là, elle lui fait signe de monter. Il s'éloigne. Il est toujours fermé *comme une huître* (elle a de l'affection pour ce cliché même si bon, il y a plein d'autres choses fermées, comme par exemple les armoires, ou les coffres, et puis les huîtres s'ouvrent assez facilement en fin de compte), mais elle commence à entrevoir le son que cela fait dedans. Une huître, après tout (poursuivons puisque nous y sommes), si l'on observe ses contours, ses crevasses, ses aspérités, si l'on s'attache à ses reliefs escarpés, on peut deviner l'aspect de l'intérieur. Adèle à vrai dire s'en fout pas mal de ce garçon, mais elle se sent incapable de le laisser comme ça. Elle a entendu un bruit. Le lendemain, elle lui propose à nouveau, il s'emmerde alors il monte à l'avant.

Ils grimpent la pente raide jusqu'à Pacific Heights, font le tour de la place jusqu'à la maison d'Álvaro. Il s'approche de la porte, rentre sans la lui tenir. Bon. C'est le bordel, mais ça elle s'y attendait. Elle voit l'enfilade de pièces latérales. Elle s'installe dans le canapé. Álvaro est assis à l'autre bout devant un portable noir. Par terre, l'écran d'un MacBook Pro 13 pouces. Elle le reconnaît, sa sœur avait le même. Derrière lui, la grande baie vitrée s'ouvre sur une piscine.

— Joli ordi.

Il dit rien. Ça lui permet de faire d'autres trucs.

— C'est un beau matos quand même. Pourquoi tu t'en sers pas ?

— Ils me l'ont donné. Qu'est-ce que tu veux que je fasse avec un Mac.

Álvaro se lève. De la cuisine il rapporte deux bières. C'est ce qu'il boit a priori. Il s'assoit sur le canapé d'à côté, et, pour la première fois, il la regarde. Il ne l'avait pas vue encore. Elle a mis une jambe au-dessus de l'autre, elle laisse ballotter la première sur le tibia de la seconde, au contact duquel son jean bleu pétrole émet un doux frottement. Elle porte une veste en jean, là aussi, par-dessus un tee-shirt blanc flottant qui laisse les formes dans un mystère vaporeux. Sa tête est légèrement inclinée au-dessus de tout ça, sa bouche couleur groseille, ses deux yeux se plissent dans un demi-sourire.

Il la voit mais il s'en fout totalement. Depuis des mois déjà le monde a cessé d'exister pour lui. Il voit bien des formes, quelques couleurs, il voit bien que les éléments s'organisent et se déplacent jusqu'à constituer un ensemble, une suite de lignes, de points, de courbes, il distingue des silhouettes, des objets, des bâtiments, mais il ne ressent plus rien. Tout ça est là, loin devant lui, il n'interagit pas. Le seul changement qu'il distingue, c'est que la rage aveugle et sourde que lui inspirait jusqu'au moindre détail de ce tableau s'est teintée, par moments, d'indifférence, sans trace de tristesse, sans nuance de rouge. Il s'en fout. Il y a un canapé, une femme, une vitre. C'est tout ce qu'il peut en dire.

Adèle semble prononcer des phrases. Ce n'est pas sûr pour autant. Que pourrait-elle bien exprimer ? Qu'est-ce qu'il faudrait en penser ?

— Moi je vis pas ici, j'ai trouvé un appart dans Mission. Tu vois où c'est ? Au sud-est de la ville, dans la partie basse.

Ah, c'est donc ça, un peu de géographie. La biologiste est une Française, semble-t-il. Eh ben putain.

Il ne pose pas de questions. Si elle veut parler, il ne l'en empêche pas. Si elle ne veut pas, il y aura du silence, mais ça ne le concerne pas.

La plupart du temps il n'y pense pas, pas précisément en tout cas. Il a décidé, après le passeur, la frontière, de laisser dans le désert son ancienne peau, au milieu des os et des yuccas. Tout avait été minable et grotesque jusque-là, il ne se retournera pas. Il n'attend rien pour autant de ce nouveau pays aux dents blanches, il le craindrait plutôt, mais il ne reste pas de toute façon, il est en transit. Le ver, le ver qu'il y avait tout au fond de la bouteille il l'a bouffé et recraché. Il a failli crever c'est sûr, mais le ver, le ver il l'avait toujours connu, son goût âcre et sucré baignait sa bouche depuis l'enfance, il n'en veut plus, il ne veut plus rien. Bientôt il fera à nouveau ce qu'il sait faire, se couler dans les tubes, bâtir des systèmes, bientôt il sera loin. Pour l'instant, il s'applique à troquer la rage contre l'oubli.

Question oubli c'est une réussite. Question rage un peu moins, il a toujours mal au corps, il ne peut pas s'installer dans la nuit, ni dans aucun lieu, il se sent tout le jour comme au bout de lui-même, il n'est pas là où est le reste de lui. Et ça, il le sait, c'est la rage. Il n'y a qu'elle pour vous mettre dans cet état, cette indisposition totale de l'être. Il la voit malgré tout de moins en moins. Ses nerfs, entortillés en tissus denses et épais sous les tendons et les muscles, se sont légèrement dénoués. Moins de bus dans sa tête, moins de crépitements. Mais dès que le monde extérieur exige de lui une interaction trop forte, dès qu'on lui parle par exemple, les nerfs envoient un message électrique clair au cerveau : fuir.

Il lève les yeux vers Adèle. Elle arrête de parler elle aussi, mais elle n'a pas l'air gênée pour autant. L'homme est pourtant un mammifère que le silence indispose. Pour Adèle, ça semble être le contraire. Álvaro a un animal étrange devant lui. Elle passe une main dans ses cheveux. Elle se lève pour aller "faire un tour". Elle porte des bottines noires talons bas.

Il ne se rend compte qu'à présent qu'elle lui parle depuis le début en espagnol.

Il se lève, après tout pourquoi pas. Dans le jardin on peut marcher dans l'herbe, écouter le bruit des voitures, imaginer, si on se met là, vers la rue presque, l'océan qui clapote au loin.

— Parker Hayes est complètement dingue, enfin t'as vu quoi. Mais t'inquiète pas, ce sera vite expédié.

Il la regarde. Elle a des bras apparemment et des jambes. Il fait un signe de la tête qui pourrait tout à la fois dire qu'il le sait / qu'il s'en fout / qu'effectivement il n'est pas inquiet. Elle a des mains aussi, qu'elle fait justement passer l'une dans l'autre. Elle se tourne de l'autre côté, vers le centre-ville. Elle est grande.

Elle part finalement dix minutes plus tard. Les silences c'est bien mais faut pas exagérer non plus.

Le lendemain, Adèle arrive de bonne heure pour reprendre ses cultures de cellules souches. Elle en a recueilli un certain nombre dans l'urine et sur la peau d'Álvaro. Elle s'applique dorénavant à les reprogrammer en cellules cardiaques et hépatiques. Dans un troisième flacon de culture, elle essaie de les transformer en cellules neuronales. Il s'agit d'ajouter aux gènes déjà existants d'autres gènes (SOX2, c-myc, KLF4 et Oct3 / Oct4) et d'attendre que l'alchimie opère. Les deux premières fois, pour les cellules cardiaques, ça a foiré, mais c'est normal, ça ne peut pas marcher du premier coup.

Elle lève un instant les yeux. L'arbre sur sa colline flotte au vent.

Álvaro pendant ce temps marche dans les rues de San Francisco. Il passe California Street, Pine Street, arrive dans Nob Hill. Depuis Iguala, il n'a cessé de marcher, c'est comme ça qu'il réapprend. La glaise lui colle toujours aux pieds, alors il les secoue, il martèle le sol avec pour voir si ça part – visiblement non. Il explore cette ville en papier peint. Il savait que son passé ardent était bien mort, mais pour avoir baigné toutes ces années dans les lignes de code et les limbes du web, toutes choses nées ici même, il aurait malgré tout imaginé autre chose que le triomphe du yaourt bio, des pilates et des dents blanches. Tout ça glisse sur Álvaro comme sur une surface plane. Il essaie parfois d'avaler l'air du Pacifique, qui débarque sans prévenir à l'angle d'une rue, mais sa poitrine résiste et se cabre, rien ne rentre.

L'équipe du Cube lui a donc fourni un Mac. Il s'en est uniquement servi pour commander un autre ordinateur, pas fermé sur lui-même, celui-là – un Dell sur lequel il a installé le système d'exploitation GNU/Linux, avec distribution Debian. Il l'a trafiqué un peu pour avoir une machine à peu près potable. Il a téléchargé Tor pour pouvoir se balader sur le web sans se faire tracer, s'est commandé de l'herbe, a pensé que c'était une bonne idée, puis s'est remis au langage Python qu'il avait déjà utilisé pour programmer différentes applications. Il a zoné sur quelques forums, repris contact avec de vieilles connaissances, pour passer le temps.

Le dehors l'indiffère autant que le net, mais il y a toujours des recoins, cette baie bleu puissant, et puis il y a les portes qui s'ouvrent comme celle-ci – il a descendu tout Market Street pour arriver à Mission. Il sait où il va. Ce lieu il en entend parler depuis des années.

Arrivé au 2169 Mission Street, à l'angle avec la 18e Rue, il lève les yeux mais ce n'est qu'un immeuble lambda. Il descend quelques numéros, non, c'était bien ça, remonte, s'approche, sonne. La porte s'ouvre, il monte. Un vieux type barbe blanche l'accueille à l'entrée. Je m'appelle Werner Fehrenbach, bienvenue au *hackerspace* de Noisebridge.

Devant lui une immense salle divisée en différentes sections, dont la principale est occupée par une longue table où des gars pianotent sur leurs portables. Dans tous les coins des outils, des ustensiles, des fauteuils rafistolés, un espace chimie, un autre électronique, une salle pour bosser le bois, des microprocesseurs, de vieux écrans d'ordinateur, des câbles partout, des lunettes microscopiques, une bibliothèque entière sur Internet, la programmation, les algorithmes, une salle de cours avec des chaises en bois pourries.

Chacun vient ici pour bosser sur ce qu'il veut, un détecteur de radioactivité ou un logiciel, et échanger avec les autres dans ce forum grandeur nature. Tu te lèves prends un objet le désosses le démontes le remontes. Les hackers brûlent les manuels d'utilisation et inventent les leurs.

Álvaro s'est assis au bout de la table maculée de stickers, il a ouvert son ordi, s'est mis à bosser, il a parlé à personne il est reparti.

Mais il est revenu le lendemain. Personne ne l'emmerde ici et il se sent bien. Il boit des cafés, il bouffe des biscuits trop sucrés au sirop d'érable.

Quelqu'un s'approche.

— Salut. Je m'appelle Lin.

— OK.

— Et toi ?

— Moi quoi ?

— Tu t'appelles comment ?

— Álvaro.

Lin Dài sourit.

Dans l'avion aussi il souriait. Ç'avait toujours été son arme pour bloquer les fantômes.

— T'arrêtes de sourire comme un con tout le temps ?

Son frère détestait ce rictus qui flottait sur sa gueule et semblait constamment le narguer, la mine béate du type qui a des minutes d'avance sur toi, qui a trouvé la porte d'entrée quand toi tu galères encore – ce sourire attisait sa rage :

— Tu commences à nous faire chier avec tes machines de merde, tout le temps là comme un rat à taper, fouiner et mater des pornos sur ton putain d'ordinateur !

Mais Lin continue à sourire, c'est plus fort que lui, il a trouvé, il faut maintenant –

— Allez, casse-toi, j'veux plus voir ta gueule, dit son frère. Moi j'vais bosser. C'est pas avec tes conneries que maman aura de quoi bouffer ce soir.

Cette image de sa mère devant un bol sans soupe dans leur appartement du vingt-huitième étage du quartier de Wan Chai à Hong Kong ne fait qu'accentuer son sourire, heureusement son frère est déjà tout au fond du couloir – il reviendra ce soir, épuisé par sa journée de dix heures dans son bureau d'assurances, et d'ici là, Lin aura achevé sa programmation.

— Qu'est-ce que t'as fait aujourd'hui ? lui demande sa mère, tassée et mousseuse comme une branche au fond d'un sous-bois.

Ce n'est pas une voix, ce n'est même plus une crécelle, ce serait plus proche d'un morse qu'on égorge, d'un dérapage de voiture sur un parking sec au mois d'août.

— J'ai bossé mon code, dit Lin.

— Je comprends pas ce que tu dis.

— Le code, maman, dit Lin, on est en 2003, merde, tu dois savoir ce que c'est que le code source.

— C'est encore un de ces trucs pornographiques.

— Non, maman, c'est l'écriture des ordinateurs, putain. Tout ce qui fait fonctionner ta machine, c'est du code. C'est le langage de programmation avec lequel on crée tout ce que tu vois dans un ordinateur. Ta boîte mail, c'est du code.

— Cette saloperie de boîte qui marche jamais ? Ces spams qui m'empoisonnent la vie, c'est du code ?

— Justement, si tu savais un peu mieux comment ça fonctionne, t'aurais pas tous ces problèmes.

— Traite-moi de vieille conne.

— T'es qu'une vieille conne, maman. Tu es comme tous ces imbéciles dans toutes ces tours, tu ne sers à rien. (La voix de Lin est montée brusquement dans les aigus.) Vous vivez dans un monde qui n'existe plus, qui n'a jamais existé en réalité, vous êtes des fossiles, en moins bien, parce que les fossiles nous disent quelque chose. Le monde est excitant et vous ne l'êtes pas. Des centaines de révolutions sont en cours, je parle avec des gens de Buenos Aires et de New York des nouvelles manières de créer une démocratie et de répartir le pouvoir, et toi tu nous prépares la même putain de soupe aux oignons et au porc depuis quoi vingt ans ? Regarde, tu la vois ta soupe, vieille conne ?

Lin jette le bol par terre et court vers sa chambre. Il savait que c'était là, quelque part, latent, mais ça l'avait surpris plus tôt que prévu – faut aller vite maintenant, plus de marche arrière. Il tape la date d'aujourd'hui sur Skyscanner, le 5 mars 2003, il a largement assez sur son compte Cashflow, il achète le

"Vol A2866 pour San Francisco, embarquement en porte 9, à 21 h 30."

La voix d'une hôtesse est la chose la plus douce qu'il connaisse, elle vous prend par la main et vous guide à travers des allées carrelées impeccablement cirées droit jusqu'au paradis : un Boeing glissant sur les nuages, des sièges inclinables, des films à l'infini et un verre de bloody mary, le monde devant, l'océan dessous, les yeux qui lentement se referment sur

— Tu crois vraiment, petite vermine, qu'on peut parler à sa mère comme ça ? Jeter ta soupe par terre parce que ça t'amuse ?

Les voix persistent encore mais comme dans un vieux songe déjà, Lin Dài se réveille de cette immense nuit, ses membres reprennent vie.

— Ton frère va arriver et ça va te calmer crois-moi.

— Mon frère ne va rien me faire. Vous ne me ferez plus rien. Vous m'avez assez pourri la vie, c'est fini maintenant. J'me tire. J'vous laisse dans votre bêtise et vos murs dégueulasses. J'ai de grandes choses à faire.

— Comme coucher avec des hommes dans des arrière-salles ?

L'idée c'est d'aller vite maintenant, l'avion est réservé il referme son portable, attrape sa valise au-dessus de l'armoire, jette dedans le minimum, trois tee-shirts deux culottes deux jeans, ses gestes sont vifs et précis, ses nerfs guident ses mains, donnant l'ordre à son cerveau de ne penser que *chargeur, passeport, lunettes* –

— Comment ai-je pu enfanter une telle petite pute ? Je le sais, moi, je sais que j'ai donné naissance à un garçon, je suis formelle, j'ai vu ton sexe de vermisseau comme tout le monde à la clinique, et un bébé avec un zizi, c'est un garçon, c'est tout.

— Ah les choses sont toujours si simples avec toi, dit Lin.

— C'est un monstre que j'ai enfanté. On ne change pas de sexe, Lin. Il nous a été donné, et on fait avec.

téléphone, papiers, carte de crédit

La porte d'entrée claque.

Des bruits, des larmes.

— T'as fait quoi à maman ?

Le visage de son frère est un sac-poubelle vert froissé.

— Je pars, dit Lin. Laisse-moi passer. Profite bien de ta vie de fouine. J'vous enverrai une carte.

Dewei envoie son poing dans la gueule de Lin, qui se préparait à cet instant depuis des années ; il attrape le bras de son frère, le retourne, le pose sur le sien et fait pression sur le coude qui se brise. Il se relève, laissant son frère hurler à terre, le bras plié dans l'autre sens.

— Ça va juste faire mal un peu les premiers jours.

Lin referme sa valise, jette un œil à la chambre, c'est bon, sa mère est en pleurs au-dessus de son frère, elle crie quelque chose dans son téléphone, Lin passe la porte.

— Nous survolons actuellement la mer du Japon, les conditions climatiques sont idéales. Le temps de vol sera de douze heures et trente-cinq minutes, détendez-vous, nos hôtesses passeront bientôt pour vous offrir une collation. Lors de notre passage n'hésitez pas à nous solliciter, nous sommes là pour vous rendre ce vol le plus agréable possible. Mesdames et messieurs, au nom de l'ensemble du personnel de Cathay Pacific, nous vous souhaitons un excellent vol et vous remercions pour votre confiance.

Oh non croyez-moi je n'ai besoin de rien, j'ai ce verre dans la main et l'avenir dans l'autre, non, vraiment, merci beaucoup – et le rire monte en lui, il monte et les passagers se retournent, intrigués par ce jeune Hongkongais qui se tord tout seul sur son siège à côté du hublot.

— Je suis là-bas au bout si jamais tu veux boire un verre aujourd'hui ou un autre jour tu me dis, dit Lin.

— OK, dit Álvaro.

A priori il préfère qu'on l'emmerde pas mais bon. Et puis ça fait des siècles qu'il n'a plus parlé avec un gars à peu près normal, de son âge ou presque, alors quelques heures plus tard, après avoir tapé comme un sourd sur son ordi à la recherche d'une solution qui s'éloignait à mesure, il :

— Y a du café ici ?

Ils le sirotent guatémaltèque, sur une autre table en bois fendillé au fond du hackerspace, au milieu des chaises de cette sorte de salle de classe aux murs recouverts d'affiches de concerts de punk-rock.

— Tu bosses sur quoi, toi ? dit Lin.

— Sur le langage Perl, répond Álvaro.

— Ah oui. Perl 6 sera bientôt actif, dans un ou deux mois. C'est moi qui l'ai mis à jour, dit Lin.

Álvaro se tourne vers le type et se rend compte qu'il ne l'avait pas encore bien regardé. Il n'est plus vraiment sûr que ce soit un type d'ailleurs. Le visage allongé, encadré par de longs cheveux noirs, il tient sa tête sur le côté, mâchonnant un stylo qui lui a teint les lèvres en bleu ciel. Sa peau est parfaitement lisse, il détache tous les mots avec une grande douceur, s'aidant pour cela de gestes précis et légèrement empruntés.

Álvaro finit son café, dit merci à l'être étrange et regagne sa place.

— On ne quitte pas l'école comme ça, à douze ans. À cet âge-là on va à l'école, c'est tout, dit le père de Lin.

— Il y a quelque chose qui arrive et qui va tout bousiller, et ce truc s'appelle le Web. Sur ce réseau tout sera bientôt accessible, tous les cours, les livres, tous les savoirs, alors je vais tout apprendre depuis cette chaise. Je retournerai pas à l'école, dit Lin en se levant de table, devant les yeux en soucoupe de son père.

Il va s'asseoir devant l'Atari.

— Mais tu sais bien que c'est pas la machine le problème. C'est lui le problème, dit son père.

— Ou elle, avait lancé la mère en préparant les nouilles.

Lin a neuf ans, il aime la poésie sans fleurs et les mathématiques. Il trouve les chiffres ronds et puissants comme l'écorce sous ses doigts le soir dans la forêt. Il monte parfois sur les collines qui dominent le port de Hong Kong pour retrouver l'herbe et penser à l'architecture parfaite de toute chose. Un soir, invité avec ses parents chez son oncle, il trouve sur la table du salon un livre entrouvert. *Introduction à la programmation informatique*. Il l'emporte avec lui dans la chambre où il est censé dormir, en attendant que les adultes arrêtent de rire comme des baleines et se décident à rentrer chez eux. Il ouvre le livre. C'est d'une logique époustouflante et d'une grâce folle, ce langage qui structure toute une organisation spatiale, toute une suite de formules et de lettres et de chiffres. Lin est fasciné. Quand sa mère lui dit on s'en va, il glisse le livre dans son sac. Le lendemain, il reprend sa lecture. Mais il n'a pas d'ordinateur, et cela fait des mois qu'il n'y a plus de dessert ni d'argent à la maison, alors Lin prend une feuille de papier et écrit les lignes de code, C ++ en l'occurrence. Il crée une architecture, il crée un ordinateur à l'horizontale. C'est un langage comme un autre. Secret, riche, parfaitement limpide, mais sans aucune absurdité ou saute de logique comme les langages articulés, s'enfonçant dans les profondeurs tièdes des câbles et des machines. Quand la pensée humaine est tortueuse, labyrinthique, détournée, quand les mots expriment toujours le contraire de ce que l'on pense, le sens et l'effet de la formule du code informatique sont parfaitement identiques. Lin s'enfonce tant et tant qu'il n'en ressort que trois jours plus tard, le 25 mars 1989, dans une autre peau. Sa vie – notre vie à tous, à vrai dire – vient d'être bouleversée non seulement par la découverte de ce langage sublime et mystérieux, mais aussi par le coup de génie d'un homme, précisément au même moment, en Suisse, dont l'écho se fera entendre bientôt.

— Il ne manque plus qu'un nom, mais en gros l'idée c'est ça : on réunit les trois principes de base et on devrait pouvoir faire communiquer les ordinateurs de l'entreprise *entre eux*, dit Tim Berners-Lee, trente-quatre ans, les tempes légèrement dégagées la veille par cette coiffeuse du vieux centre de Genève. Les trois principes, c'est l'adresse (l'URL), le protocole d'hypertexte (HTTP), qui met ces adresses en lien, et le langage HTML. Si on arrive à faire fonctionner ces trois systèmes à l'intérieur d'un même espace virtuel, on pourra se déplacer d'une page à l'autre, communiquer d'un ordinateur à l'autre, faire circuler des informations, des données, des documents. On créera un réseau.

En face de lui, le directeur du CERN, l'Organisation européenne pour la recherche nucléaire, n'a pas vraiment compris ce que son plus brillant ingénieur informatique vient de dire mais il hoche malgré tout la tête, car il sent bien, au visage de Tim (dont les yeux pendent légèrement hors de leurs orbites, mais ça doit être en partie à cause de la chaleur), que quelque chose est en train de se passer.

— L'adresse, c'est comme dans le "monde réel", sans ça on n'existe pas, on flotte. Avec son adresse, le site existe, il a des coordonnées physiques. L'hypertexte, c'est ce qui permet de passer d'une adresse à l'autre, ce qui relie les textes, les documents, les sources entre eux – avec les principes du TCP et du DNS, mais passons. Et le HTML, c'est le langage dans lequel on va écrire la moindre page, la moindre couleur, la moindre image. Avec tout ça, tu as un monde.

— Et son nom, alors ? demande le directeur.

Lin trace des chiffres et des points, des virgules, des tirets, des lettres sur une feuille de papier. Deux jours plus tard, son père revient avec un ordinateur.

— C'est ton oncle qui nous l'offre. Il dit qu'il sait pas s'en servir.

Lin commence à taper sur les touches. Il découvre que c'est encore mieux en vrai. Le code c'était beau par écrit, mais en acte c'est magique. Il se penche sur le clavier.

Tim Berners-Lee, lui, se relève. Il veut relier tous les ordinateurs du CERN entre eux, non seulement au sein du bureau de Genève mais dans le monde entier. Il pianote sur le clavier de son ordinateur

NeXT. Comment faire accepter le système qu'il vient d'imaginer à tous les utilisateurs sans l'imposer par la force, ce qui serait totalement contraire à l'éthique de ce réseau ? Si tout le monde ne suit pas, ça ne marchera pas.

— Si ton système est le meilleur, il s'imposera de lui-même, dit le directeur.

Depuis qu'Arpanet a été créé par les dirigeants de l'armée américaine, en 1969, un réseau a lentement pris forme autour de quelques nœuds, reliant en premier lieu les centres militaires et quelques universités. Très peu de personnes ou d'institutions y ont accès, la structure tient la route, mais elle est intrinsèquement limitée.

— On pourrait se déplacer comme dans une rue, et les vitrines présenteraient toute la mémoire du monde, dit Tim Berners-Lee.

Lin commence à créer son propre code. Celui d'avant l'ennuyait.

— Ça y est, dit Tim Berners-Lee. J'ai le nom.

Plusieurs mois ont passé, on est en mai 1990.

— Le World Wide Web. WWW, c'est effrayant, c'est bien.

— Et prétentieux. Parfait.

Et l'Américain d'un mètre quatre-vingt-trois lève les bras au ciel.

Un an plus tard, en septembre 1991, alors que le projet World Wide Web vient d'être annoncé publiquement et mis en ligne en libre accès, Tim Berners-Lee reçoit un message d'un certain Lin Dài, onze ans, qui lui propose ses services. "Je maîtrise le langage HTML, écrit-il, je veux participer à cette aventure. C'est la mienne aussi." Tim Berners-Lee relit le message. Le langage HTML, basé, comme il l'a dit dans son intervention, sur le langage SGML, n'est accessible nulle part, comment ce gamin peut-il l'avoir appris ?

Lin commence la semaine suivante à travailler pour le Cern et Tim Berners-Lee. Il participe principalement à la création des liens hypertextes. Il crée ensuite plusieurs logiciels libres d'accès, comme Kwiki et Slash, invente le langage Ruby, devient consultant pour Apple, fonde son entreprise, avant de prendre sa retraite en 2009. Il – qui est devenu *elle* en 1998 – a des choses plus importantes à faire.

— Si tu repasses dans le coin, dit Lin, fais signe.

— OK, dit Álvaro, en jetant un dernier regard vers ce freak aux cheveux longs, avant de redescendre les escaliers vers Mission Street.

6

Álvaro passe la porte du Cube. Comme à chaque fois que Parker l'aperçoit dans les couloirs ou dans une salle, il est extrêmement troublé par sa démarche tranchante, ses gestes secs pleins de puissance et d'une grâce flottante, une sensation trouble l'envahit dont il ne sait que penser. C'est une sorte de gêne devant ce garçon, qui est parfois tellement là que ça déborde – un mélange de désir, de culpabilité et d'embarras, autre chose peut-être qu'il ne parvient à nommer. Il le voit et il s'arrête. Quelque chose. Álvaro avance tout droit, Parker ne s'écarte pas. Álvaro lève les yeux, passe sur le côté, Parker se met sur son passage.

— Quoi ?

— Rien.

— Bon alors.

— C'est juste que.

Et il regarde l'amplitude de cette poitrine, les épaules bombées, la peau mate d'Álvaro.

Il avance une main.

— C'est quoi votre problème, demande Álvaro.

— J'en ai pas, dit Parker en retirant sa main, j'en ai pas.

Et Álvaro continue son chemin dans le couloir.

— Un café ? lui demande Hailey.

Álvaro ne répond jamais aux questions, mais s'il n'est pas d'accord il secoue la tête – là il ne fait rien donc ça veut dire oui. Hailey lui apporte un expresso. Il le prend et marche jusqu'à la salle d'opération.

Les cellules souches se sont cette fois bien reprogrammées en cellules cardiaques et hépatiques. L'ADN est le même, puisque les cellules souches étaient celles d'Álvaro, donc c'est bon, on peut y aller.

Álvaro s'allonge comme chaque jour ou presque sous la lumière criarde, l'œil parfaitement indifférent. Adèle lui explique ce qu'ils vont faire, lui introduire quelques cellules souches cardiaques, pour voir si, comme tout l'indique, le cœur se régénère et revient à un état (légèrement) antérieur. Absolument aucun risque et pas la moindre douleur, tout se passe en intraveineuse. On suivra ensuite pendant une semaine l'évolution de ces cellules, qu'Adèle a marquées afin de voir si elles se multiplient bien, comme elles devraient le faire.

— Ton cœur gagnera des mois de vie, il gagnera en puissance et en longévité.

Álvaro la regarde. Il n'est pas sûr de bien comprendre ce que cette femme veut dire. Elle doit avoir trente ans à peu près.

Il s'allonge, elle le pique avec délicatesse dans le pli du coude.

Sous la lampe, alors que les trois personnes s'agitent autour de lui, il se souvient qu'il était programmeur avant, qu'on louait ses qualités de hacker, qu'il a échappé à la mort et traversé des milliers de kilomètres pour finalement atterrir là, sur une table d'opération, en Californie du Nord, aux mains d'un magnat de la Silicon Valley désireux de tester ses recettes miracles. Il va se lever. Il va prendre ses petites affaires et partir loin d'ici. Il va envoyer bouler leurs cellules à la con. Il a déjà la moitié du fric après tout.

— Voilà c'est bon. On se revoit demain alors.

Il se lève comme un automate, remet ses chaussures, disparaît par la porte.

Adèle traverse les couloirs du deuxième étage du Cube, qui s'ouvrent de chaque côté sur les bureaux des autres biologistes, chercheurs, médecins, des quelques programmeurs. Tout le monde est extrêmement sympathique, un peu trop. Elle ne connaît finalement qu'une partie du Cube, l'aile ouest lui demeure inconnue. Elle a demandé un soir à son collègue Jason ce qu'il y avait là-bas, il lui a répondu oh je sais pas, on nous montrera bien un jour.

— Ce soir ?

La tête de Parker Hayes a fait irruption derrière la porte qu'elle avait pourtant bien fermée.

— Pardon ?

— Vous faites quoi ce soir ? demande Parker.

— Rien, dit Adèle. Je vais rattraper mon retard dans *Game of Thrones*, j'en suis qu'à la saison 4.

— Venez avec moi. Je vous invite.

— Je sais pas si on vous a déjà dit, mais en général cette technique militaire marche pas trop. Il faut mettre les formes. Donc c'est non.

Adèle lui parle comme ça maintenant, elle trouve que c'est le ton qui convient.

— La cuisine est excellente au NoPa, il y a notamment une gaufre à l'esturgeon proche du sublime. Et puis c'est une série de merde, les mecs ne font que parler pendant des heures.

— C'est pas vrai, ils coupent des têtes aussi.

Parker ouvre la portière. Adèle pense qu'elle n'a rien à manger dans son frigo. Elle pense qu'on mange vraiment comme des porcs ici.

Il doit trouver ça classe de porter des vestes bleues aux coudières cousues de fil noir. Ils se sont assis dans la salle du fond du restaurant, au 560 Divisadero, parquet ciré et poutres apparentes.

— Vous devriez vous laisser pousser la barbe vous savez.

— Ah non je crois pas.

Sur la table en marbre, le serveur lui aussi parfaitement rasé a commencé à déposer des tapas, boulettes de viande et échafaudage compliqué de poissons crus.

C'est au moment du poulpe qu'ils entrent, en même temps que le couteau, dans le vif du sujet.

— Bon, autant qu'on en vienne aux faits, dit Adèle au milieu d'une phrase qui n'avait rien à voir : je suis là pour quoi en fait ?

Parker fait tourner le petit tentacule dans le paprika.

— Oh, Adèle. Je crois que. Enfin. Vous savez bien.

— Euh, non.

— Écoutez, c'est simple. Je pourrais vivre trois cents ans avec l'argent que j'ai gagné en vendant Cashflow. Mais je m'en fous. Je n'aurai pas d'enfant. Je hais les enfants, ce sont des monstres. Où j'en étais ? Ah oui. Ce que je veux, ce n'est pas l'argent, le fric c'est vulgaire. Ce que je veux, je pense que vous pouvez le comprendre, c'est ne pas mourir.

Elle soupire. Ça recommence.

— Attendez, j'ai peur de ne pas être clair, reprend Parker. Les choses sont plus simples encore : j'ai décidé de ne pas mourir.

— Très bien. Vous me raconterez ?

— Si vous êtes encore là, avec plaisir.

Parker entre dans la salle principale de l'entrepôt. Les larges tubes en métal sont irrigués par des tuyaux. La cuve est baignée d'azote liquide. C'est la largeur surtout qui l'étonne ; on doit pouvoir caser quatre corps, dit le petit homme à côté de lui, qui porte un collier de barbe rousse.

— Vous pouvez bien sûr choisir la cuve à votre convenance. Mais à vrai dire, nous préconisons celle-ci. C'est une cuve familiale. Vous y serez seul, vos proches, s'ils le souhaitent, seront dans une autre cuve voisine, mais plus l'espace est large et la quantité d'azote liquide autour de vous grande, plus les chances de parvenir à vous réveiller sont élevées.

— Et le forfait ?

— Le forfait est plus élevé naturellement, mais les chances de retour également. Et c'est quand même ce qui nous intéresse. L'azote conserve les muscles dans le meilleur état possible.

Ça faisait du 75 000 dollars par an, ce qui était finalement assez dérisoire.

— Celle-là, elle me plaît bien, dit Parker. Je signe aujourd'hui ?

— Si vous voulez. Autant le faire le plus tôt possible. La cuve vous attend ici, tranquillement. Comme ça – et le petit homme se touche la tête –, même si je ne veux pas parler de malheur, en cas d'accident, enfin vous voyez, d'un imprévu, eh bien vous ne ratez pas le départ. Car ça il faut bien le savoir : le corps doit être plongé au plus vite dans l'azote, vraiment *au plus vite*, dans les trois premières heures si possible. Alors si la cuve n'est pas prête, si vous n'avez pas notre carte sur vous ou que vos proches ne sont pas au courant, nous risquons gros.

— C'est-à-dire ?

— Eh bien de ne pas pouvoir conserver et donc récupérer l'intégralité de vos fonctions à votre retour.

Il a laissé traîner ce dernier mot dans l'air moite de la salle secoué par les vrombissements des pompes.

— Ne vous inquiétez pas, je me collerai la carte sur le front.

Parker signe en bas du contrat *Cryogénisation Alcor*.

— Et le premier versement ?

— On commence en fin d'année.

— Ça a l'air sympa cet endroit, dit Adèle. C'est où ?

— En Arizona, dit Parker. Alcor a été la première entreprise à proposer ce service, mais bientôt il y en aura partout.

— J'ai bien compris que ça vous obsédait cette histoire, dit Adèle. Vous êtes un pays jeune, vous découvrez tout juste la mort, c'est normal. Nous, les Européens, on meurt depuis plus longtemps, on s'est un peu habitués. On a longtemps été au-dessus de ça, maintenant un peu moins, mais on est très vieux de naissance, alors on proteste comme on peut, mais on a déjà mal partout. Pour vous, c'est plus délicat. Vous ne vous y faites pas.

— Tu es adorable, Adèle. Tu reprends un peu de vin ?

Le poulpe a disparu, laissant place à la fameuse gaufre à l'esturgeon et au carpaccio de thon et de mangue. Des ombres filent dans Divisadero Street.

— Voilà ce que je pense, puisque vous me demandez, dit Adèle. La mort est au cœur du processus de vie. (Elle sent bien que sa phrase est un peu emphatique, elle la lance quand même ; en anglais elle l'est moins pour une raison qu'elle ignore.) Si les cellules ne commençaient pas à mourir dès la formation de l'embryon, l'être humain ne se développerait pas tel que vous le voyez. (Elle fait tourner sa main autour de son visage et du haut de son corps en faisant mine de pavaner.) La pâte humaine est informe au départ, une sorte de masse indistincte, et c'est la mort des cellules qui lui permet de se sculpter en dedans. En perdant des cellules, elle gagne des membres, des organes, une silhouette. Sans la mort des cellules dans l'embryon, le corps du bébé ne prendrait pas forme.

— Je comprends bien, ma chère Adèle (il prononce *Ei-dèèle* comme s'il venait d'inhaler du gaz hilarant), ça c'est pour le nouveau-né, et puis chez l'adulte les cellules doivent mourir pour que de nouvelles arrivent et qu'elles continuent à se reproduire, OK, je sais. Mais pourquoi les hommes devraient-ils faire pareil ?

— Pour les mêmes raisons, mon cher Parker : ils doivent laisser la place aux suivants.

Sous son microscope, elle voyait les cellules se reproduire à l'infini : iris violets sur mer bleu cobalt, striures, délicate architecture, pluie d'octogones battant leur minuscule danse frénétique, les gamètes mâles s'approchant insensiblement de la sortie, possible rencontre avec gamète femelle, vrombissement gris pâle – elle observe les noyaux outremer des cellules cardiaques frétiller dans les disques intercalaires des artères, elle se relève, reprend son souffle et repart vers les cellules neuronales, étoiles jaune orangé reliées en filaments tendus dans une infinie constellation, puis tout à coup farandole électrique de noyaux et de fils vert brûlant – elle se perd dans la beauté des mondes, clapotis des cellules hépatiques, parfait assemblage de cases et de points des cellules de la peau, il y a toujours l'ordre et le chaos, la fluctuation des formes, la déflagration du vivant ; elle replonge.

— Enfin, dit-elle en avalant une gorgée de ce vin de San Bernardino, je vous vois venir : les hommes ne *doivent* pas. Ils meurent, c'est tout. On pourrait, bien sûr, en travaillant sur les cellules souches, sur les télomères, sur d'autres choses encore, allonger la durée de vie, on le fait d'ailleurs déjà. C'est bien, on vivra vieux plus longtemps. On ira d'hospices en hospices. Ce sera passionnant. On sera arthritique *et* en pleine forme. On tombera amoureux à nouveau. Sans érection, mais amoureux. Et les sentiments c'est important aussi.

— Tu te trompes, dit Parker en s'essuyant à nouveau les lèvres. Ce vin est une merde, je vais en commander un autre. Nous vivrons plus longtemps, mais en excellente santé.

— C'est touchant, vous êtes curieux et optimiste, mais c'est encore mieux de connaître la biologie pour en parler avec autant d'assurance. Il faudrait, pour rester jeune, régénérer absolument tout : la peau, les muscles, les organes, les nerfs, les yeux, le cœur, les poumons, le cerveau. Autant mourir, non ?

— Non, on peut changer tout ça. Et je sais de quoi je parle, j'ai aussi étudié la biologie à Stanford. Mais tu aimes l'ironie, c'est normal, c'est le propre des pays décadents comme le tien. Avec les vieilles pierres, c'est ce qui fait votre charme.

Elle ferme à moitié les paupières. Dans un dessin animé japonais, des éclairs en sortiraient.

— Bref, reprend-il, on peut tout changer, du foie jusqu'au cœur, et on va le faire.

Elle détaille ses pattes d'oie sans la moindre brisure. Ce type a perdu le contact avec le réel, il s'est envolé dans une jolie bulle aérodynamique vers des sphères inaccessibles au commun des mortels.

— Vous avez le droit d'avoir peur de mourir, c'est plutôt sain, ça fait précisément de vous un être humain. Votre désir de pureté et d'immortalité, lui, vous éloigne de l'humanité.

— Chère Adèle, on sait depuis que votre collègue Yamanaka a réussi à reprogrammer des cellules filles en cellules souches que le temps biologique n'est pas immuable, qu'il n'est pas à sens unique comme on l'a toujours pensé. On peut inverser et repartir en arrière. La mort cellulaire n'est pas une fatalité. On nous a toujours appris qu'il y avait un sens, qui allait de la naissance à la mort, or il n'y en a pas. Il n'est plus nécessaire de mourir.

— Est-ce que ça ressemble toujours à un mauvais film de science-fiction quand on est à côté de vous, ou parfois vous dites aussi des phrases genre normales ?

— Je dois pouvoir faire ça.

On en est au dessert, poire pochée crème diplomate, cheesecake au lait de coco et coulis de fraises des bois.

— Vous aimez jouer à l'apprenti sorcier, ça vous excite. Il faut que des choses vous excitent, c'est positif je trouve à votre âge. Mais je ne sais pas, et ça, ça m'inquiète un peu plus, si vous avez bien compris que le corps humain n'est pas *seulement* une incroyable machine. Il ne suffit pas de changer une pièce pour que l'ensemble fonctionne. Une machine ça repose sur un ensemble d'éléments qui jouent des rôles et déclenchent des actions. Le corps humain, lui, est beaucoup plus mystérieux. Il fonctionne comme un tout, comme un processus global engagé dans un environnement. Il y a bien des organes, des tissus, des os, des nerfs, un système complexe et ultra-perfectionné qui permet d'enclencher des gestes, des pensées, une interaction avec le monde. Il y a, disons, une mécanique fluide dont on perçoit les ressorts et les éventuels défauts. Mais comment marche-t-elle *réellement* ? On peut étudier la mécanique, la technique, et c'est fascinant, mais il y a autre chose, un liant, un ensemble de processus qui, pris dans une dynamique, créent autre chose qu'eux-mêmes. Un corps est plus que la somme de ses parties.

— Tu voudras un thé de Chine ? demande Parker.

— Ce que vous niez absolument dans votre démarche par ailleurs totalement ascientifique.

— Alors là je t'arrête, chère jeune fille, tu vas trop loin. (Le niveau de sa voix est descendu brutalement.) Je m'inscris au contraire dans la démarche globale des scientifiques du monde entier, qui tous travaillent sur les cellules souches, sur la médecine régénérative, et voient là des perspectives passionnantes pour l'homme. Et puis je te rappelle que je te paie grassement pour faire ce travail, pas pour me donner ton avis.

— Cet argent ne représente absolument rien pour vous, et je donne mon avis si je veux.

Elle avale une gorgée de pinot noir.

— Vous êtes peut-être en accord avec ces scientifiques, mais cela ne veut pas dire que vous soyez dans le vrai. Les cellules souches ouvrent des voies et de l'espoir, mais ce sont surtout – croyez-moi, je travaille dessus depuis quelques années – des fantasmes.

— Arrête, ça m'excite.

— Jusqu'à présent les résultats obtenus ont été très minces. Lorsque le problème est particulièrement localisé, comme dans le cas de la maladie de Parkinson qui ne touche qu'une partie précise du cerveau ou en cas de brûlure, l'injection de cellules souches dans l'organe en question peut éventuellement le régénérer en partie. Mais lorsque le problème est plus global, que le patient est âgé ou que son corps est affaibli, l'injection ou la greffe ne donne rien. Elle est parfois entièrement rejetée.

— Mais moi je te parle de créer des organes et de les greffer sur un corps. Je te parle de le régénérer encore et encore, jusqu'à cent cinquante, deux cents ans. On a déjà essayé, ça ? Eh bien je vais le faire.

— Ce sera la même chose. Changez le cœur, changez le foie, changez le cerveau si vous voulez. Changez les pièces une à une, si ça vous amuse. Le problème, ce ne sont pas les pièces, ce n'est pas la mécanique, c'est ce qui se joue entre les pièces et au-delà.

— Tu prendras bien un scotch ?

— J'vais surtout prendre l'air.

Laissant Parker planté là, la main suspendue en l'air, Adèle s'élance dans Sutter Street en direction de la ville basse.

Quel connard mais quel connard.

Et quelle conne je suis de m'être jetée ainsi dans la gueule du loup.

Pourtant, arrivée dans la longue traîne de Market Street, enjambant les vagabonds et les chariots vides, la lumière de la Pharmacie CVS et du Carl's Burger sur ses Vans, Adèle sent brusquement l'odeur du large qui s'est faufilée jusque-là. Elle s'allume une clope, revoit la gueule du type seul tout à coup à sa table en marbre.

Elle souffle la nicotine au ciel.

On entend un rire filer sur l'avenue.

7

— Adèle ? T'es sûre de toi ?

— Ouais. C'est excitant, non ?

Clément est debout à poil dans la salle de bains de l'appartement qu'Adèle loue au 15, rue de Lancry, derrière la place de la République. Elle est nue aussi. Ils se sont rencontrés il y a peu sur les bancs de deuxième année de médecine à Paris-Descartes, mais il y a quelque chose. C'est un rêveur comme elle, qui se trimballe toujours en veste en cuir, dans la poche droite *Libé* plié en quatre.

— Attends, dit-elle. Oui, là. Oui, oui – non ici. Comme ça.

La douche qu'ils devaient prendre rapide a dégénéré ; le savon mousse, on se lave l'un l'autre, les fesses, les aisselles, le sexe, l'eau chaude coule sur eux, il est dur dans sa main, viens ; mais la douche c'est un sacré bordel, tout glisse et on manque d'appui, Adèle se retourne mais Clément est plus grand qu'elle, ça ne marche pas, elle essaie de lever le cul, elle tombe et se retient de justesse sur le rebord.

— On sort. Là, sur la machine à laver.

Elle prend une serviette, la pose, le tambour s'ouvre, elle le referme, pose ses fesses au-dessus. Le sol carrelé est entièrement inondé. Clément s'approche. Sa bite arrive au niveau des boutons de programme.

— N° 4 100 % coton ?

Elle sourit, non attends je me rapproche.

— C'est pas un angle vraiment faisable ça.

— Ouais t'as raison, prends le petit cube bleu qui est là-bas. Si tu te fous dessus, peut-être.

Il s'exécute, c'est un peu mieux. Elle se rapproche encore. Ça y est, c'est bon, il s'insère. Adèle essaie de s'accrocher à la serviette qui pend sur le côté, mais le poids la fait tomber à terre. Ah là c'est pas mal. Elle le sent coulisser lentement. Elle pose ses mains derrière elle. Son pied droit appuie sur un bouton de devant et enclenche la machine. Tout vibre, Clément dérape. Le cube bleu, beaucoup trop petit pour cette charge, et qui résistait vaillamment jusqu'à présent, se fend en deux. Clément tombe en arrière. Adèle éclate de rire.

— Oh putain j'me suis explosé le coccyx.

— On peut peut-être aller au lit.

— Non ça va aller là.

Ils s'étaient revus un peu après ça, mais l'histoire s'était épuisée d'elle-même, sans qu'ils fassent grand-chose pour l'éviter.

Peu importe, pour Adèle c'est décidé : si elle n'a pas le contrôle sur son corps, alors elle essaiera de l'avoir sur celui des autres – enfin le contrôle non, le savoir.

Elle s'affaire justement autour des cellules souches d'Álvaro, et là elle le fait avec doigté. Elle a vérifié plus tôt ce matin que son cœur allait bien ; il est dans une forme exemplaire. Elle poursuit sa culture de cellules hépatiques dans de petits échantillons séparés.

— Je t'aime beaucoup, Adèle, lui avait dit son frère, tu as de grandes qualités, non vraiment tu es une fille formidable, mais putain qu'est-ce que t'es gauche.

Il avait raison. Ses mains à lui étaient précises. Quand Adèle lance sa main pour attraper une tasse, elle ripe et la fait tomber. Elle se cogne contre les bords de tables, les fenêtres entrouvertes, elle n'est pas en phase, elle est toujours légèrement à côté. Elle sait pourtant voyager, vivre, elle sait où trouver à manger, on pourrait dire qu'elle existe, mais elle ne sait pas où placer ses pieds. Adèle ne sait pas comment se dépêtrer avec toute cette peau qu'elle a autour d'elle. C'est un bordel pas possible, elle se heurte à tous les coins, elle ne sait pas comment faire pour diriger ce machin qui l'encombre. Elle est en conflit permanent avec le réel, qui n'adhère pas, qui renâcle, qui refuse de se plier à ses exigences. Alors elle le contourne et c'est pire. Le réel n'est pas malléable, il est dur et froid, et si vos mains ne parviennent pas à le saisir, il glisse et s'échappe.

— C'est le monde qui est informe, on ne sait pas par quel bout le prendre, dit Adèle.

— T'es une putain de maladroite et puis c'est tout, dit son frère.

C'est précisément pour cela qu'elle avait choisi un travail de haute précision, pense-t-elle en prélevant une nouvelle cellule hépatique dans l'échantillon. La biologie exigeait une rigueur et une habileté qu'elle n'avait pas et qu'elle désirait ; ça lui avait paru une bonne voie à suivre. Et puis voir grouiller les choses sous des lentilles microscopiques, ça l'excitait, tout comme l'étude, la connaissance. Il n'y avait que le sexe (et encore, de qualité uniquement) pour la faire vibrer autant. Dans l'apprentissage, il n'était pas seulement question de cerveau, c'était l'ensemble de son corps qui frémissait lorsqu'une information nouvelle arrivait dans son hypothalamus, lequel diffusait ensuite l'information dans le cortex, puis les mâchoires, la bouche, la gorge, le plexus, le thorax, le ventre, le bas-ventre, ça l'embrasait entière et jusqu'aux jambes, qui, dans son cas, frissonnaient à chaque émotion intellectuelle. Adèle a le savoir érectile.

C'est par ailleurs cette grande émotivité qui la jette contre les murs et la fait tomber par terre.

— Oh putain j'vais pas y arriver.

Adèle est assise devant son ordinateur, ce jeudi 19 juin 2014, dix-huit pages de comparateurs de vols ouvertes sur Google Chrome, elle passe de l'une à l'autre, étudie le nombre d'heures, d'escales, le trajet, l'heure d'arrivée : impossible. À partir du moment où le réel se divise en deux branches, la porte est ouverte à ce qu'il se divise en quarante-sept branches, toutes aussi valides et *envisageables* les unes que les autres, débouchant toutes sur des réalités parallèles, virtuelles et néanmoins parfaitement palpables, qui font pression sur la gorge d'Adèle. Telle l'infinité d'univers parallèles qui coexistent vraisemblablement, selon les physiciens, à l'intérieur de notre univers (devenant dès lors des "multivers"), la démultiplication des possibles lance Adèle dans des tourments vertigineux et principalement celui du remords, qui ne manquera pas d'apparaître lorsque le choix aura été fait, malgré toutes les tergiversations et les excuses envisageables (je déciderai plus tard, c'est pas le moment / parfois les prix ils baissent quand on attend un peu / de toute façon j'ai besoin de savoir si pour / demain, je le fais demain là j'suis trop crevée), car le regret est l'inévitable corollaire du doute – une fois le réel divisé en branches, le regret attaque les branches non élues comme le lichen, et ronge lentement ces morceaux de bois délaissés qui périront bien vite, à moins que l'excès de lichen et de regrets en vienne à former une pâte si épaisse, s'agglomérant pendant des jours, qu'on ne puisse plus faire comme si elle n'existait pas, et qu'on n'ait plus d'autre choix que d'explorer cette voie auparavant négligée, ou bien de la couper d'un coup de hache. Adèle est devant son ordinateur et les dix-huit sites ouverts ; elle sue. Elle va chercher une canette de bière. Elle change d'avis. Finalement ce vol est quand même vachement mieux, quoique un peu plus cher, et sans escale. Si elle est en vie, elle peut changer d'avis. C'est vraiment ce qui la distingue de quelqu'un qui ne serait plus en vie par exemple. Elle annule la préréservation qu'elle avait faite un peu plus tôt (toujours prendre "annulation possible", même en cas de supplément), remplit les informations pour l'autre vol – en réalité elle pourrait annuler directement le voyage, il est encore temps, personne ne l'oblige à rien, des choses merveilleuses pourraient lui arriver ici, ou ailleurs, pendant ce laps de temps-là, pourquoi aller à Mexico pour ce putain de colloque, elle en peut plus des colloques, elle va plutôt aller à Corfou se baigner dans l'eau tiède.

Elle se dit qu'il n'y a qu'un pays déliquescent comme le sien pour enfanter des êtres comme elle, indécis, insatisfaits, fébriles, repoussés toujours plus loin de l'action. (Elle a l'impression d'entendre penser son double réactionnaire.) Une personne saine, vive, conquérante ne tergiverserait pas autant devant des broutilles, elle entrerait dans le vif, explorerait les contrées, taillerait le réel, fendrait la nuit. Une gorgée de bière. C'est dégueulasse, pense-t-elle, de mettre son indécision sur le dos d'un peuple ou d'une civilisation qui n'a d'ailleurs ni nom ni existence réelle, ça te dédouane bien de ton incapacité chronique à prendre une putain de décision. C'est toi qui es un être famélique, maladif, inconsistant, pas la société.

Encore que, songe-t-elle en refermant la porte du frigo et retournant vers ses affres.

Ça la prend tout le temps, pour le moindre train, "viande ou poisson ?", mais étonnamment pour les grandes décisions, les coups de quart qui changent tout, là, plus de doute, elle se lance tête baissée. Lorsqu'elle est partie de chez elle, qu'elle a décidé de devenir biologiste, ou, comme aujourd'hui, lorsqu'elle monte à bord de ce Boeing en direction de San Francisco, onze heures quarante sans escale.

— Être libre, c'est choisir, avait dit Martín Lucero dans ce bar de la Boca, avant d'éclater de rire pour dégonfler le poids de sa phrase.

Ce professeur d'architecture à l'université de Buenos Aires les avait accueillies, Julie et elle, dix ans plus tôt. Le ton juste, le gai savoir. Elles venaient d'arriver en Argentine et ne savaient pas où aller, le monde devant elles, 510 millions de kilomètres carrés de terres et de mers.

— Eh ben c'est ça justement la liberté. Vous allez devoir choisir une route, chères amies.

Seul problème : Adèle voulait tout. Hors de question de renoncer à quoi que ce soit. Tout, sur-le-champ. On le lui avait bien dit pourtant. On ne peut pas *tout* avoir, ma jolie. Eh non ce n'est pas possible. Tu n'es pas la reine ici. Tu n'es pas seule au monde, vois-tu. Alors voilà tu choisis : jeux de garçons ou jeux de filles ? Elle crie, s'énerve, elle campe sur ses positions. Elle ne décidera pas. Elle prendra l'un et l'autre. Ce n'était pas marqué dans le contrat au départ. Elle prendra Mozart et Britney Spears, la Cité interdite et les karaokés chinois où chanter jusqu'à l'aube dans des salons rose fuchsia.

— Je te raccompagne ? a demandé Adèle à Álvaro.

Elle a refermé ses dossiers, rangé les échantillons, elle a attrapé son trench-coat.

Álvaro n'a rien dit, il n'a pas secoué la tête non plus.

Ils sont repartis sur le trottoir étroit de la 26e Avenue.

Elle a dit ça tombe bien j'avais pas pris la voiture aujourd'hui j'avais besoin de marcher.

Il n'a rien dit.

À moins que tu préfères prendre le bus ? OK, te casse pas, je ferai les réponses aussi.

Elle note sa présence, tout le monde ne fait que noter sa présence, c'est étrange, il ne dit rien, il ne fait rien, mais on ne peut oublier un seul instant qu'il est là tout le temps.

Elle pourrait s'approcher du mystère, mais il semble qu'il y ait pour cela un effort considérable à fournir, et honnêtement elle n'a pas que ça à faire. Il a les mains bien enfoncées dans les poches, les épaules légèrement surélevées du coup, il dodeline comme ça avec un air de bambin mal léché. Elle pourrait lui dire ça va aller. Elle reste plutôt sur le côté.

Et alors il dit :

— Toi non plus je vois pas ce que tu fous là.

Elle se tourne vers lui. Il n'a pas bougé d'un centimètre, mais il a dit quelque chose.

— Non, je sais pas. Mais comme toi je vais ramasser un beau paquet de pognon et j'aurai pris l'air.

Il tape dans une pierre.

Elle pense c'est un gosse sur un trottoir de San Francisco qui traîne son mystérieux sac de tristesse derrière lui, alors qu'il devrait être en train de crier dans les bars de n'importe quelle ville du monde.

— T'as grandi où en fait.

Il dit rien. Il faut vraiment raconter ? Pourquoi, pour être sympa ?

— À Mexico.

Il ne sait plus faire.

Elle regarde autour d'elle. Elle a oublié sa déception initiale, ce gang de types sans relief, quand elle avait rêvé de vies inclinées et de solos furieux dans les rues sauvages. Elle a oublié, elle savoure la brise, l'harmonie des gestes.

Ils descendent Market Street et prennent à gauche dans Mission, le quartier bobo devenant petit à petit une excroissance édulcorée du Mexique, avec couleurs en ordre, *taquerías* ripolinées, les enseignes de Corona en mousse, la moustache de Frida Kahlo, tout le folklore têtes de mort sauce yankee.

Deux Coronitas justement sur une table en bois sombre, à l'angle de la 15e Rue, et deux corps empotés autour, qui ne savent où se placer, comment se mouvoir dans cet espace brusquement réduit, que faire de ces deux mains si grandes devant eux et si malhabiles, qui manquent de faire tomber la bière et le soleil dessus, c'est un désastre, reprends ton souffle, pense Adèle, rentre les épaules, détends-moi ce pouce et ce genou et essaie de dire quelque chose, je sais pas moi, un truc pas trop bête, genre :

— …

Elle trouve rien, elle se tait.

Le mieux à faire est finalement d'observer le spectacle de la rue et de laisser leurs deux enveloppes terrestres en paix.

Ils voient les barbes passer, couleurs incertaines, du roux au noir nuit, des jupes aussi, des p'tites frappes de Porto Rico ou de Veracruz, des Asiatiques à quatre épingles iPad à la main, des taxis, des iPhone des Android, des femmes en jean clair bavardant en terrasse, les formes lentement se distendent, se transformant en un ballet indéfini.

Alors qu'ils considèrent tous deux que cette parenthèse sociale s'achève objectivement sur une catastrophe totale, quelque chose se produit. Adèle se lève et lui dit :

— Viens.

Álvaro regarde son visage rond et harmonieux, ses yeux comme flottant loin l'un de l'autre, les paupières s'allongent puis rebiquent, drôle de mouvement qu'elle semble dédoubler d'un coup de crayon noir matinal. Elle est debout. Il n'avait pas vu ses petites oreilles rondes elles aussi, ses cheveux courts et noirs sur les côtés qui montent en tuiles sauvages au-dessus. Qu'est-ce qu'il pourrait bien dire. Il se lève aussi. Elle prend sa main.

Il est surpris mais se laisse faire, c'est l'heure du basculement sensible du jour vers la nuit, le territoire des possibles – elle le prend par la main.

Il va falloir tout apprendre, pense-t-il, jusqu'alors il a été entièrement absent au monde, il a regardé les événements glisser sur lui, jusqu'au dernier. Il va falloir reprendre la barre.

— Viens.

A priori il ne vient pas, mais après tout on pourrait se laisser porter comme ça.

Tout s'accélère soudain, rues, formes, foule et eux dedans, ils courent et se retrouvent à l'arrière d'un taxi, puis sur une terrasse suspendue entourés de gens, de verres, de musique, ils dansent, sans sourire mais en rythme, les verres se dupliquent sur le comptoir enfumé d'un sous-sol, ils dansent et la nuit les avale.

— Viens.

Il se laisse entraîner pour la première fois, il se laisse déborder. Et quelque chose en lui s'ébranle. Rien, presque rien, un infime frémissement. Mais quelque chose, un meuble peut-être, s'est déplacé.

— Viens.

Au réveil, chacun dans un coin de la ville, dans leurs lits respectifs qu'ils ne se souviennent pas d'avoir rejoints, ils ouvrent les yeux, tout a disparu ; ne demeurent qu'un goût trouble dans la bouche, une sensation de fraîcheur dans la nuque et une énigme à résoudre.

8

Parker a un autre grand projet. Il veut construire un nouveau pays. On manque de pays. On s'emmerde dans le nôtre. Il prendrait la forme d'une île artificielle flottant au large de San Francisco, bâtie par ses soins, où l'on pourrait vivre loin de l'État, des lois, des obligations sociales. On pourrait créer en paix l'homme et la société du futur. On ne serait plus tenu de payer des taxes et de perdre du temps avec d'autres vulgarités de ce genre. On inventerait des formes. On cavalerait vers l'avenir. Tout le monde serait le bienvenu sur cette île du nouveau Nouveau Monde.

— Sublime, ton idée est sublime, dit Patri Friedman, petit-fils de Milton Friedman, le grand théoricien du libéralisme économique. D'ailleurs j'ai eu la même.

Patri, qui sillonne le monde depuis des années pour prêcher la grandeur du libertarisme, allonge les billets. Mark Zuckerberg, Larry Page, Elon Musk, Travis Kalanick de Uber et la Fondation Steve Jobs participent eux aussi au financement de ce projet qui porte le nom de Bluesky. La première île, dont la construction est largement avancée, flottera au large de la baie de San Francisco en novembre 2015.

Facebook, Google, Amazon, le Cube et d'autres entreprises de la Valley y auront un bureau.

— On délocalise, mais chez nous.

Parker se rêve en Peter Pan sans cape, en James Marshall chercheur d'or, en pionnier. Et il l'est, il le sait. Il invente le monde quand les autres le regardent passer. Il va repousser les frontières d'un pays qui se tasse dans son territoire pourtant immense. L'essence de cette nation a toujours été le mouvement. Quand les Américains se sont arrêtés dans leur conquête de l'Ouest, faute de territoires nouveaux à conquérir, ils ont commencé à envahir le monde. Mais leur territoire est désormais clos sur lui-même. Or l'océan est là. Les poissons sont cons comme des barriques, ils n'émettent que des sons infinitésimaux, et ils vivent *dedans* ; la surface, elle, est à nous.

— On l'inaugurera avec une grande cérémonie, dit Parker. Puis chacun choisira ce qu'il préfère, vivre sur l'île toute l'année ou n'y venir que de temps à autre. En tout cas l'idée est la suivante : chacun est libre de tous ses mouvements, n'est redevable de rien à personne, il n'y a aucune autre loi que celle de notre bon vouloir.

— Et si notre bon vouloir est contraire à celui de notre voisin ?

— Il n'y a pas de voisin. Il n'y a que nous.

Sergueï Brin trouve l'idée géniale. Google a toujours eu des conflits avec l'État américain, avec les gouvernements européens et asiatiques, mais ça s'est encore accéléré depuis quelque temps. Une île, oui, ça lui irait. Le rayonnement mondial resterait le même.

En ce moment, pour autant, il pense surtout cerveau. Le fondement même de Google est de pouvoir, un jour, se passer d'ordinateurs et de connecter directement le cerveau à Internet.

— Voici…

Sergueï Brin, polo rouge, barbe grisonnante par endroits, un immense sourire aux lèvres, s'est avancé sur l'estrade.

— … les Google Glass !

Sur ses yeux des verres tenus par une barre noire, avec dans l'angle gauche une caméra, puis, sur la monture et jusqu'à l'oreille, une capsule grise contenant le mécanisme audio. Des applaudissements feutrés s'élèvent de la salle aux tentures rouges. Après un court film présentant les fonctionnalités des lunettes, Sergueï Brin reprend la parole.

— Quand j'ai eu la vision de Google, il y a quinze ans, j'ai tout de suite pensé qu'il s'agirait d'arriver un jour à faire en sorte que les informations désirées nous parviennent d'elles-mêmes. Quinze ans plus tard, nous y sommes.

Il sort son portable de sa poche et fait mine de regarder ses mails, courbé sur son écran.

— Ah, excusez-moi, c'est juste que je viens de recevoir un mail d'un prince nigérian qui voudrait 15 millions de dollars. Je vais lui répondre. On était bien contents que les gens nous répondent lorsqu'on montait notre projet avec Larry. Non, je plaisante. Je voulais simplement vous montrer la position dans laquelle je passe mes journées. Or je ne veux pas me séparer du monde. Je veux pouvoir être connecté *et* voir les gens devant moi. L'idée des Google Glass est née de là.

Brin regarde devant lui. Son œil gauche est entièrement dissimulé par le cache gris placé sur les lunettes.

— Nous avons travaillé d'arrache-pied pendant deux ans. Au début, c'était un véritable casque qu'il fallait se mettre sur la tête. Nos ingénieurs désespéraient. *We've come a long way, and here we are today.* Merci infiniment.

Quand Lin voit cette vidéo du cofondateur de Google sur le site de *Wired*, attablée dans ce bar obscur d'Amsterdam où elle se rend tous les jours ou presque, son PC recouvert de stickers, son cappuccino déjà tiède, ce qui se passe dans son cerveau à elle rejoint un phénomène bien connu des neurologues : elle a la sensation de reconnaître une idée qu'elle aurait déjà eue, longtemps avant (depuis si longtemps que le souvenir se perd dans les feuillages de sa mémoire), sans pour autant l'avoir jamais formulée. Les chercheurs en physique, les lecteurs de Proust, cette femme qui frissonne sous la pluie en entendant une chanson des Smiths ou ce garçon qui pleure sous ce drap blanc parce que la décharge se diffusant dans son corps pour la première fois lui fait voir cette fille comme une reine et le catapulte dans un monde qu'il découvre et semble connaître depuis toujours, tous expérimentent cette sensation, qu'elle naisse du cortex cérébral et se diffuse comme du miel à l'ensemble du corps ou jaillisse de la main, du sexe, des yeux et fasse le chemin inverse ; cette révélation, cet accès frontal et décisif à la connaissance (du monde ou de la sensation), est entièrement neuve et pourtant elle leur était, d'une manière souterraine et non dite, parfaitement connue, comme contenue intrinsèquement dans leur corps, leurs neurones, leurs cellules ; elle était là en germe, en puissance. Lin expérimente une fois de plus cette sensation-là, dans ce bar du Prinsengracht, le quatrième canal à l'ouest en partant du centre, alors qu'elle détourne le regard de son écran pour observer à nouveau le ballet soyeux des vélos à roues extra-fines qui se croisent. Relier Internet et le cerveau humain, c'est ce qu'elle veut faire, mais pas de cette manière martiale, frontale, absurde en un sens – des puces, des lunettes, des câbles. Ce qu'elle voudrait, elle le comprend à 16h45 sous le ciel étonnamment bleu crème d'Amsterdam, c'est prendre appui sur la planche réseau pour accéder à une conscience supérieure, à quelque chose d'autre, que l'homme ne fait qu'entrevoir et imaginer depuis des siècles, sans jamais pouvoir l'embrasser. Le temps ? L'infini ? Elle ne sait pas, il est tôt encore en ce mercredi 27 février 2013, et ce sont des gros mots pour qui n'a pas bu trois verres, mais après tout pourquoi pas. Sergueï Brin repose les Google Glass sur la table en onyx devant lui.

— J'essaie de créer une potion, dit Lin, qui nous permette d'accéder tranquillement à la connaissance universelle.

— Tu veux une bière pour l'instant ? dit Adèle.

— OK.

Adèle est venue toute seule aujourd'hui à Noisebridge. Álvaro l'avait emmenée deux semaines plus tôt, elle avait adoré le lieu, rencontré Lin. Elle est revenue pour voir de plus près ce que Lin fabrique. Le cerveau n'est pas sa spécialité, mais enfin quand même elle s'y connaît un peu.

Elle sait qu'il est possible maintenant d'améliorer à peu près tous les organes et fonctions du corps, par exemple :

• Insérer une carte mémoire reliée à un hippocampe artificiel

• Intégrer un ordinateur dans son bras, qui envoie des stimuli au cerveau

• Fabriquer un œil bionique avec un implant rétinien, qui recueille les signaux grâce à un microprocesseur et envoie ces données au cortex visuel via le nerf optique

• Des implants cochléaires qui transforment les sons en impulsions électriques et rejoignent le nerf auditif

• Un stimulateur cardiaque

• Des reins bio-artificiels

• Émettre des faisceaux lumineux activant certains neurones à distance

• Poser une ceinture sous la poitrine qui remplacera un poumon en envoyant du sang chargé en oxygène au cœur.

— Oui, c'est vrai, mais tout ça ne m'intéresse pas vraiment, dit Lin. Ce que je veux, moi, c'est travailler sur la conscience. L'homme n'est qu'à peine conscient de son moi dans le monde.

— Tu travailles sur quelles zones du cerveau ? demande Adèle.

— Comme les zones cérébrales interagissent sans cesse, non seulement entre elles mais avec d'autres zones du corps, il est difficile de savoir où ça se joue. À la fois, j'imagine, dans le cortex, le lobe frontal, le lobe occipital, le cervelet, mais ailleurs aussi. En fait, la conscience n'est pas située dans un lieu, elle est créée par l'interaction entre les neurones et le reste du corps, dont se chargent les synapses.

— Mais à quoi ça nous servirait de nous relier à des machines ? dit Adèle. On l'est déjà, et c'est très bien d'ailleurs. On a déposé le savoir et la mémoire dans nos ordinateurs, on n'a plus à nous encombrer avec tous ces meubles, et on a du coup tout notre corps pour jouir et penser de manière nouvelle.

— Les choses ne sont pas séparées comme ça, dit Lin.

— Peut-être pas, mais c'est bien qu'elles le soient un peu. Nos cerveaux ont été entièrement remodelés par cette révolution, il ne faut pas les modifier davantage. Ajouter des puces ? Changer des molécules ? Gardons un peu de nos vieilles machines pourries, elles pourraient encore nous servir.

Adèle n'a pas d'affection particulière pour cette carcasse qu'elle trimballe avec peine sur les chemins escarpés, elle préférerait changer tout ça et qu'on n'en parle plus – malgré tout elle se dit qu'il y avait dans cet outillage rodé depuis des siècles une manière d'atteindre (ou pas, d'ailleurs) les choses, de souffrir certes mais aussi de sentir, que l'on pourrait peut-être garder encore un peu, ne serait-ce que pour s'en moquer de temps à autre.

— Enfin bref je fais ça, dit Lin.

— Moi aussi je veux ma carte du parti de l'infini, dit Adèle.

C'est d'ailleurs la seule qu'elle ait jamais voulue. Petite, elle s'en souvient, l'idée l'exaltait et l'angoissait. Elle est grande aujourd'hui et toujours calme face à la mort car elle sait qu'elle rejoindra l'infini qu'elle a quitté, un instant seulement, pour cette petite fenêtre-parenthèse. L'infini de l'avant-naissance et de l'après encadre nos existences humaines. L'infini n'est pas dieu ou diable, ce n'est pas la nature ou le cosmos. Nos mondes délimités rejoignent enfin le tout-monde sans limites, impossible à penser pour l'homme, mais qui est là et nous attend. Cette idée l'emplit tour à tour de paix ou de terreur, selon l'heure ou le jour, calme immense et berçant, abîme noir sous elle.

Alors Adèle a cherché l'infini dans les lieux, les corps, les musiques, toutes choses entièrement finies. Et pourtant il y a toujours un moment où un air, une jouissance, un instant se dilatent comme des figues mûres et, par l'entonnoir mince et trivial, s'ouvrent sur une surface inouïe ; de là à parler d'infini ?

Après un moment de silence, Lin reprend :

— Il n'y a pas d'un côté la culture et de l'autre la nature, il n'y a pas le corps et le non-corps, le réel et le virtuel, tout ça est entièrement imbriqué. Les pacemakers aident nos cœurs à fonctionner, nos lentilles à voir. Qu'est-ce qui est naturel ou culturel dans mon cerveau ? Et pourquoi ne pas l'aider à fonctionner mieux ?

Werner, le créateur de Noisebridge, vient s'asseoir un moment à côté d'elles. Ils échangent quelques mots. Adèle regarde son crâne dégarni sur l'avant qui pourtant s'ouvre tout à coup sur une pluie de cheveux blancs. Elle sait bien sûr qui il est, tout le monde sait qui est Werner Fehrenbach, sans lui ils ne seraient pas là, en 2015, à naviguer sur le web.

— Je vous laisse, bande de jeunes, j'ai soif de whisky et vous n'en avez pas.

Et la longue figure de Werner s'éloigne vers la salle du fond.

Lin vit de l'autre côté de la baie, à Oakland. Les frondeurs, les jeunes alternatifs, les Occupy vivent ici maintenant, dans ce qui n'était jusqu'alors que la banlieue sordide et dédaignée de la grande ville. Ils ne traversent plus si souvent la baie en métro aérien – ou bien, comme Lin parfois, pour aller à

Noisebridge, où elle a ses habitudes. Les loyers de San Francisco ont atteint des niveaux démentiels. Le moindre muffin vaut 5,50 dollars. Les pionniers, les beatniks, les cyber-rêveurs ont laissé place aux millionnaires high-tech. Lin regarde avec tristesse la baie qui l'a, même de loin, façonnée. Elle pensait y trouver ses pairs, mais l'utopie libertaire de cyber-communauté, à laquelle elle avait, depuis Hong Kong, participé, s'est lentement transformée en un hyper-capitalisme messianique. Pour autant, Lin considère que la force est toujours là, qu'elle flotte quelque part, qu'il faudrait la secouer pour voir. Des insurgés dans des caves, des garages, des entrepôts tentent d'inventer de nouvelles formes. Malgré tout, Lin se sent parfois seule. Elle l'était moins sur le web. Elle croisait à chaque carrefour un frère. Arrivée sur le lieu d'où tout était parti, elle ne retrouve plus rien.

Álvaro aussi vient la voir à Noisebridge. Ils s'entendent sans mot, ou presque, car si Álvaro regarde souvent par la fenêtre, Lin retrouve au contact de cet être pourtant empalé en lui-même une certaine allégresse qui l'amène à se perdre dans un flot délirant de mots, ce qui, étonnamment, ne dérange pas Álvaro, et l'amuserait presque. Lin marche dans des robes-pantalons noires, Álvaro dans des jeans pareillement noirs. Lin est un peu plus âgée, mais tous deux sont des enfants du XXIe siècle et du web, qui les a sauvés des marais dans lesquels ils s'enfonçaient. Ils n'ont rien en commun, ils sont de la même race. Les animaux se reconnaissent à l'odeur.

Adèle est là aussi, qui fume. Cet énième exil lui plaît finalement. En réalité, le voyage ne s'arrête jamais, même chez elle ça continue – quand on est parti trop longtemps on ne revient pas. Au bout d'un moment il ne s'agit plus uniquement de trouver un hôtel un soir à Manille, tout, depuis le café à l'angle le matin jusqu'à ces escaliers qui s'enroulent vers le lit de l'amant, devient voyage, déflagration violente du monde en soi. Strasbourg, Séville, San Francisco, peu importe. Quand on est parti longtemps, comme elle, on est éternellement sur le qui-vive, disponible aux choses. Ce qu'elle sent de nouveau, en revanche, c'est qu'elle marche parfois droit, elle n'est plus systématiquement à côté d'elle-même. Aujourd'hui, par exemple, dans cette rue de Mission, elle porte son pantalon slim, son tee-shirt blanc flottant avec sa chemise en jean bleu clair dessus, elle fume tout au bout des doigts, ses Clarks noires brillantes se posent avec assurance sur le bitume assez peu maculé de clopes, sur sa droite un jeune type dont le triceps brachial saille légèrement sous son tee-shirt retroussé aux manches, sur sa gauche une personne au-delà des catégories de genre qui claudique dans son pantalon bouffant. Ils dépassent des cafés aux étagères en bois clair, des épiceries fines, des pubs, des boutiques de fringues qu'on enfilerait comme de la soie, ils passent. Après des années à se trouver sans cesse en retard ou en avance sur le temps, Adèle a la sensation, en cet instant précis où elle passe devant le numéro 1080 de Valencia Street, d'être dedans. Une voiture pile à l'angle de la 22e Rue qui ne les avait pas vus ; l'instant s'envole.

— J'ai souvent cette impression, je sais pas vous, dit Lin dans ce bar bruissant de pas feutrés où ils se sont attablés, qu'on n'est pas fait pour ce monde. Il nous manque un truc, on n'est pas montés comme il faut. Vous devez bien sentir comme moi que nos cœurs ne sont pas capables de tout sentir, d'ailleurs ils ne sont pas faits pour ça, ils doivent avant tout pomper le sang et le redistribuer, le reste est accessoire. Je sens que mon cerveau fait ce qu'il peut mais qu'il n'est pas capable de capter toutes les informations du monde. On devrait faire bien mieux que ça. Imaginez ce qu'on pourrait saisir de la complexité des choses.

— Moi ce que je sens là surtout c'est la soif, dit Álvaro.

De la rue leur parviennent des effluves de curry et de patates douces.

— On entrevoit, dit Lin, quand notre état habituel est perturbé par un élément quelconque (amour, empathie pour un insecte, carton de LSD), la puissance des sensations que l'on devrait connaître si tout fonctionnait mieux, si l'on était plus téméraires et moins faibles, mais à laquelle nous n'accédons que par accident, et pour un court instant. Les autistes dont le cerveau a souffert d'un dérèglement accèdent à un niveau de connaissance ou de mémorisation surhumain. Ils peuvent mémoriser des encyclopédies entières, effectuer des calculs à 35 milliards de milliards de chiffres, retrouver le calendrier des deux derniers millénaires ou connaître les pensées d'un jeune Indonésien de Sumatra depuis leur lit.

Elle reprend son souffle et :

— Leur cerveau a été déréglé, ils comprennent et sentent infiniment plus que les pauvres hommes que nous sommes. Pourquoi ne pas dérégler raisonnablement nos cerveaux pour tenter de voir ce qui est ?

— On préfère imaginer ce qui pourrait être, à défaut, dit Adèle.

Álvaro glisse son index dans un des trous de la table.

Adèle regarde cette personne assise là qui ne ressemble à rien de ce qu'elle a pu voir auparavant, et pourtant elle en a vu des corps avec des types coincés dedans. On voit bien qu'après des années de souffrance, d'enfermement, de dichotomie entre ce que l'on voyait et ce que sentait l'insecte coincé à l'intérieur, l'être qui s'appelle Lin Dài s'épanouit enfin à l'air libre, et c'est saisissant, car c'est bien un homme que l'on voit – visage, cheveux, traits – or c'est une fille entièrement, c'est une femme qui leur parle, si tant est que ça veuille bien dire quelque chose – Adèle, par exemple, aurait bien du mal à vous dire ce que son sexe représente pour elle, rien, sûrement, et elle s'en fout pas mal, mais elle sent pour autant une vague d'admiration pour ce frêle esquif qui a dû lutter plus que personne au monde pour s'arracher

À son pays

À son sexe

À son corps

À sa vie

À toutes les chaînes qu'on puisse imaginer pour arriver jusqu'ici, devant eux, ce jour d'avril 2015 aussi brumeux qu'un autre, brisée et follement ambitieuse.

Car rien n'est donné, et seuls les faibles se contentent de ce qui est. Lin a pris dès l'abord son corps comme l'Atari qui était devant elle / lui, comme une machine à désosser, à remonter, à arpenter ; une boîte à outils. On lui avait semble-t-il donné un sexe, une *identité*, une nationalité, des *origines*. Il n'était d'accord sur rien. Il apprend alors le code et le fonctionnement de sa propre machine. En 1997, à dix-sept ans, il commande sur le net un traitement hormonal. Le sexe qu'on lui a donné à la naissance n'est pas le sien, il n'en a jamais voulu, le sien c'est l'autre en réalité, enfin, pas complètement non plus, c'est un truc flottant, intermédiaire, plus proche de la femme que de l'homme, mais qui lui reste pour autant à définir. Tout est à définir, pense Lin à sa fenêtre du vingt-huitième étage barrée par les gratte-ciel voisins. Et les temps sont frileux.

Au bout d'un an et demi de traitement, Lin est devenu une femme. Sa pilosité a fait machine arrière, sa poitrine s'est lentement courbée, ses hanches arrondies, ses cheveux mi-longs encadrent toujours son visage moins anguleux. Lin respire, ses gestes correspondent désormais au mouvement qu'elle voulait leur insuffler.

Elle est aux commandes. Elle sculpte le dehors comme le dedans : ongles, cils, cheveux, noir, tout noir, tenues extravagantes, ou d'une pureté glaçante, Lin punk ou Lin gothique, angélique, violente, elle a maîtrise sur tout.

Mais il reste encore des choses à régler : sa famille, son pays, sa vie.

Un soir de 2003, elle flanque tout par terre et renaît dans un autre corps, dans un avion pour San Francisco.

Depuis, elle est Lin Dài, premier de son nom.

— Tu fais plus de code du coup ? lui demande Adèle.

— En fait c'est la même chose pour moi, dit Lin. Internet et le code, c'est du corps, et le corps est un réseau, dans lequel tous les éléments sont reliés.

Elle avale une gorgée de gin-tonic.

— T'as fait du bon boulot en tout cas, dit Adèle.

Et ils la ferment enfin, se jetant dans leurs verres comme si leur vie en dépendait.

1901

Sophie Ackermann, une paysanne du Schleswig-Holstein, rencontre Bernhard Fehrenbach lors d'un mariage. Ils s'établissent dans la ferme familiale des Ackermann, à Wittenbeck, au bord de la mer Baltique. Les vents puissants du nord fouettent leurs brebis et leurs sangs. Ce sont des corps simples et robustes, droits dans les bottes de ce début de XXe siècle. Tout commence plutôt bien. Les souffrances du siècle précédent ont été en grande partie gommées par l'arrivée des produits anesthésiants, les blessures, les plaies, les maladies se soignent plus rapidement, on ne meurt plus pour une fracture ou une rage de dents. La peau s'assouplit, les enveloppes et les organes font moins souffrir. L'élan de la fin du XIXe siècle les pousse dans le dos. Leurs corps sont durs à la peine. Ils entrent dans les années 1910 dans une jolie forme. Bernhard Fehrenbach est mobilisé en 1914. Il part dès le mois de septembre sur le front français, entre avec les troupes allemandes dans Reims conquise. Trois mois plus tard, le 15 décembre, lors de l'offensive de Champagne lancée par les Français, un obus atterrit à un mètre de Bernhard Fehrenbach. Son corps explose comme un fruit mûr. Tripes, cœur, poignets, fémurs, genoux, pubis, on ne retrouve rien, on ne cherche pas non plus, même le cerveau, les yeux et les dents ont été arrachés par la puissance du canon de 75 millimètres modèle 1897. La bataille dure trois mois. Dix mille Allemands et des milliers de Français, de Britanniques et de Belges se mêlent à la terre.

Sophie Ackermann élève seule leurs deux enfants, Ingo et Bastian, qui ne pleurent pas le père, ne l'ayant qu'à peine connu. Ingo est un beau gaillard né avant le désastre, l'allure puissante et élancée, un nageur précoce qui aide déjà sa mère dans les champs, quand Bastian, conçu en 1914, présente d'évidents signes de faiblesse, quintes de toux répétés, crises d'eczéma, souffle au cœur. Sa mère fait venir le docteur du village d'à côté, qui, grâce à une ingénieuse série de décoctions, parvient à améliorer la santé de l'enfant. À dix ans il commencera à participer aux travaux de la ferme familiale, quoique en tirant la langue. Sophie s'épuise les jambes et le cœur sur tous les marchés de Poméranie pour apporter des légumes et quelques sous à ses deux garçons. À leurs dix-sept et dix-neuf ans, ils prennent le chemin de Hambourg. Ingo étudie la chimie, Bastian l'architecture. Ils sont extrêmement proches, malgré leurs différences en tout. Ils vivent tous deux sur le campus de l'université. Ils veillent le soir sur leur terrasse autour d'une bière, imaginant les aventures démentes qui les attendent. Ingo mesure à présent un mètre quatre-vingt-huit, sa poitrine bombée domine un corps prodigieux dont les muscles, tendus en permanence par les exercices quotidiens et les kilomètres de nage, forment, des avant-bras aux mollets, de fascinantes courbes et replets. Son esprit est aussi vif que ses gestes. Je serai chercheur à New York et champion de natation, dit-il à son frère devant le campus piqueté de lumières orange. Aucune personne, aucun objet ne peut bloquer cette puissance en marche. Il s'éprend d'une ravissante Berlinoise, Agata, venue étudier les beaux-arts à Hambourg, dont la jupe toujours plissée l'entraîne dans les forêts et derrière les docks.

Bastian, malgré sa santé vacillante, aura lui aussi une vie voyageuse faite de paquebots, de branches qui craquent dans la jungle sous le poids des orangs-outans. Mais le jour c'est plutôt le chemin escarpé des souffreteux, où l'on trébuche sur des rocailles, tâtonne à demi-lumière, où rien n'est jamais rond ni indolore. Il dort mal et peu, sans cesse alité, cherchant dans ses plans et ses esquisses le souffle qui manque à son cœur malade. Il souffre d'une longue crise de tuberculose à la fin de l'année 1931, qui manque l'emporter. Il panse alors ses peines auprès d'une jeune et douce Hongroise, dont les longs cheveux noirs et les poèmes en octosyllabes, qu'elle lui murmure à la lueur des bougies, forment l'antidote parfait aux secousses de son corps.

Son frère est toujours là à son chevet, qui le soigne, le soutient, lui raconte encore les volcans de Java et la jungle du centre de Bornéo, avant d'aller courir pour étancher ne serait-ce qu'une partie de son ardeur. Il lui faut avaler des quantités d'espace, des litres d'eau ou d'alcool, mais rien ne remplit véritablement son corps vorace. Bastian, lui, se lève dix fois par jour pour aller aux toilettes, s'aidant d'une canne en bois de noyer ayant appartenu à son grand-père.

1933 les saisit comme une mauvaise brise un jour de printemps. Ils finissent tout juste leurs études et s'apprêtent à rejoindre la vie des travailleurs. Ils prennent tout de suite la mesure du péril. Ils ont grandi dans la crainte et la réalité du malheur, qui toujours arrive. Ils ont également grandi dans les idées communistes de leur grand-père et judaïques de leur grand-mère, ce qui n'arrange rien. Mais comment abandonner le navire, si bien embarqué pour Ingo ? Et contre quoi le troquer, pour Bastian ?

Des années passent au cours desquelles ils temporisent, tergiversent, décidant finalement de rester tous les deux en Allemagne et d'y travailler. En 1939, Agata donne naissance à Werner, une belle pâte de trois kilos cinq cents. Ingo devient chercheur en chimie organique à l'université de Hambourg. Bastian erre de sanatoriums en cabinets d'architecture. Ce n'est même plus de la peur en eux, c'est une masse pétrifiée qui les empêche de rire, de marcher, de se déplacer avec fluidité dans l'espace. Bastian meurt en février 1940 d'une nouvelle crise de tuberculose. Sa fiancée était repartie quelques mois plus tôt, à l'annonce de la guerre, dans l'Est de la Hongrie.

Ingo n'a qu'à peine le temps de pleurer son frère – il faut partir. Il monte le 3 juin 1940, avec femme et enfant, à bord d'un paquebot pour Rotterdam. À leur arrivée dans le port hollandais, avant qu'ils embarquent à bord du *MS Dempo* en partance le lendemain pour New York, les officiers allemands de la 34e division Landstorm inspectent les cales de tous les cargos et paquebots. Lorsque Ingo tend leurs trois passeports aux officiers nazis, il sent ses bras, contenus dans un étau depuis trois jours, depuis des années, se raidir. Il retient ce qui est sur le point de le dépasser. Il les regarde dans les yeux. C'est par là, dit l'officier en désignant la passerelle qui relie le paquebot au quai.

Ils sont déportés tous les trois au camp de concentration de Flossenbürg. Ingo est immédiatement séparé de sa femme et de son fils de quatorze mois, jugé inapte au travail et autorisé à demeurer dans le giron de sa mère, au camp de détention de Mannheim. La masse physique d'Ingo s'accommode bien de la charge de travail imposée par les gardiens. Il s'agit essentiellement d'abattre des pierres avec une suite d'objets contondants, de les fendre en petits morceaux, de les ramener ensuite à l'aide d'une brouette vers le terre-plein central. Il s'accommode moins de la solitude, des nuits sans sommeil et de l'incertitude quant à la santé mentale de sa femme et de son fils. Au bout de deux mois, il obtient enfin l'autorisation de leur écrire. Il doit attendre trois semaines et demie de plus pour recevoir une réponse.

Son visage se creuse de sillons terreux. Les muscles de ses avant-bras, autrefois dopés par les pompes et les kilomètres de nage, se dégonflent, laissant apparaître au fil des jours les os pointus, les angles secs. L'effort à contrecœur pousse les biceps de côté, ratisse et creuse, la souffrance et la frustration abîment les rondeurs de sa silhouette, le velouté de sa peau, le travail durcit ses mains et son visage.

Il fait chaud, infiniment chaud quand le chef de section vient le chercher peut-être un an et demi plus tard. Il doit réunir ses affaires, il est transféré ailleurs. On pousse sa carcasse encore raide et nerveuse dans un wagon. À force de se répéter chaque jour que rien n'était perdu, de creuser la terre, de se concentrer sur l'exercice physique, d'essayer de ne penser à rien d'autre, Ingo Fehrenbach est parvenu à rester à peu près debout. Il arrive le lendemain au camp de

Treblinka. Les dortoirs sont plus grands. Les visages des prisonniers ressemblent à ceux des animaux traqués qu'il voyait dans la forêt de Sachsenwald. Il ne regarde pas, il ne parle pas, il essaie d'écrire parfois à sa femme, quelques mots, un bout de papier. Ici, on travaille autant que dans l'ancien camp, mais c'est l'hiver et les bras n'en peuvent plus. Il évite toujours les miroirs, mais il se voit malgré tout, il voit ses bras tout au bout de lui et il sait qu'ils ne sont pas à lui, pas plus que ses cuisses étiques, que sa peau râpée et meurtrie, il voit son sexe dépasser à peine de lui lorsqu'il a le courage d'aller au trou, et il sait que ce n'est pas le sien.

Un jour comme un autre, plus froid encore peut-être (mais le froid a depuis longtemps cessé d'être une sensation pour devenir une masse lourde et blanche, aussi indifférente que le ciel), quelqu'un le pousse dans le dos. Il a, depuis quelques jours, les sens un peu plus affûtés. On l'emmène tout au bout du camp, là où il n'est jamais allé, où des camarades à lui sont affectés régulièrement, que l'on ne revoit plus. Il marche. Ils arrivent dans une grande salle. Cinq ou six prisonniers raclent les bancs, ramassent des pantalons, des chemises, nettoient le sol avec des brosses. On lui en jette une à la gueule. Il commence. Des bruits se rapprochent. Des dizaines de prisonniers arrivent devant l'entrée. Les Kapos ouvrent et referment la grille d'entrée. On leur crie de se déshabiller. Ils s'exécutent. Ingo et les cinq autres restent dans un coin de la salle. Les prisonniers, entièrement nus, sont poussés vers une autre pièce, le mur en fer coulissant se referme sur eux. Ingo doit ramasser les nouveaux vêtements et les jeter tout au fond, dans une immense cheminée. Puis la porte s'ouvre, et il faut faire la même chose avec les cadavres. L'un prend les bras, l'autre les jambes, on les transporte de l'autre côté. Chacun dans un petit emplacement au-dessus de la cheminée.

Sa tâche c'est ça maintenant. Il est au chaud, et il n'a plus autant d'efforts à faire. Sa peau cesse de se craqueler. Ses yeux lui font toujours aussi mal. Ceux des autres encore plus lorsqu'il les croise.

Et puis il cesse de voir. Il y a des vêtements à terre, des murs, des cris derrière les murs, des chocs, des grognements d'animaux et des chaussures, il ne voit pas, il n'entend pas.

Il se regarde de loin, comme depuis une pièce lointaine. Il se voit exécuter des gestes, racler, pelleter, enfourner, refermer la porte. Il ne sent plus son corps. Il n'a plus de début ni d'extrémités. Il y a sous lui une entité sèche. Ses yeux sont dedans.

Animal comme un autre.

Toute chose s'éloigne de lui. Il ne se souvient de rien, son squelette encore dirigé par son cerveau est tendu vers l'effort de ne pas se souvenir, de ne pas penser, ne pas tomber, de s'appliquer simplement à tenir cette pelle, marcher, tenir debout quelques minutes de plus, toutes ses maigres forces dédiées à ne pas mourir aujourd'hui. Bientôt il n'y a plus rien d'autre. Pas de lueur, plus d'œil aux aguets. Il fait. Il pellette. Il dort sur sa couche quelques heures. Il boit un fond de soupe au réveil. Il ne décide plus, ne pense plus, il est lové dans le dernier recoin qui subsiste, tout au fond de sa chair, sous la boule étique de nerfs et de tendons à vif, dernière poche de vie en lui.

Les hommes derrière la porte hurlent dans des langues inconnues. Ils empilent ensuite les corps et les jettent aux braises. Les cendres il en fait un petit tas dans sa brouette, qu'il verse dans l'eau du lac ou dans les champs.

Il ne parle plus depuis longtemps déjà.

Un jour comme un autre il descend là en bas. Le Kapo qui normalement lui ouvre la porte lui dit de se déshabiller. *Ausziehen. Ausziehen!* Il s'exécute. Quelqu'un d'autre que lui tient la pelle. Il enlève son pantalon, la chemise du corps qu'il y a sous lui. Il enlève ses chaussures. Il ne reste plus que cette viande froide qu'il ne connaît pas. Ils sont trente à côté de lui, tous ceux qui travaillaient ici. Avancez. Avancez nom d'un chien. Il passe comme les autres derrière la lourde porte en fer, qui se referme.

Il respire lentement. Il baisse les yeux vers ses mains : il ne les voit plus. Il les met sur son visage. L'air emplit ses poumons. Il tombe.

On le tire par les bras. On le jette au feu. La peau brûle vite, puis les tendons, les ligaments, les muscles, dans une lourde odeur de bête. Les flammes rongent les intestins, le foie, la vessie, elles avalent le cœur. Le cerveau fond dans un bruit de plastique. Les cheminées le recrachent entièrement.

Son fils, Werner, ne voit pas les rubans de fumée de Treblinka ni d'Auschwitz-Birkenau, il ne voit pas les troupes russes entrant dans les camps, trouvant des yeux seuls, des morceaux de bois secs, des fantômes sans paroles, des tas de cendres, des tas de cheveux. Werner est dans les bras de sa mère qui tire leur valise. Ils ont repris la direction du port de Hambourg dès la capitulation annoncée. Leur paquebot pour New York part le mercredi 21 mai 1945.

L'enfant a un appétit d'ogre. Sa mère lui donne ce qu'elle peut. Il y a du jaune dans le blanc de ses yeux, comme chez un chien dont le sang est vicié par une tique. Les embruns de l'Atlantique fouettent sa peau durcie. C'est une mère seule et un enfant de six ans qui débarquent dans la ferveur de Manhattan 1945. Agata trouve un emploi dans une mercerie du Lower East Side, qui sent le chou et la pelure d'ongles. Werner va à l'école du quartier, sur Allen Street, où sa maîtresse loue son regard vif et ses gestes habiles. Il adopte immédiatement l'anglais, quand sa mère articule un drôle de sabir. Le jour il gambade, et la nuit il crie. Dès qu'arrivent les premiers filaments obscurs, pourtant refoulés autant que possible à Manhattan, Werner hurle à la mort. Un bloc de marbre pointu lui scie la gorge, venant se planter à intervalles réguliers dans son ventre. Sa mère essaie à peu près tout : baume, valériane, berceuses, la nuit dans les bras, elle passe ensuite au gardénal et aux barbituriques, elle fait même venir une exorciste bulgare du Queens qui frotte l'enfant avec des onguents, brûle des amulettes, enflamme des poupées ; rien. Elle prend Werner dans ses bras, le dorlote, l'embrasse, il s'endort finalement, se réveille, elle lui souffle des choses, lui raconte les voyages de leurs ancêtres imaginaires venus de Chine et de Hawaï, il crie, elle le secoue, il crie plus fort. Si elle ne peut rien y faire, c'est parce qu'elle est elle-même pleine de nuit. Elle est fissurée de toutes parts, et ce ne sont pas les avenues folles, leurs lumières et leurs tours, les pardessus et les trottoirs emmêlés qui vont arranger ça. Elle ne la voyait pas comme ça, l'Amérique. Elle avait imaginé de grands espaces, des chevaux et des plumes, des routes droites entre les arbres, mais c'est plein de mort comme le reste. Parfois elle voudrait se jeter sous un tram. Werner devrait se débrouiller seul, mais pour elle au moins ce serait réglé. Et parfois son sourire d'enfant sans rien derrière emporte tout et elle se dit qu'elle pourrait essayer. Mais l'image d'Ingo est là tout le temps devant elle, en plein dans sa gueule matin soir, tout écorché et nu, battu au sang, fouetté dans la boue, elle entend son cri à elle le jour où ils l'ont emmené là-bas. Il y a d'autres images qu'elle soupçonne, qu'elle devine, mais ne peut atteindre avec sa seule tête – ou bien elle préfère ne pas y aller. Il y a chez elle comme une digue, la dernière petite chose qui nous protège de la fin. C'est pas grand-chose mais ça suffit. Après, le corps d'Ingo ils l'avaient ramassé à la pelle et jeté sur le grand tas derrière les baraques – elle n'en sait rien mais elle a vu comme tous les images, sauf que les autres font comme s'ils n'avaient rien vu. Après ils ont mis le feu à Ingo. Le corps si ardent et fort de son amant avait brûlé comme les autres, s'était mêlé aux cendres et à la fumée.

Les nuits passent, il faut lutter dès le petit jour, Ingo l'avait fait alors elle devra aussi. Elle attend que Werner ait neuf ans et elle l'emmène en Californie.

Agata espérait que tout serait un peu plus léger ici ; c'est le cas. Il y a quelque chose dans l'air. Elle trouve un emploi de secrétaire dans une entreprise de textile, elle inscrit Werner à l'école internationale de San Francisco. Ils vivent à North Beach, pas loin du port. Werner dévore les rues avec les autres garçons morve au nez comme lui. Il crie toujours, mais ce n'est plus toutes les nuits. C'est un garçon au dos courbé, chétif, qui tombe malade tous les mois, mais son cerveau va deux fois plus vite que ses mains. Le bloc de marbre dans sa gorge n'est plus là tous les jours – mais quand il l'est, il voudrait s'ensevelir sous la terre. Il sera ingénieur, astronaute, chimiste, inventeur, pense sa mère en le regardant désosser et remonter des machines, fabriquer des fusées, jeter du zinc dans une solution gazeuse, échafauder des caisses électriques, des circuits, des raccords.

Werner grandit. Il est parvenu à redessiner sa pâte trouée par un entraînement intensif, c'est à présent un beau garçon aux larges épaules, dont les cheveux clairs, entre le blond et le châtain, légèrement peignés vers l'arrière, les larges mains, le visage fin et massif, la parole sûre lui valent un grand succès auprès des femmes, et des hommes aussi. Les plus vaillants comme lui sont par définition troués. Werner a grandi au cœur de l'immense vide laissé par son père et l'infini cortège de cadavres dans son sillage, la défaite de tous qui pèse si lourd pour lui – pour autant, il se sent porté par une force antérieure à l'Histoire, une force antique, rageuse, sans but ni raison, et il sait que lorsque le moment viendra de prendre des risques, il les prendra. Et justement nous y voilà. Le monde a failli sombrer, il revit, brutalement, dans un réflexe de survie. L'Amérique de l'après-guerre est traversée par des mouvements contradictoires et incontrôlables, qui sécrètent des liquides inflammables. Le pays, corseté, empêtré dans ses valeurs traditionnelles et sa moraline, connaît des bouffées d'érotisme, des coups de fièvre. Des corps déferlent qui la secouent : il y a celui, lascif, furieux, ondulant d'Elvis, qui gicle des écrans et des scènes en 1954, hystérise l'Amérique, glace d'effroi les pères de famille, ce corps qui danse, qui enfle, liane folle, cette voix grave qui ensorcelle ; il y a les corps incandescents de Jack Kerouac et d'Allen Ginsberg qui cavalent & hurlent & cherchent la lumière, il y a la froide machine létale de William Burroughs qui lance des insanités à la face de l'Amérique d'une voix d'opinel, la puissance charnelle de Marlon Brando, le regard frondeur de James Dean, la grâce élastique de Little Richard, des milliers d'appels d'air ; il y a les corps ardents d'une jeunesse qui se lance à leur suite. 1964. San Francisco frémit, Werner aussi. Il participe aux rassemblements post-beatniks, assiste aux premiers concerts psychédéliques, sans délaisser pour autant l'université où il continue à briller. Il enfouit sa peur dans un vortex de plaisirs. Il couche avec des filles à la peau dorée, il danse des jours entiers sur des rythmes hypnotiques, il se sent vivre. Il rencontre, lors du premier *acid-trip* de San Francisco, Ken Kesey, l'auteur de *Vol au-dessus d'un nid de coucou*, qui mène la danse ici et lui propose, après deux heures de discussion démente au petit matin, de venir avec sa bande faire le tour du pays pour "répandre la bonne nouvelle". Cinq jours plus tard, Werner monte à bord du bus des Merry Pranksters conduit par Neal Cassady, grand dingue à l'énergie inépuisable, vieil ami de Jack Kerouac et héros de *Sur la route* et *Visions de Cody*. Le bus parcourt l'Amérique entière en distribuant des bouts de carton de LSD aux habitants de Houston, de Sioux Falls, de Billings, car tous y ont goûté et savent que Dieu s'y cache. Werner a déjà laissé infuser sur sa langue deux morceaux d'acide, à San Francisco, mais ça n'avait été qu'errances nauséeuses dans la foule, rien qui aurait pu le préparer à cette journée d'été dans le Sud du Montana. Le bus de la joyeuse bande, torses nus et forts, se gare devant une large plaine. Neal Cassady crie depuis deux heures environ comme un Apache. Il répartit les buvards, un chacun, ils sont une vingtaine. Il est 3 heures de l'après-midi, le soleil s'étale sur eux comme une marmelade d'abricots. Werner boit de l'eau. Il regarde. Les oreilles de coyotes au loin, le vol lent des aigles. Il dit à Ken qu'il va faire un tour et s'élance à travers la prairie en direction des montagnes. Il arrive bientôt au bord d'un lac. Là, la nature commence à lui parler. Plus exactement, il entend tous les sons qu'elle fait, tous les craquements, les rires, il voit les troncs des arbres qui respirent, les brins d'herbe qui s'adressent à lui dans une langue parfaitement compréhensible faite de mouvements ondulatoires, il voit le vert absolu de toute chose, il est *dedans*. Il se met à courir, sans pour cela devoir actionner ses jambes. La terre s'amollit sous ses pieds, à leur passage. Le moindre élément du monde est brusquement à sa place, plus rien ne détonne. Il aperçoit une fourmi sur une fleur et s'approche. La fourmi est là où elle doit être. Il détaille le moindre de ses plis. Le soleil transperce le brin d'herbe qui en devient jaune. Werner ferme les yeux. Il entend tout. Les bruits émis par toutes les fleurs et tous les hommes, tous les cris, les larmes qui coulent, les bruits de balles, les rires, tout sonne à ses oreilles. Il comprend sa place dans tout ça. Son existence est parfaitement absurde et pourtant elle s'inscrit dans un tout. Il comprend aussi, les yeux ouverts à présent devant les couleurs folles traversées de lumière, qu'il n'est le centre de rien. Qu'il est une chose entre les choses où tout se meut.

Il marche longtemps. La vision d'un monde sans moi le bouleverse. Il sent tout au bout de sa chair tremblotante, devant ce lac gris-mauve depuis lequel les poissons lui envoient des signaux, que les choses circulent sans cesse, énergie, air, couleurs, informations, sons, objets, arbres, êtres vivants. Le monde entier continue à tourner en lui à une vitesse folle, à un degré de conscience surélevé. Il sait déjà qu'il vit *réellement* ce moment, que ce n'est pas une illusion, que son existence en sera définitivement changée. Le monde n'a pas de centre. Le monde est un réseau infini de données. Nous n'arrivons pas en temps normal à le comprendre, à le voir, à le sentir. Il sent le soleil décliner dans sa chair. Il ouvre les mains. Il est dans un point précis de l'univers infini. Il comprend tout. Deux larmes coulent sur son visage.

Deux camarades le retrouvent finalement, allongé dans la forêt, observant le ciel à travers une trouée entre deux pins. Ils repartent avec lui, main dans la main, et remontent dans le bus. Tous somnolent entre les sièges, sauf Neal Cassady qui ne dort jamais.

Le bus trace sa route à travers les États-Unis, radeau enflant de fureurs et de déflagrations, sans pour autant tomber, par quelque miracle, dans le fossé. Ils laissent derrière eux des villages en proie à l'hystérie collective et aux révélations les plus profondes. Ils sont chassés par les fusils des *rednecks*, reprenant leur cavale dans un grand éclat de rire.

Ils rentrent à San Francisco sept mois plus tard, en décembre 1964, saturés de visions. Comme prévu, Werner ne s'est pas détaché de la sienne, qui a entaillé le réel. L'immense architecture qu'il a entrevue, il veut qu'elle s'incarne de manière aussi tangible dans le monde que dans son cerveau.

Il écrit un long article pour la revue *Science* dans lequel il parvient à donner une forme précise à sa vision. L'ordinateur moderne, qui est né à la fin des années 1930, est encore pour l'instant une immense boîte, certes complexe, mais guidée par un certain automatisme. Werner pense qu'il doit être la clef de voûte de cette nouvelle communication entre les hommes et les données qu'il entrevoit. Les informations que les ordinateurs échangeront, cette communication fluide et non verbale, intuitive, mouvante créera un vaste réseau et donc un nouvel homme, moins belliqueux, plus informé, en mouvement constant lui aussi, en accord avec la circulation des choses et des énergies.

Par ailleurs, les possibilités de la machine étant infinies, le savoir aussi, lorsque ces deux éléments parviendront à coïncider à l'intérieur d'un même espace, "que ce soit à l'intérieur même des ordinateurs ou entre eux, écrit Werner en 1965, on pourra alors espérer atteindre d'autres sphères, bâtir une structure proche de l'infini et entièrement nouvelle dans l'histoire de l'humanité".

Si l'article demeure flou quant à la manière de parvenir à une telle révolution, sa puissance lyrique, son élan presque prophétique emportent les quelques centaines de personnes qui le lisent.

Werner poursuit ses recherches. Il pressent l'avènement d'un temps qui se délesterait de cette enveloppe terrestre qui pèse sur lui nuit et jour, qui l'indispose. Il sait bien pourtant, depuis qu'ont débuté ces années folles à San Francisco, que cette carcasse est aussi la seule source de joie et de puissance possible. Mais il en a peur, tout enténébré qu'il est, il sait de quoi l'homme est capable, il sait, sans l'avoir connue dans sa chair, la souffrance infinie, et alors une corde le retient, il ne peut se jeter entièrement dans la peau. Ce réseau impalpable et mouvant qu'il imagine résoudrait les terreurs de la chair, tout en prolongeant ses joies.

En dehors de ce mouvement auquel il ne sait pas encore quelle forme (ou non-forme) donner, ce qui le fascine dans l'ordinateur c'est sa vitesse d'exécution, ses capacités cognitives, son intelligence. Et ce n'est rien encore, cette machine pataude d'IBM qu'il a devant lui dans son bureau de recherche de Stanford, mais l'idée même d'une intelligence artificielle, sans corps autour, seulement du plastique, des tubes, des câbles, des microprocesseurs, semble une fabuleuse réinvention du dualisme corps/esprit, redonnant, après le désastre, la primauté à ce dernier. Mais serait-ce vraiment une victoire ?

Deux flux contraires traversent Werner nuit et jour. Il a l'enthousiasme sensuel de sa génération, il parcourt la Californie du nord au sud avec ses amis, ses amantes, à la recherche de la note juste et des falaises à pic. Il découvre, comme la plupart de ses camarades, la beauté âpre et lumineuse de Big Sur et de toute la côte entre Pacific Grove et Santa Barbara, où il erre longtemps, entre les brumes stagnant sous les cyprès et les rochers déchirés par les flots carbone. Mais de brusques courts-circuits dans la machine le font tout à coup descendre de voiture et s'enfermer des semaines dans sa chambre de San Francisco au-dessus de ses microprocesseurs. Tout ce qu'il sait de micro-informatique, Werner l'a appris tout seul, en essayant, en bricolant.

Étonnamment, lorsqu'il pense à ces courants contraires, il voit surtout de la mélancolie dans ses virées ardentes, et de la lumière dans l'ordinateur. Son peu de foi dans l'homme, il la met dans ces tubes et ces flux qui nous permettront, il en est certain, de sortir enfin de notre prison la peau.

Porté par un brusque élan vers les arbres, il part vivre dans une des nombreuses communautés qui ont fleuri à la frontière de l'Oregon et de la Californie, à sept heures au nord de San Francisco. Il participe à la création du *Whole Earth Catalog*, qui se propose de rassembler toutes les informations utiles pour les communautés, une sorte de manuel de mille savoir-faire avec kits, procédés pour démonter les objets, idées pour construire sa cabane ou cueillir les champignons, contes, tenues vestimentaires, une encyclopédie mouvante et sans cesse réactualisée. Il cesse finalement vite de se déplacer dans la région pour distribuer ce catalogue, trouvant la méthode limitée, presque archaïque. Dans les bois de la Six Rivers Forest, il se réconcilie avec ses mains, ses cheveux, son sexe. Il passe des mois à fumer et lire sous les séquoias géants. Mais la nuit revient toujours. Il sait les ombres qui y vivent. Il s'enivre alors d'autres peaux, d'alcools, de marijuana, laquelle, au lieu de le soulager, le torture davantage en l'entraînant vers des abîmes de doute. Un jour il est une baudruche, un autre un canari. Il se demande s'il est bien en vie, si ces séquoias ne sont pas une illusion de son esprit. Il reste là un an, passant de la rêverie minérale à l'angoisse.

Il revient finalement à San Francisco en novembre 1969, où il reprend ses recherches en informatique.

Il voudrait voir son père, dont il n'a aucun souvenir. Il imagine un hologramme qui pourrait, grâce aux photos de sa mère et à ses souvenirs, faire revivre la silhouette de l'absent. Il prendrait une bière avec lui, échangerait quelques mots anodins, avant de le laisser repartir.

Agata meurt un jour d'hiver 1971. Werner essaie de chasser le souvenir de ses dernières années végétatives au profit de la mère courage de New York et de leur belle entente californienne avant que les ombres ne la rattrapent. Il l'enterre quelques jours plus tard sous un saule, au nord de la baie.

Werner vit, comme tout le monde, au rythme des poussées de fièvre et des redescentes de la guerre froide. Un peu moins que les autres, à vrai dire, car il ferme sa porte pour se dédier toujours plus à la beauté des câbles et des flux. Il entrevoit de plus en plus nettement à quoi pourrait ressembler un monde sans guerres, sans rapports de classes, sans frottements constants, où le savoir et l'intelligence circuleraient si librement que l'homme sortirait naturellement de l'horreur de l'Histoire. Cet espace qu'il fantasme, il le nommera, dans un nouvel article qui paraîtra en janvier 1978, *le cyberespace*. Un monde sans haut ni bas, sans frontières, sans matérialité physique apparente, même si totalement lié au monde réel, sans domination sociale, politique, économique, de genre, avec, à l'intérieur, accessible à tous, la totalité de la connaissance humaine.

Et cet ordinateur ne serait pas détaché de l'homme, l'homme devenant lui-même l'ordinateur.

Il ne souhaite pas pour autant l'arrivée d'un homme bionique dont on déchargerait le cerveau sur un disque dur avant sa mort, avant de le recharger sur un autre corps, comme Raymond Kurzweil, un singulier petit professeur huileux et légèrement courbé, qu'il a rencontré à Boston lors d'un séminaire au MIT, l'Institut de technologie du Massachusetts, le préconise. Spécialisé dans l'intelligence artificielle, d'une clairvoyance presque effrayante avec ses deux yeux de siamois transgénique, il avait traversé cette semaine comme un spectre.

— J'y suis presque, avait dit Kurzweil à Werner autour d'un verre d'eau minérale.

— Ah oui.

— Il faut tout télécharger, c'est comme une imprimante, une photographie d'empreintes.

— Mais le cerveau n'est pas une suite de données, c'est un réseau, dit Werner.

— On peut aussi télécharger un réseau, répond Kurzweil du nez.

Il semblait lui aussi porter quelque chose de trop grand pour lui. Werner lui serre la main, je dois retourner à la conférence.

Ce fantôme dégénéré de lui-même, comme d'autres croisés dans les couloirs des universités et des labos de la Silicon Valley, lui sert de repoussoir. Il se tiendra à distance de cette folie de l'homme sans matière que souhaitent ces cavaliers de l'Apocalypse. Il lui faudra pour cela surmonter sa méfiance à l'égard des chairs friables. Le corps de l'homme est le siège de ses humeurs, l'instrument et le réceptacle du pouvoir, la source de toute sa souffrance et de toute sa joie. Werner ne veut pas faire sans. Il veut lui ajouter l'architecture précise et démente des ordinateurs, sans pour autant lui retrancher sa beauté passée.

Au moment où le réseau Arpanet, lancé par l'ingénierie militaire américaine, devint opérationnel, en septembre 1969, Werner se perdait entre les séquoias du Nord de l'État. Il découvre le réseau embryonnaire lors de sa présentation officielle en octobre 1972, reconnaissant immédiatement le germe d'un nouveau monde et la matérialisation de son idée. Stanford avait accueilli trois ans plus tôt le second nœud du réseau, après l'université de Los Angeles, à laquelle elle se raccorde donc. Suivent les universités de Santa Barbara et de l'Utah. Trois ans plus tard, le réseau compte vingt-neuf nœuds, lorsque ses concepteurs proposent à Werner Fehrenbach, dont ils avaient lu l'article prémonitoire de 1965, de faire partie de l'équipe gouvernementale aux commandes du projet. Bien qu'il considère que ce ne soit pas au gouvernement de mettre en œuvre ce processus qui devrait être décentralisé et démocratique, il accepte. Il participe à l'élaboration du protocole TCP, qui débute en 1973 et permet le transport des données d'un point à l'autre du réseau en découpant le flux d'octets en différents segments plus légers. Mais, étouffant dans son bureau trop étroit, il quitte Arpanet bien avant que le protocole TCP/IP ne soit adopté, en 1983, devenant ainsi la pierre angulaire du futur Internet.

Il rédige un dernier article sur les implications éthiques du réseau grandissant, dans lequel il détaille, sous la forme d'une adresse à la nouvelle génération, et par là même d'adieu, les formes que devrait prendre l'hypothétique réseau miroir (ou relais) de cet Arpanet militaire et étatique.

Chacun ici pourra revêtir une nouvelle identité.

Chacun ici sera libre.

Le code informatique nous rend libre. Le code, c'est devenir un autre et devenir soi-même. Coder son existence pour devenir, grâce à ce masque, celui que nous étions en puissance.

Notre monde sera partout et nulle part.

N'importe qui pourra y exprimer ses idées et ses croyances sans y être inquiété.

Échappant ici à nos corps, vous ne pouvez rien contre nous.

Les concepts habituels de propriété, de mouvement, d'identité seront entièrement réinventés.

Ce sera l'espace de liberté absolue et de savoir dont nous avons toujours rêvé.

Ces quarante pages sont finalement publiées sous la forme d'un petit livre, imprimé à quinze mille exemplaires, par une maison d'édition indépendante de New York. Werner s'envole la semaine suivante pour Pékin, où il envisage de s'enfoncer dans le monde comme dans une pâte molle. On perd sa trace.

Il voyage de longues années en Asie, de son pas indolent, s'installe à Kyoto, prend le bateau pour les Philippines, explore Sumatra, avant de se laisser dériver le long des îles Andaman.

Il habite ensuite à Hanoï, où il se consacre à l'étude de la géologie sous les banians et les figuiers.

Il revient à San Francisco en 1988, la barbe longue et légèrement grisonnante, crée le premier système de reconnaissance vocale, que Hewlett Packard lui rachète pour plus d'un million de dollars, élabore un relecteur d'écran pour les non-voyants. Il retrouve la baie qu'il avait aimée en proie à une nouvelle ébullition. Début 1992, le web devient public. En 1996, la barre des cent mille sites est dépassée. Internet devient un outil mondial.

— Et Internet, c'est vous ! lui lance Evan Coupland, pigiste à *Business Week*.

Ils sont assis dans un lounge de l'Upper West Side, New York, non loin de Columbia où Werner doit donner une conférence dans deux heures.

— Non, absolument pas, et c'est ça qui est merveilleux, répond-il, il n'y a pas de raison ni de cause uniques. Internet n'est pas né, comme on le dit, d'une volonté de l'armée américaine de protéger ses installations en décentralisant son organisation. L'idée est née d'une succession presque concomitante de projets et d'idées parallèles, qui tous détenaient une partie du concept, et qui ont été complétés par les autres. Mon article, en 1965, n'était qu'un des détonateurs. Je n'ai pas eu l'idée d'Internet. Personne n'a eu l'idée d'Internet. Nous avons été des centaines à pressentir la chose dans un intervalle de cinq ou dix ans, et cette conjonction a pu donner naissance au réseau. C'est ça qui est extraordinaire : l'origine du projet a la même essence que le projet en lui-même. Il s'est construit de manière décentralisée, éclatée, en réseau. Le projet d'Internet, à savoir créer un espace sans domination, est né sans chef.

— Logique.

— Mais historique. Toutes les révolutions sont nées d'une décision, d'un accord, d'une concertation. Pas celle-là.

— Et vos recherches, vos articles ? demande le journaliste.

— Une feuille parmi d'autres.

— Ah.

— La base de toute l'idée, c'était le réseau, une architecture éclatée, sans début ni fin, sans hiérarchie. C'est ça la grandeur d'Internet. Cette idée-là subsiste, bien sûr, le réseau fonctionne toujours ainsi – et quand est-ce qu'une communauté humaine a fonctionné de la sorte ? Jamais. Mais attention, si on n'est pas attentifs, cette éthique sera bientôt détournée par le pouvoir économique et politique, qui ne peut laisser éternellement des trublions, des hackers, des hors-la-loi échanger et créer en toute impunité. Ils mettront la main sur la machine – en réalité ils ont déjà avancé leurs pions, ça ne devrait plus tarder.

— Oui, je comprends. Mais pourriez-vous –

— Vous savez, ça va bien au-delà d'Internet, en réalité, continue Werner, qui se sent en jambes aujourd'hui. L'art aussi, puisqu'on en parle, doit être rhizome.

— Rhizome ?

— Oui, enfin vous savez, c'est la tige qui nourrit, sous la terre ou sous l'eau, la plante vivace.

— Très bien. Et ?

— Eh bien c'est l'image qu'utilise le philosophe français Gilles Deleuze pour symboliser une structure qui se développe librement, qui ne fait ni monter ni descendre, le contraire d'un arbre, d'une pyramide ou de toutes les structures binaires qui nous infectent. Le rhizome est la figure la plus libre qui soit, qui fleurit et pousse selon son seul désir. Chaque point d'un rhizome communique avec n'importe quel autre. Le rhizome n'a évidemment pas de centre. Pas de système de pousse logique, ordonné, mais une efflorescence sauvage. Bref, nous n'avons fait, avec le réseau, que montrer la voie, en proposant ce modèle basé sur des lignes de fuite, des percées, des dynamiques libres et folles, mais maintenant c'est à l'art de suivre Internet, qui lui-même suit ce qu'il y a de mieux dans la nature, c'est-à-dire les végétaux et les plantes. Si j'écrivais un roman (Dieu m'en garde, j'ai des choses plus importantes à faire), je le construirais ainsi, en rhizome, en archipel, figures libres, interconnexions, hypertextes, car ça devrait être le fondement du récit contemporain. C'est une époque merveilleuse, vous savez : notre être peut se développer, comme le réseau qu'il a devant lui, en arbre, en végétal, en pente ou en fontaine. Nous pouvons devenir sauvages, croître, devenir multiples, innombrables. Internet n'est pas une interface, c'est notre désir réalisé d'être un autre, ce sont nos lignes de fuite incarnées.

Le journaliste regarde les mains de Werner Fehrenbach qui s'agitent. C'est ce qu'il aime le moins dans ce boulot : quand les gens se lancent dans des délires et qu'il ne peut plus les rattraper.

— Oui, Internet est autre chose qu'un réseau. (Oh putain ça continue.) Ce sont des ordinateurs reliés entre eux qui sont tous sur le même plan et qui peuvent tous créer de l'information, du contenu, sans qu'aucun ne soit au-dessus des autres. C'est l'apogée de la démocratie, avec les horreurs possibles que cela comporte : un con a autant de poids et d'importance qu'un vieux sage. C'est horrible, indécent, mais c'est ainsi.

— Mais vous – pour en revenir à cela –, lorsque vous participiez aux premiers rassemblements hippies, pensiez-vous –

— L'art aussi, disais-je, doit adopter le modèle du rhizome, non pour imiter la réalité, il a d'autres choses à faire, mais pour l'anticiper ; tous deux se développent de manière *aparallèle*, ils n'existent pas sur les mêmes plans. Mais le roman, pour ne prendre qu'un exemple, devrait se plonger dans le réseau/rhizome comme un homme à la mer, qui est trop belle pour lui, qu'il aimerait atteindre. L'art n'a ni début ni fin, il n'a pas de thèmes ou de personnages fixes, de point A et de point B, il se développe librement, comme un chancre, un tentacule, une herbe folle, et il ira où il voudra bien aller. Il doit être libre, moderne, fou ; c'est un réseau, lui aussi.

— L'art nous pourrions en parler une autre fois peut-être – le papier cette fois-ci sera sur Internet, que vous avez donc –

— Oui, revenons sur le rhizome, vous avez raison. Ce que Deleuze ne pouvait pas encore savoir mais qu'il a entrevu, c'est que le rhizome incarné, ultime, c'est Internet.

Le journaliste dit merci, appuie sur son enregistreur, ce mec est un dingue.

— Il faut que je file, à bientôt, merci encore.

Et Evan Coupland sort en courant.

Au tournant du siècle, Werner participe activement à la défense de l'open source, de la libre circulation des données, d'un Internet neutre et démocratique. Il est, avec Lawrence Lessig et quelques autres, à l'origine de la création des Creative Commons, qui souhaitent mettre en commun la connaissance, les œuvres, et dont Wikipédia est la plus célèbre création. Il a conscience de vivre un âge d'or du réseau. Une euphorie collective s'est emparée de San Francisco, en pleine renaissance. Des p'tits gars créent des mondes aux quatre coins de la planète grâce à des lignes de code, des logiciels, des protocoles nouveaux. Tout est à modeler, tout est possible et ouvert.

Werner pense avoir semé les ombres dans ces errances. Il a l'impression d'être moins troué. Les hurlements de loup de son père et de sa mère se font moins entendre la nuit. Il a soixante et un ans, il ne s'est jamais senti aussi vaillant.

Neuf années passent. Nous sommes en 2009. Werner est considéré comme une sorte de gourou, de père spirituel, de figure tutélaire d'Internet. Il arrête un temps de donner des conférences, fatigué de répéter les mêmes choses et de voir ses préceptes, pourtant loués par les penseurs et les étudiants, bafoués chaque jour par les grandes entreprises du web, de Google à Apple. Il abhorre ce royaume du libéralisme et de la violence sociale. L'esprit de fronde qui régnait dans la baie de San Francisco a cédé la place à l'entreprenariat, mais ce qui est fabuleux, pense Werner, c'est que le champ lexical des discours est demeuré le même *(change the world, faire le bien, créer, innover, partage, partage, partage, nouveau monde, ouverture, harmonie et circulation)*, quand les pratiques et les buts réels ont entièrement changé de nature. Facebook ne partage rien de ses secrets, Google (dont la devise *Don't be evil* n'est bien sûr là que pour dissimuler son antiphrase) sait tout sur ses usagers qui ne savent rien sur lui, Apple vend des téléphones entièrement refermés sur leur technologie à des prix démentiels, irréparables objets du bonheur. Ce sont des entreprises comme les autres, à savoir des machines à cash, avec un zeste supplémentaire qui fait leur succès : un discours messianique qui promet à l'humanité le passage à un stade supérieur.

Mais Werner est un coriace qui n'abandonne pas en chemin. Il ouvre le premier hackerspace de Californie, Noisebridge, dans Mission Street, où sont accueillis tous ceux qui veulent expérimenter, détourner, inventer. Il est toujours, à soixante-dix ans, l'un des militants les plus fervents et les plus écoutés d'un Internet libre.

Un jour de mai 2010, lors d'un congrès autour des nouveaux mouvements à l'œuvre sur le réseau, Werner Fehrenbach rencontre Parker Hayes, un jeune type à l'œil d'albatros et au physique de jeune premier, qu'il connaît bien sûr de nom. Des années plus tôt, Parker a créé Cashflow, un système de paiement en ligne à la fois libertaire et libéral. Werner avait trouvé le principe détestable et la technique admirable. Ils vont boire un verre, jus de carotte pour Parker, whisky japonais Suntory Hibiki pour Werner. En remuant son liquide clair, ce dernier écoute la voix métallique de son interlocuteur. Ils ne sont d'accord sur rien, mais Parker pourrait être son fils, un fils spirituel qui aurait mal tourné, d'une ambition et d'une intelligence féroces qui l'émeuvent et le dégoûtent vaguement ; étonnamment, il se prend d'affection pour lui.

— Tu as tout pour toi, dit Werner en posant tout à coup sa main sur l'épaule de Parker, tu pourrais faire des grandes choses, et pourtant tu ne fais que de la merde. Je ne me l'explique pas vraiment.

Ils sont assis à la terrasse d'un restaurant italien sur les hauteurs d'Eddy Street, dans le quartier de Fillmore.

— Eh ça va l'ancien combattant ? Je comprends, la partie est passée pour toi, tu l'as perdue, tu t'ennuies.

— Je ne suis pas si sûr d'avoir perdu la partie, Parker. Apparemment, oui. Les gars comme toi dominent le monde, et avec vous le polissage des formes, le contrôle, la domination sociale et politique. Tout ce pour quoi j'ai lutté, cette communauté libre où la pensée se construirait collectivement, où tout serait accessible mais où l'intime demeurerait hors d'atteinte, tout cela est mort. Ce qui a gagné, c'est le bleu pâle de Facebook : un déroulé débectant de dégueulis personnel, de plaintes, de chats faisant du skate, d'opinions imbéciles sur tout et n'importe quoi.

— Je suis entièrement d'accord, Werner. Tu me mets dans un sac dont je ne fais pas partie. Certes, j'ai participé au lancement de Facebook, et j'ai gagné du fric avec ça, mais je ne cautionne pas cet affaissement des choses. Moi je pensais conquête de l'espace, homme bionique, îles flottantes dans les airs, pas les cent quarante signes de Twitter qui font office de pensée.

— C'est peut-être ce que tu penses, mais qu'est-ce que tu fais ? J'ai plutôt l'impression que tu continues ta petite vie d'entrepreneur pépère.

— Je participe au débat d'idées. Je finance toutes les semaines des projets formidables. Je n'arrête pas, Werner, c'est plutôt toi qui fatigues.

Et fais passer ton couteau dans la chair tendre du lapin.

— J'aime bien venir manger avec toi, dit Parker, tu es un homme que j'apprécie, et de bonne compagnie à table, mais parfois qu'est-ce que t'es chiant.

— Tu vois bien ce que je veux dire, tu es républicain et multimilliardaire, t'es pas vraiment le Che de la Valley.

— Werner, j'utilise le fric que j'ai gagné pour essayer de créer un espace hors des États, une monnaie que les citoyens pourraient utiliser librement, pour changer l'homme, l'envoyer sur Mars, j'utilise toute mon énergie pour essayer d'accroître cette liberté dont tu parlais, et tu me demandes comment je peux continuer ma vie de connard comme si de rien n'était ? Va te faire foutre, Werner. Les donneurs de leçons, j'en ai jamais eu besoin.

Parker se lève, jette un billet sur la table, et le temps que Werner arrive vers la porte, il est déjà loin.

Ils se revoient de temps en temps pour le plaisir de croiser le fer. Autre chose naît lentement entre les joutes. Le lien entre les générations a été rompu, symbolisé par l'éloignement géographique entre la Silicon Valley des nouveaux riches et le San Francisco disparu des années 1960-1970, et bien que le fil soit en partie érodé, lui aussi, entre Werner et Parker, il ne l'est pas entièrement. Parker a conscience et connaissance de l'ancien monde, qu'il admire, et Werner croit en Parker, malgré son goût de l'argent facile et ses idées ultralibérales.

Werner est presque parvenu à vaincre sa hantise du corps. Parker est tout entier, il le voit bien, dans le déni de ses membres, de son existence physique. La mutation est achevée. Son fils spirituel a poussé jusqu'au bout les forces qu'il avait senties à l'œuvre en lui.

Werner se ressource au contact de Parker, dont l'intelligence presque diabolique le débecte par ailleurs. Mais si, dans les années 1960, tout les poussait naturellement dans le sens qu'ils avaient emprunté, le courant coule aujourd'hui dans une autre direction, et Parker ne peut en porter seul la responsabilité. Internet est à présent une poubelle, une succession d'usages parfaitement débiles, un enfermement des sens.

Werner sait pourtant que 2015 regorge, comme 1969, de puissances, de forces intranquilles. Il erre partout à leur recherche. Il ne cesse d'en trouver. Leur grande idée libertaire a certes secrété des monstres à mille têtes mais elle a aussi permis à des milliers d'enfants d'apprendre tout seuls le code, la programmation, d'acquérir du fond de leurs forêts tout le savoir du monde, de tout apprendre et déconstruire. Une fille habile du Congo, de l'Alaska ou du Minas Gerais peut en savoir autant sur les sociétés amérindiennes et l'aérospatiale qu'un étudiant de Yale. Les crânes pelés s'en inquiètent, la verticalité c'était important, ça permettait d'instaurer un sens dans la circulation du savoir, eh bien c'est fini, le présent est horizontal et passionnant, et vous mourrez bientôt, pense Werner qui lui n'y tient pas spécialement, il lui reste des trucs à faire.

Des filles et des garçons comme ça, vifs, indépendants, *self made*, brillants, insurgés, il en croise à chaque angle de rue. On l'invite pour parler de l'Internet libre à Tokyo et à Istanbul, à Sydney et au Cap – on ne l'invite pas à Pékin ni à Moscou mais il y va quand même – et toujours il y a un gars à casquette ou une fille piercée qui rôde quelque part, qui vient le voir et lui demande un truc, ou part avant qu'il ait pu parler avec lui/elle. Partout des hackerspaces, des lieux où ça bouillonne, des apparts abandonnés où ça tente, ça bidouille, ça reformule. Partout des dilettantes et des forçats du clavier, des ouvriers agricoles et des entrepreneurs improvisés inventent la nouvelle révolution industrielle, en produisant eux-mêmes leurs ressources avec leurs propres moyens de production. Tout peut être créé n'importe où par n'importe qui. N'est-ce pas fabuleux. Plus besoin de demander un crédit, d'acheter des machines, d'avoir des employés, des bâtiments, besoin d'un ordinateur basique et d'une idée. Une imprimante 3D c'est bien aussi. Tous fabriquent eux-mêmes leurs objets, leurs produits, leur savoir-faire. La brèche est ouverte et les paysans du Guatemala, de Guinée-Bissau, de Nouvelle-Calédonie entreront bientôt dans la danse. L'industrie lourde est affolée. *Welcome to a brand new world.*

À San Francisco, au milieu des businessmen et des high-tech Starbucks à la main, Werner croise aussi des hackers en skate, des activistes, des esprits libres. Tous savent qui il est. Il passe de nouveau sa vie en interventions et conférences, martelant *open source, logiciel libre, neutralité du web*. Il croise les regards. À Noisebridge, il a rencontré des gamins bien plus brillants qu'il ne l'avait jamais été. Il se souvient de ce Mexicain notamment. D'une vitesse phénoménale. Toujours accompagné d'une fille ou était-ce un garçon venu de Hong Kong, où il/elle avait participé à la création du web. Werner avait échangé quelques mots avec elle autour de la grande table en bois. Les mots de sa bouche jaillissaient sans fin autour d'une vision parfaitement claire. Et Werner se souvient d'avoir pensé voilà un pur produit du XXIe siècle. Jamais dans l'Histoire on n'avait encore assisté à cela. Ces gamins se sont auto-formés dans une chambre ou dans un coin de garage, et ils ont atteint des sphères d'intelligence et d'animalité qui nous seront pour toujours étrangères. Il lui a souri, lui a dit je te laisse bosser, est descendu dans Mission Street prendre une pression à l'angle. Peut-être que je n'ai pas totalement perdu mon temps, a-t-il pensé en observant les fines rayures du comptoir. Et l'amertume fruitée de la pale ale a coulé dans sa gorge.

IIIe MOUVEMENT

Parker a marché jusqu'au Cube encore baigné à cette heure d'une crème filandreuse. Il s'est installé à son bureau, a avalé son café, il s'est mis au travail. Il est anxieux, il est temps d'y aller il le sent. Ses Nike Free martèlent le sol en cadence lorsqu'il entend une porte au loin battre. Il se lève et aperçoit Álvaro dans son jean éternellement râpé.

— Il faut qu'on parle.

— De quoi ?

— De ce qui va se passer maintenant.

Álvaro regarde toujours droit devant, sans filtre, abolissant la distance, quelle qu'elle soit, avec son interlocuteur. Là il se trouve que Parker n'est pas loin mais ce serait pareil à 2 mètres.

— L'idée, c'est de t'enlever le foie et de le remplacer par le même, exactement le même, créé à partir de tes propres cellules. Aucun risque, aucun problème. En une journée, c'est plié.

— S'il y a aucun risque, dit Álvaro sans lever les yeux, pourquoi on le fait ?

— Pour en être sûr.

— Donc y a des risques.

Parker fait passer sa main droite au-dessus de la gauche tout en reprenant son souffle.

— Mon équipe a travaillé pendant presque deux mois à partir de tes cellules souches, elle a réussi à créer un foie de toutes pièces. C'est une première mondiale. Les greffes d'organes ayant appartenu à d'autres personnes se pratiquent tous les jours dans le monde entier, depuis des décennies, c'est la chose la plus normale du monde. Le seul problème qu'il peut y avoir, dans un nombre infime de cas, c'est un rejet du greffon, une incompatibilité. Or dans le cas de ce foie, et pour la première fois je te le redis, c'est *déjà* le tien ! Il est fait de tes propres cellules, il possède ton ADN, ton génome, il n'y a absolument aucun risque.

— Ça faisait pas partie du contrat.

— Eh ben on le rajoute. Je te donne un demi-million en plus. Le matin on t'opère, le lendemain on vérifie, deux jours plus tard tu es parti.

— Vous me faites chier avec vos conneries. J'ai pas besoin de votre putain de foie.

Álvaro claque la porte.

Parker se lève à son tour. Il n'est pas inquiet, Álvaro reviendra. Il est surtout un peu désœuvré aujourd'hui, alors il fait le tour des services, passe un œil par-dessus l'épaule de ses collaborateurs. L'un d'eux, Jason, travaille sur les neurones. Il est parvenu, comme Adèle, à créer un grand nombre de cellules neuronales à partir des cellules souches d'Álvaro. Qu'en faire, maintenant ?

— Ben tu fais un cerveau.

Jason se retourne vers Parker.

— Mais t'as le temps hein.

Parker s'éloigne. Il entre dans le bureau d'Adèle. Qui fume à la fenêtre.

— Bon ça va j'espère, enfin bref. Je vous ai déjà parlé de mon île ?

— Monsieur a une île évidemment.

— Elle s'appelle Bluesky, elle flotte déjà à 20 kilomètres d'ici sur l'océan.

— A priori je m'en fous mais bon comme je fume allons-y, j'ai rien d'autre à faire. Ça sert à quoi votre truc ?

— À bâtir tranquillement le monde de demain sans que personne ne vienne nous embêter.

— Évidemment. Et les merveilles que vous y créerez seront destinées à tout le monde.

— Bon vous m'emmerdez, vous ne comprenez rien. J'étais pas venu pour ça de toute façon. Je voulais vous dire le plan c'est ça : on enlève son foie à Álvaro et on lui en greffe un nouveau.

— Pardon ?

— Il faut voir comment le greffon prend, comment le patient réagit. C'est l'étape décisive.

— Mais on ne connaît pas du tout les risques, dit Adèle. Si la greffe ne prend pas, si l'organe n'est pas au point, l'organisme le rejettera et développera des cellules cancéreuses.

— Il y a très peu de chances puisque les cellules viennent du patient lui-même et donc l'organe en quelque sorte aussi.

— *En quelque sorte*, exactement. Il est issu des cellules du patient, mais il a été construit in vitro, hors de son corps, donc ça reste techniquement un corps étranger, qui est né dans l'air, hors de la chaleur du dedans, toutes les réactions sont donc envisageables.

— C'est ce qu'il faut qu'on sache.

— Sur le corps de ce pauvre garçon ?

— Il n'est plus pauvre et ce n'est plus un garçon. Je viens de le lui expliquer, de lui rajouter un demi-million, il est en âge de décider. Il a pris un petit moment, il va y réfléchir.

— Il connaît les risques ?

— Oui.

Parker porte aujourd'hui un gilet noir cintré Fendi sur un tee-shirt de la même couleur, un pantalon gris ardoise tenu par une ceinture haute. Il se sent assez aérien quand il traverse une salle, en l'occurrence celle-ci en disant :

— On verra bien. Mais j'ai confiance.

Avant de s'éloigner dans un sourire.

Adèle finit son café. Elle pense au corps d'Álvaro. À ce foie à enlever, à ce qu'il y a à la surface. Elle voit sa langue passer dessus et repasser, elle descend jusqu'au pied, elle a chaud, elle change de sens et remonte jusqu'à son sexe, qu'elle embouche pendant qu'il fait de même avec le sien – c'est son troisième café ça fait peut-être beaucoup. Elle jette le gobelet et retourne vers son bureau. Elle passe devant des portes. Il doit y avoir des choses derrière. Elle continue sa route. S'arrête. Ce serait bien de. Parce qu'il y a des choses derrière quand même. Parker n'est pas là en plus alors. Elle pousse une porte. Rien. Celle d'avant. Pareil. Elle essaie les différentes clés. Toujours rien. L'une reste bloquée. Elle parvient à la sortir. Bon c'est pas grave on y va. Elle passe une main dans ses cheveux.

Deux jours plus tard, il est 10 h 08, Álvaro franchit la porte d'entrée du Cube. Parker est penché depuis une demi-heure sur le dossier de financement de son île qui avance plutôt bien quand Álvaro entre et dit :

— Vous me filez le blé et on en finit.

Parker lève les yeux.

— Je suis heureux que tu aies saisi l'importance historique du moment.

— J'ai rien saisi du tout, je veux mon fric, faire ce qu'il y a à faire et j'me tire.

— Bien.

Álvaro s'assoit. Parker sort son carnet de chèques.

— Non je veux du liquide.

— 500 000 dollars en liquide ?

— Ouais c'est ça.

— Euh, alors il va me falloir un p'tit moment.

— J'ai le temps.

Álvaro marche en direction de la cafétéria.

— Tiens, salut.

C'est Adèle en haut noir qui fait justement couler une capsule – sans sucre ? Il hoche la tête.

— Demain ? Ah j'pensais que ce serait la semaine prochaine.

— Comme ça on n'en parle plus, dit Álvaro.

Elle voit son épaule et son cou bombé. Elle voit ses doigts autour de la tasse. Elle voit ses mains.

— Tu sais, l'autre jour – elle commence.

— L'autre jour quoi ?

— Non rien.

Parker entre dans la salle et dit à Álvaro de le suivre. Dans son bureau il lui donne un paquet, à ce stade ce n'est plus une enveloppe.

— Voilà. Tout est là. On attaque demain à 10 heures. Dans la journée c'est fait. Le surlendemain tu es libre.

Álvaro ressort sans un mot.

Le ciel se charge lentement de blocs épais et mauves. Álvaro est attablé un Coca à la main quand on frappe à la porte.

— Je suis désolée, j'arrive un peu comme ça, tu dois être en train de faire tes affaires peut-être, c'était juste pour –

— Entre.

Adèle jette sa veste en cuir sur le canapé et s'assoit. C'est toujours le même bordel nu dans le salon, c'est-à-dire qu'il n'y a à peu près rien, mais *par terre.*

Il continue à tapoter sur son ordi. Elle ne se formalise pas.

Il n'est pas là, mais quand il arrive finalement on ne voit que lui. Et justement tiens le voilà il est en plein devant elle. Il a surgi d'on ne sait où et il est là. Elle voit. Les poignets fins. Les veines du cou. L'arrondi du brachio-radial qui émerge du tee-shirt noir. Son crâne rasé. La petite cicatrice à côté de l'œil droit, sous la tempe. Elle voit. Fauve. Un souffle. Des muscles fermes. Il s'éloigne. Elle a dû halluciner un peu là.

— T'as de la bière du coup, elle demande.

— De la Stone.

— Parfait.

Elle tente de soulever sa poitrine pour inspirer, laquelle reste bloquée en chemin.

Álvaro revient avec deux bouteilles de bière et une plus grande de mezcal, dont l'enchevêtrement compliqué de couleurs indique clairement qu'il s'agit là d'une boisson mexicaine. Il s'assoit. Il se tourne. Il connaît déjà ses mains courtes et fines, sa peau d'une couleur incertaine, blanche bien sûr mais dorée presque jaune, ses yeux noisette, tous ces trucs de magazine, OK, mais aujourd'hui il voit surtout la mèche qui longe le haut de son front et qu'elle replace constamment derrière l'oreille. Il voit ce trait noir de cheveux qui marque le temps. Il voit.

Elle s'approche finalement. Son corps à lui se braque vers l'arrière. La main d'Adèle caresse lentement ses bras. Elle a mal à l'intérieur de son sexe d'attendre. Elle l'embrasse. Dans sa bouche à lui c'est râpeux. Elle essaie malgré tout. Dès qu'elle avance la langue quelque chose parcourt le corps d'Álvaro. Il se tortille dedans. Ils ne veulent plus parler. Ils passent leur vie à parler. Ils veulent un corps sur eux. Il n'y a pas de musique. Álvaro s'est assis à côté d'Adèle sur le canapé, il a retiré son visage un instant du sien, il la regarde. Il ne l'avait pas encore vraiment regardée, sinon il s'en serait souvenu. Quel con. Il ne voit pas, cela fait des siècles qu'il ne voit rien, tout embrumé qu'il est. Il passe sa main dessus. Le visage d'Adèle est rond au bout de ses doigts. Ses joues parfaitement douces tout à coup le bouleversent. Elle a cet air mutin, relevé par la bouche piquante et les pommettes. Ses cheveux partent où ils veulent. Elle sourit. Ses yeux. Elle est gênée peut-être. Oui mais ces yeux. Ça va au-delà de l'œil, au-delà de cette petite mare psychédélique aux berges vert pin et bleu. Il pense tout à coup elle est sublime. Il ferme sa gueule.

C'est la première fois depuis le bus qu'il sent autre chose que de la rage en lui. C'est quelque chose d'apparenté finalement, même soulèvement du thorax mais dirigé ailleurs cette fois-ci, pas contenu engoncé dedans. La violence dans ses veines et ses nerfs, tous ces mois réfrénée, il veut la laisser vivre enfin.

Elle n'a plus peur brusquement et elle sait. Il a suffi que la main noire d'Álvaro effleure son épaule qu'elle avait sciemment laissée dénudée pour que les différents fils (de l'envie de la peur du désir) s'accordent et se relient. Et là oui il y a une musique. Ce sont des airs lointains et des basses lourdes qu'elle entend distinctement, c'est Joy Division et c'est son enfance, parce qu'il y a la fascination de la nuit et l'excitation insoutenable de ce qu'il pourrait s'y passer ; les garçons, les aventures sous les saules dans les hangars, les nuits, les nuits, cet espace infiniment ouvert sur le frisson, espace électrifié par la peur de mourir & de vivre, la voix lourde de Ian Curtis, *She's Lost Control Again* et cette basse dans le ventre, les vapeurs épileptiques qui montent devant la violence et la douceur de tout ce qui tombe – elle entend ce battement qui est l'enfance et elle sait qu'elle y retourne.

Il attrape cette épaule puis l'autre et elle vient sur lui. Les deux peaux bien qu'encore vêtues émettent un son d'écorces qui se brisent. Il sent ses seins contre sa poitrine, ça lui fait mal dedans. Il passe sa main sur le dos d'Adèle. Elle sent sur sa peau ses muscles secs, les nerfs tendus de ses avant-bras, il s'agrippe à elle, et elle sent qu'elle pourrait faire avec, ce bout de bois sec et ce fleuve tari, elle sent qu'elle voudrait. Et quand les jambes se rapprochent, ils reprennent leur souffle et leur souffle n'est plus le même, tout en bas quand ils inspirent ça appuie, puis ça brûle.

Elle arrache son tee-shirt qu'elle jette sur la télé. Elle souffle en glissant ses mains sur le dos nu d'Álvaro. Elle n'attend pas qu'il fasse de même, elle ouvre son pantalon. Il la voit enlever son haut noir d'un geste cinglant l'air. Il ne se souvient plus de rien. Elle porte un soutien-gorge noir et ses seins sont là. Il n'est pas vraiment ici, ce n'est pas possible, il n'est pas devant ça : Adèle épaules et ventre nus, ses seins dessin parfait, se tenant seuls et droits dans le tableau déchirant, Adèle qui le regarde dans un sourire, et s'arrête aussi parce qu'elle sait que c'est l'instant.

Ils y mettent fin déjà.

Adèle arrache le pantalon d'Álvaro puis son caleçon. Quand elle retombe c'est sur son sexe. Elle plaque ses deux mains contre le matelas, mord ses lèvres. Álvaro se lève, Adèle retombe sur le matelas. Il plonge dans son cou, son sein droit, son ventre. Elle attrape sa tête. Il est dans sa peau, il avance, il ne savait pas, il ne savait pas, il descend, elle lève la bouche vers le ciel, son visage se tord, il est entre ses jambes, le ventre d'Adèle s'est cabré. Dehors, le temps s'écoule comme chaque jour.

C'est une musique qui chaque minute connaît un coude et repart dans une direction inattendue, c'est lent langoureux quand ça frissonne et repart pizzicato, c'est rageur frénétique furieux quand une note en contrepoint équilibre relance vers une plaine carbone.

Il l'embrasse et il est en elle. Elle hurle et attrape ses fesses. C'est une fureur qui les prend, elle remue, il tremble, ce sont toutes les choses en contrebas qui refluent et déferlent en masse sombre. C'est aussi, tout simplement, un coït. Pourquoi les hommes placent-ils tant de choses dans un coït ? C'est amusant tout de même. Et ce n'est pas feint, dans leur cerveau des synapses s'établissent, des fleuves souterrains refluent lorsque leur organe sexuel pénètre dans un autre, ça s'active et bourdonne – pour certains plus que d'autres, et pour ces deux-là devant nous en particulier. Tout ce qui leur arrive les brusque, nous n'y pouvons rien, c'est ainsi.

Adèle plaque Álvaro sur le matelas, se retire, et glisse jusqu'à sa bite. Álvaro part. Ce sont des pays nouveaux. Il ne sait plus dans quel sens il est sur ce matelas crème, il ne sait plus où il est et il le sait plus que jamais, il est allongé sur ce lit, au 1809 Octavia Street, emmêlé dans ces draps violets et les bras d'une fille née loin d'ici.

Ils reprennent leur souffle un moment, puis ils repartent déjà.

La nuit les prend.

Quand ils se réveillent plus rien ne reste que leurs corps en chantier, adoucis par les rêves, une pâte secouée et pétrie. Ils émergent d'un ruban de lumière et se regardent. Elle le prend dans ses bras. Ils ne disent rien.

Ils ne se lèvent pas du lit, ils en glissent, elle fait couler deux cafés de la machine qu'ils boivent sur le plan de cuisine, en avalant quelque chose comme un bout de pain.

Il est l'heure bien passée déjà d'y aller. Il ne veut pas. Elle ne veut plus. Il n'y a jamais rien eu là-bas. Et pourtant ce fric lui sera utile pour quitter ce pays alors ils s'affairent, ferment une porte pour en ouvrir une autre, il lui dit je peux conduire ?, la voiture démarre.

Brusquement la voix d'un vieil ami qui n'a rien à faire là :

— Pas elle, pas elle, *güey*, déconne pas.

Tout toujours le ramène à une faute, coucher avec une fille était une faute, taper sur l'ordinateur un péché, répondre à son père un délit, avaler du mezcal en sniffant de la coke pour oublier tout le reste un crime.

— Je t'avais dit pourtant mec, c'est une traînée, t'es con ou quoi.

Ça n'a plus rien à voir aujourd'hui – le visage ovale d'Adèle, la lumière crue du matin, la voiture qui flotte – et pourtant le plaisir toujours le ramène à ce sentiment de faute, comme lorsqu'il croise des flics en patrouille. Il se *sait* alors coupable, il pose la main sur ses poches, des restes de substances illégales quelque part sans doute, a-t-il couché avec une mineure, braqué une banque, insulté un prêtre, il est potentiellement, et de toutes les manières, en faute, aucun doute là-dessus, l'important est à présent non pas de s'absoudre, d'oser la rédemption, le rachat de ses fautes, mais de ne pas se faire prendre, la patrouille glisse sur le côté, son œil droit tremble une seconde, il retient sa respiration, qu'il ne relâche que bien plus tard, lorsque les flics ont définitivement disparu – mais pas de patrouilles aujourd'hui, une femme et son corps à lui brusquement délié, il ne se souvenait pas d'une telle sensation, jamais connue peut-être, il n'est pas *heureux* pour autant, ne sait pas ce que ce mot veut dire vraiment, il n'a jamais appris ça nulle part, il sent juste que le volant sous ses mains glisse. Quelque chose bouge en lui. Adèle, elle, regarde sur le côté. C'est étrange la Californie quand même. C'est comme la pop : rien de plus réel que cette sensation de légèreté et rien de plus toc. Mais quand ça fonctionne, quand lumière/formes/couleurs sont en place, alors là oui.

L'usage des mots, ça semble pas vraiment leur truc. Et puis objectivement aucun des deux n'a vraiment envie de parler ni du passé immédiat (ne pas l'écraser), ni du futur proche. Ce qui semble le plus approprié c'est de rouler jusque là-bas, de descendre, de marcher d'un pas lent vers le Cube.

Dedans, ils se dirigent sans se concerter vers un nouveau café, pour repousser, quelques minutes encore, le moment.

— Bon, ce sera vite fait et on n'en parle plus, elle dit.

— Ouais.

Il inspire un grand coup et on y va. Parker sort justement de son bureau d'un pas plus rapide que d'habitude. Il salue Álvaro et lui explique le programme. L'équipe de chirurgiens est en train de se préparer. Deux d'entre eux sont allés chercher le foie dans la réserve. Tout sera en place dans une demi-heure. Le mieux maintenant est de boire un peu d'eau, un thé, des biscuits aussi c'est bien.

— Je suis calme. Vous, par contre.

Adèle a filé à droite. Elle remonte le couloir jusqu'à son bureau. Elle n'est pas censée assister à l'opération, ni entrer dans le bloc, elle n'en a d'ailleurs pas spécialement envie. Elle regarde son écran, ses dossiers. Six mois plus tôt, elle faisait de la recherche dans un laboratoire sérieux. Elle repose son gobelet. Ouais.

Elle entre dans le deuxième labo. Jason est devant le petit frigo du fond.

Elle s'approche. Les trois étages sont pleins.

— C'est quoi ?

— Ben tu sais.

— Non.

— Les cœurs, les poumons, les estomacs qu'on a créés avec les cellules souches.

— Et là ?

— Ça ce sont des embryons surnuméraires.

On distingue des formes oblongues dans les cinq poches alignées. À l'étage au-dessus, les nouveaux organes baignent dans des solutions de conservation, à basse température.

Adèle se tourne vers Jason, dont la main se pose sur son épaule. Avant qu'il ne dise le moindre mot elle se tourne, passe la porte, l'air chaud du couloir la cueille comme un bain-marie, elle arrive devant la salle d'opération, tire sur la poignée, rien. Elle court jusqu'au bureau de Parker.

— Vous êtes un grand malade et vous vous êtes foutu de ma gueule.

— Ma chère Adèle, je ne sais pas de –

— Pendant tout ce temps y avait tous ces embryons dans des frigos derrière moi et vous vous êtes bien gardé de me le dire.

— Mais ce sont des réserves inouïes, des merveilles ! Et tout ça est parfaitement légal, les embryons sont issus de fécondation in vitro ou d'avortements légaux et voulus, que nous avons récupérés à des fins d'expérimentation scientifique, comme la loi californienne l'autorise.

— Oui oui bien sûr.

— Et les organes, tu es bien placée pour le savoir, nous les avons créés avec des cellules souches. D'hommes et d'embryons.

— Vous êtes un psychopathe. Dites-moi où est Álvaro.

— Dans le cerveau d'un fœtus, il y a dix mille milliards de milliards de milliards de cellules souches, soit l'équivalent de trois cerveaux adultes. C'est la plus grande réserve de cellules souches du monde vivant. Avec ça on pourrait soigner les maladies d'Alzheimer, de Parkinson, les lésions de la moelle épinière, les tumeurs au cerveau !

— Putain fermez-la dites-moi où il est.

Vous pouvez me suivre, cher monsieur, a dit un type qu'Álvaro n'avait jamais vu, mais on reconnaît tout de suite le chirurgien à ses tempes grises et à sa blouse. Ils ont tous cette assurance qui repose sur une voix blanche, puissante, sans faille. Álvaro le suit, deux portes et on y est, grande salle baignant dans une odeur d'antiseptique. Une infirmière, nécessairement *délicate*, se charge de lui ôter ses habits et de lui enfiler une blouse. Elle lui souffle à l'oreille ne vous inquiétez pas tout va bien se passer, une anesthésie rapide, vous vous réveillerez tranquillement et tout sera en place. S'il y a quoi que ce soit avant, le moindre doute, la moindre question vous appuyez sur ce bouton et je viens vous voir. D'accord ? Quatre-vingt pour cent du recrutement doit se faire sur la voix. Ses pieds sont pointés vers le néon. Une voix comme ça c'est pas humain. Les gens s'agitent autour de lui. Cliquètement léger des pinces, des bistouris, des canules et des ciseaux. C'est très subtil, comme tout ici, tout pousse à l'apaisement, on ne cesse d'ailleurs de l'y enjoindre, aucune chaussure ne crisse par terre, aucun geste n'est brusque, et tout ça l'irrite au plus haut point. Mais c'est un énervement bien différent de celui qui l'habitait depuis des mois, celui-ci est froid, orienté, minéral. Ses gestes ne sont plus épais mais acérés. Il s'étend sur la table d'opération. Ballet autour de lui. Le chirurgien-chef lui parle très doucement lui aussi de ce foie qui est issu de ses propres cellules, bâti de toutes pièces, ici même, à partir de son urine, on lui a dit cent fois déjà – *pas le moindre risque de rejet du greffon compatibilité 100 %.* Le type sourit, il semble parfaitement sidéré par ce chiffre rond de *cent pour cent*, c'est sublime, insensé, génial, vous ne trouvez pas ? Álvaro le fixe tout au fond des yeux ; visiblement non. Bref on va démarrer. Et ce *démarrer*, ce *start* pour être plus précis, déclenche aux oreilles d'Álvaro un petit *poc* de soupape de sécurité. "Au-delà de cette limite nous ne répondons plus de rien." Il sent en blocs autour de lui les kilos de rage concassés, autour de ce petit mot, *start*, s'est aggloméré tout ce qui en lui n'en peut plus, et ça pousse, et il y a la gueule du chirurgien, ses tempes grisonnantes, l'horreur absolue du mot *grisonnant*, il y a que ça suffit cette putain de farce, il a donné, c'est fini.

Il se lève.

L'infirmière et le chirurgien se tournent vers lui.

— Non non il faut que vous –

Álvaro balance son poing droit sur l'assistant, son pied sur le chirurgien qui s'est jeté sur lui. Deux corps à terre, un autre, celui de l'infirmière, figé là-bas. Les gestes d'Álvaro sont précis, son cœur ne bat pas plus fort que d'habitude, il sait où se placer. Il remet tranquillement son pantalon, son tee-shirt noir, ses chaussures. Il s'approche de la table à instruments, attrape un bistouri. Derrière lui un bruit, il se retourne, le chirurgien a murmuré quelque chose semble-t-il, il le frappe de nouveau à la poitrine. Il pousse le battant droit de la porte.

Des pas au loin.

Il monte une à une les marches.

Parker et Adèle sortent du bureau, ils ont entendu les cris.

Álvaro est dans le couloir.

— Mais qu'est-ce que. T'as complètement.

Et Álvaro veut que cette voix cesse dans les plus brefs délais, il a déjà accepté beaucoup trop de choses, mais cette voix de Parker, là, ferme tout à coup, cette voix de père, ça dépasse de loin ce qu'il est en mesure d'endurer. Il fait un pas et lui plante le bistouri dans l'œil droit. Parker tombe à genoux, les deux mains sur le visage, dans un hurlement de bête. Trois rigoles coulent sur sa joue. Adèle prend le bras d'Álvaro, ils marchent vers la porte d'entrée. Les clefs. Oui là dans la poche. L'alarme résonne, Hailey et l'aide-chirurgien sortent en courant sur le gravier, s'élancent vers la voiture, qui fait demi-tour, Adèle braque le volant pendant qu'Álvaro regarde ses deux mains poisseuses de sang, elle frôle le poteau, marche arrière, bonne direction ça y est, elle fonce sur le portail entrouvert qui gicle sur le côté, des coups sur la vitre et la portière, la voiture jaillit dans un toupet de fumée vers la rue.

Des pas en vain sur le gravier.

Parker tombe dans son jus.

La Tesla débaroule la pente abrupte de Pine Street, léger aplat au niveau de Van Ness, puis ça repart vers la ville basse. Il faut être précis et prendre les bonnes décisions maintenant. Adèle se souvient qu'il faut arriver jusqu'à Market Street, là enquiller la 6e Rue jusqu'à l'embranchement de l'autoroute du Sud.

— Je te propose de rouler tout droit, et dans cent bornes on s'arrête et on pense à une tactique.

— Une tactique ?

— Ah il va falloir.

Álvaro s'essuie les mains sur son jean. Adèle est déjà sur la bretelle, pas de bouchon à cette heure, elle enfonce la pédale jusqu'au bout, la *skyline* de San Francisco s'éloigne derrière eux.

Un lourd son de basse remue leurs entrailles. La Highway I-5 s'allonge. Álvaro sent monter quelque chose comme un sourire, un truc large se déchire en lui.

Adèle se marre.

— Joli coup.

Les phrases de ces types avaient trop tourné autour de lui. Il se dit qu'ils ont bien fait de repasser par la baraque, sans son portable ils ne seraient pas allés bien loin, du pain bénit pour les flics. Il a attrapé un pantalon, des caleçons, son chargeur, ils sont repartis. Un panneau marque à présent *Los Angeles 345 miles*, le soleil est droit sur eux : il jette les clefs de la baraque par la fenêtre.

Adèle roule à 110 miles-heure. Elle s'est quand même mise dans une sacrée merde. Bizarrement, ça n'a pas tellement l'air de l'affoler. Elle avait dû le sentir venir. Passé le choc de l'irruption de la violence dans le réel, son cerveau s'est immédiatement adapté à la nouvelle situation.

— Je m'arrête là une seconde, elle dit, on a besoin de matos.

Elle revient avec des ciseaux, des bandages, un sachet de teinture. Ils font encore cent cinquante bornes, le soleil est toujours haut, quand elle dit :

— Là ça devrait aller.

Álvaro se tourne : *là*, ça doit vouloir dire ce motel baltringue Best West Inn.

Adèle se gare sur le parking, ils sortent vite de la caisse.

— Tu t'occupes de la chambre, elle lui dit, moi je me charge du reste.

Le reste, il ne voit pas précisément ce dont il s'agit, mais il dit oui.

La femme à l'accueil a minimum un œil en moins, elle dit à Álvaro c'est 72 dollars avec les charges, il les lui tend. Il attrape les clefs et monte au premier étage. Adèle l'y rejoint avec une valise. La porte de la 24 s'ouvre sur une odeur de table en formica oubliée dans une salle des fêtes depuis la guerre du Pacifique avec des plats mal raclés dessus. Adèle secoue la tête et repousse la porte du pied.

— Bon, on a du boulot.

Elle pose la valise sur le lit et l'ouvre. Dedans, des pipettes, des aiguilles, un laser, des curettes chirurgicales, qu'elle a eu le temps d'attraper au Cube.

— OK, dit Álvaro. C'est quoi l'idée.

— C'est que tu ne vas plus être toi. C'est fini cette histoire-là.

— Ça tombe bien.

— Enlève ton tee-shirt, je vais t'enlever la puce. Elle doit avoir un localisateur.

La bille est tellement fine qu'Álvaro a pratiquement oublié le jour où ils la lui ont glissée sous la peau. Adèle tranche sec avec le bistouri, la puce est juste sous la côte, elle pose un beau bandage, ça cicatrisera tout seul. Elle jette la puce dans l'angle de la chambre, embrasse Álvaro dans le cou.

Adèle passe sa tête sous la douche. J'ai toujours rêvé d'être blonde, c'est mon jour. Elle shampouine, applique généreusement la teinture *blond wavy* sur ses cheveux, les glisse sous un sac plastique transparent.

— Donne-moi tes doigts.

Il s'agit maintenant, à l'aide d'un laser ultra-fin, de briser très légèrement les dermatoglyphes, ces merveilleuses lignes circulaires au bout des doigts, afin d'empêcher les machines de reconnaissance visuelle de les identifier. Ça brûle mais à peine.

— Donne-moi ta bouche maintenant.

Elle mord dedans.

— Les papiers, tu t'en occupes, elle lui demande.

— Oui.

Rien de plus facile que de créer de nouveaux passeports avec Nexento, il faudra en revanche les imprimer quelque part.

— Tu veux t'appeler comment ?

— Kurt Cobain.

— Cherche encore.

Ils ferment la porte et redescendent les escaliers.

— Bon, Álvaro, il faut être conscient d'une chose maintenant. T'as planté un ciseau dans l'œil d'un des types les plus influents du pays, et la police sait parfaitement que 1) c'est nous, 2) on est dans cette voiture. Le 1) est résolu : c'est plus nous, on n'existe plus. Mais le 2) non. Il nous faut une bagnole. Je te propose d'en prendre une sur ce parking.

Ils regardent autour d'eux.

— J'ai vu pas mal de films de bagnoles, dit Adèle, alors je te propose d'aller occuper la femme de l'accueil, pendant que je vais crocheter celle qui est là-bas, la violette pourrie.

Le principal problème ne semble pas être l'ouverture de la voiture (qu'Adèle attaque avec une pince trouvée dans leur boîte à gants), mais bien plutôt la conversation avec la tenancière, tant c'est peu la spécialité d'Álvaro, qui lutte, pose des questions sur la chambre, le règlement intérieur, la météo du lendemain, et la femme renâcle parce que c'est pas son truc non plus le *small talk*, ni le grand d'ailleurs, elle n'aime plus grand-chose à vrai dire et encore moins la causette avec le client, elle s'y livre malgré tout à son corps défendant parce que le jeune Mexicain – ou est-ce un Nègre ? – la bombarde de questions auxquelles il faut bien répondre. Dans un coin du cadre, Adèle lamine la portière de la voiture, qui résiste, elle avait pourtant regardé avec attention tous les films et toutes les séries mais c'est pas si simple en fin de compte, et encore moins en plein jour. Elle fout un bon coup et la chose s'ouvre finalement sur une odeur de poulet ranci. Elle lève le bras vers Álvaro, qui n'attendait que ça. Merci, merci beaucoup pour toutes ces infos ; il sort en soufflant.

— J'reparle plus avant Los Angeles.

Elle se met au volant. Ah oui il reste le plus important quand même, démarrer. Elle défonce le contact, joue avec les fils.

— Tu sais quoi j'y arriverai jamais, mon truc c'est pas mécanicienne, on reprend l'autre voiture.

Ils s'assoient, elle démarre. Álvaro se tourne vers Adèle. Cette fille décidément sait très bien ce qu'elle fait, sublime dans l'air chaud de 4 heures en Californie. Ses cheveux canari flottent au vent. Ses épaules sont nues. Il a envie de la bouffer. Il la regarde pour l'instant.

— Sud ? Est ? elle demande.

— Je te laisse maître.

La mission américaine d'Adèle s'est très légèrement compliquée, mais elle ne panique pas pour autant, et son aplomb la surprend elle-même – peut-être n'avait-elle fait, finalement, qu'attendre ce jour-là.

Álvaro s'allume une clope, ouvre grand la fenêtre, l'air brûlant du jour l'envoie vers l'arrière.

— On s'appelle comment alors ?

— Joaquín Duarte et Caroline Meyer.

— Parfait.

Álvaro sent le vent lui emplir les oreilles. Il ferme les yeux.

La voiture glisse sur le ruban d'asphalte.

Sa vie peut commencer.

2001

2001 tout avait débuté par ces corps qui tombaient du haut des deux tours, minuscules points qui se jettent et tournent, et tournent, et heurtent la paroi métallique, et qu'on ne distingue pas tant ils tournent, pitoyables marionnettes jetables qui glissent et tombent éternellement, disparaissant enfin dans la mer de fumée – hallucinante chute libre de 415 mètres qu'Adèle regarde médusée comme tous depuis le seuil de ce bar de Rome devant lequel elle s'est arrêtée, elle marche entre les ruines, dans les vestiges d'un lointain passé et le présent s'ouvre comme une béance sous ses pieds, des gens hurlent et courent, le siècle commence – ici aussi tout le monde lève les bras au ciel, ils savent que cette fumée ne s'arrêtera pas à Manhattan, ils savent que ça commence mal et que ça finira pire encore, et pendant ce temps de nouveaux corps se jettent du cent quatrième étage, un dernier message sur le répondeur et le pantin se désarticule dans l'air. Adèle a dix-neuf ans et elle brûle d'une autre flamme, elle boit toutes les liqueurs, elle ne sort plus de la nuit mais elle sait, elle aussi, qu'il lui sera bien difficile d'expliquer comment on peut encore vouloir *brûler*, comment on peut vouloir l'ardeur, la folie, les erreurs, la violence des jours, quand ce champ lexical n'appartient plus aux poètes mais aux terroristes – de toute façon les poètes sont morts avec le siècle, ils ne servaient plus à rien ces gens-là.

Adèle habite alors à Lyon sous les toits, elle découvre les mathématiques, la biologie, la physique et tout à coup elle comprend que la poésie pour elle c'est ça :

Tectonique des plaques fonction exponentielle première loi de Kepler –

— Tu viens ?

Au moment où elle commence à étudier les corps elle découvre le sien, qui se révèle très doux et très violent, elle le connaissait avant, elle avait couché avec des garçons mais elle ne savait rien, on se frottait par peur et sans savoir, c'était une rixe de peaux et d'appareils dentaires et on ne savait pas, là tout à coup elle comprend, ce sont quatre mains qui sont les passeurs, les tiennes les miennes, il a vingt ans, un nom mais peu importe, il sait faire, par quel miracle, il descend, elle oublie la nuit elle descend aussi.

— C'est comme des montres mais sans aiguilles.

Et c'est comme l'alcool aussi qu'elle avale avec fureur, l'idée n'est pas de boire mais de se recouvrir l'âme, il y a des fulgurances derrière et des nausées comme des plaines à traverser à cheval, on pressent là un mystère une clef pour accéder où, allez savoir.

— Embrasse-moi.

2002 ça se complique guerre totale chers amis sortons les haches les vieux souvenirs les armes oubliées on va en avoir besoin – n'hésitez pas à faire le plein de sucre & de farine & d'huile comme pour l'opération Renard du désert on repart vers les mêmes terres qu'on avait déjà laissées dans un sacré état mais on a des belles caméras cette fois – Adèle a pris de son côté le premier vol pour Delhi, où elle marche – des silhouettes glissent sur elle, de ce pas indien léger et élégant, ils vont, ils viennent, elle est là pour quelque chose mais elle ne le sait pas encore – elle s'enfonce dans les brumes de Bénarès que transpercent les cerfs-volants, elle arrive jusqu'aux quais, elle entame son enquête par ces dépouilles qui brûlent en longues colonnes de fumée – elle les regarde longtemps le long du Gange s'élever dans le ciel fauve, elle ne pense à rien, elle inspire l'odeur des peaux, des cheveux, des vêtements, l'odeur des organes qui brûlent avec l'encens et la tourbe du fleuve boueux, cinglé de lumières, la nuit partout, elle est assise sur le Sheetla Ghat et elle regarde. Le jour elle louvoie entre les enfants aux pantalons troués, les vaches les marchands les saris jaune vif violet rose incarnat, elle observe les formes furtives dans les ruelles en épingle, elle observe le ballet des jambes qui se plient et se dressent dans l'odeur lourde de girofle et de mélancolie

En février un train rempli de pèlerins hindous brûle au Gujarat. En représailles à ce qu'ils pensent être un incendie volontaire, des hindous tuent et violent des milliers de musulmans, cent cinquante mille personnes fuient de chez elles

Adèle est assise dans cette chambre de Dharan, dans le Sud du Népal, les grèves de bus et de train l'empêchent de repartir, elle regarde une scène en boucle à la télé : le corps d'une femme est enroulé tout entier dans un tissu blanc crème, des hommes amassés autour d'elle lui lancent des pierres, de belles pierres pointues à bout portant ; ils préfèrent malgré tout qu'elle soit entièrement recouverte, ce serait inconvenant, ils soupçonnent la puissance d'un regard, d'un corps dégoulinant, perforé, hurlant, ils savent qu'ils ne pourraient pas continuer, or il faut bien faire ce travail, la justice iranienne en a décidé ainsi, ils ne font qu'exécuter la sentence, cette femme a péché, les pierres s'abattent sur elle – et Adèle pense, dans cette chambre du Nava Yug Hotel de Dharan, Népal, aux os qui se fendent à son crâne enfoncé à ses poignets qui se brisent et l'image s'arrête mais heureusement c'est une chaîne d'infos en continu, elle revient quelques minutes plus tard.

2003 c'est un joli début de siècle, Jérôme Bosch sans la grâce : pendaisons, viols, dénonciations, des insectes qui enculent des enfants, des hommes qui enculent des brebis, des hommes politiques qui enculent des femmes de ménage et des prostituées ukrainiennes dans des hôtels perdus dans la brume, des pères qui baisent leurs filles et leurs petites-filles dans des sous-sols puis les laissent allongées là, devant la télé, dans l'humidité d'un cageot, pendant des décennies, quand le soleil dehors lèche les portes-fenêtres – c'est un début de siècle imaginatif, on envoie des têtes coupées par la poste, on torture, humilie, sodomise les prisonniers dans des prisons militaires, on les traîne en laisse, on trucide ses nouveau-nés et on les garde au congélateur ; on a conservé le meilleur des siècles passés auquel on a rajouté une petite touche de fantaisie ; on encule toujours les pauvres mais à sec désormais et sans vergogne, on brûle les faibles et les forêts, on fait ce qu'on a toujours fait mais en mieux

Opération Northern Watch en Irak, c'est une belle guerre mais sans surprise, on aimerait un peu plus de rivalité, jolies explosions technicolor malgré tout dans la nuit de Bagdad, en décembre l'ogre hirsute Saddam est arrêté, barbe blanche bouche en sang, capitaine Haddock en débâcle, on le sort de la terre, on l'y ramène bientôt

Adèle regarde par la fenêtre les corps se frotter s'agiter tomber – un voyage est sans but et pourtant elle crée en route son anthologie des formes

Un train l'emmène jusqu'à Deoria, une ville indienne comme les autres, bruyante, fascinante, elle marche jusqu'à cette cour des miracles, le grand hôpital des estropiés – elle ne sait plus où mettre les pieds c'est un catalogue raisonné de tout ce qu'il est possible de faire dans ce domaine : coupés les bras, les jambes, les oreilles, percés les yeux, brûlée la peau, ouverte sur la chair, les os, coupés brisés on avance comme ça, des troncs parfois sur des planchettes en bois qui vous demandent une pièce du regard, ou de ce qu'il en reste, c'est un film de zombies sans pieds, sans bras, sans rien – il faudrait ne pas rire bien sûr mais que pourrait-elle bien faire, sale petite Européenne de vingt et un ans dans ce cercle des damnés qui se resserre autour d'elle, des yeux blancs, à billes, noirs, des bouches fendues, des bras automatiques, des mollets en métal, des tibias en plastique, ça passe et repasse sous un ciel de labeur, elle ne va pas fuir pour autant, elle est venue elle veut voir – elle s'avance, rentre dans les travées de l'hôpital, l'odeur lui pique les yeux, elle dépose des pièces dans les mains tendues, un rire nerveux monte en elle, elle veut vivre – elle ressort.

Votre siècle a la gueule défoncée.

Et l'Inde monte en elle comme un sortilège dont elle essaie de se défaire, qui l'emplit, qu'elle déteste par réflexe de survie – elle est envahie de couleurs, de formes, de vie miraculeuse et bactérienne, comme sous son microscope, sauf qu'elle est sous la lentille cette fois-ci.

2004 Adèle poursuit sa course autour du monde – elle arrive aux Philippines où elle est affectée dans le camp de Médecins du monde, soin des grands brûlés – en Indonésie deux cent cinquante mille corps broyés par la grande vague – pourtant a priori c'est pas son truc l'humanitaire l'urgence, elle est biologiste merde elle est pas là pour ça – mais elle en profite pour s'approcher encore davantage de la peau, voir les chancres, les trous, les plaies, comprendre peut-être quelque chose à travers le pus et le sang.

2005 elle rentre en France et elle replonge dans les cellules, elle poursuit l'exploration, qui semble mutique or ça ne cesse de parler, c'est du millier de signes à la seconde, elle regarde les cellules se dupliquer

Ballet

Beauté brute des cellules bleues constellées et rondes dans le désert froid des sous-mondes, danse à l'œil nu depuis des millénaires – dans les limbes elle se glisse, splendeur brusque des cavités, des tubes, des artères, elle plonge – le corps n'a pas, lui, à choisir entre le bien et le mal, il avance, il façonne, il s'efface.

Souvent, quand elle travaille, elle voit cette scène-là :

Des bactéries s'agitent devant elle. C'est le début de l'histoire. Il n'y a qu'elles. Avant, il y avait eu une boule en fusion, qui a éclaté et donné naissance à cette chaleur extrême, puis, au bout d'un moment, à ces bactéries qui vivent au fond des sols et des mers. Elles font leur miel du soufre, de l'hydrogène et de l'azote qui émanent de la Terre. Quelques cellules, d'une simplicité extrême, les côtoient parfois.

Et puis du temps passe, beaucoup, disons deux milliards d'années. Une cellule est là, seule, accrochée à elle-même. Il n'y a rien autour, ni hommes, ni oiseaux. Quelques cellules sont dans le même cas. Elles créent de l'énergie à partir de la lumière du soleil. Ces petits êtres unicellulaires ne font rien d'autre qu'exister. Puis ils se multiplient, poussés par une force sans nom et sans raison, des comètes s'écrasent, et à force de se multiplier, les cellules deviennent plusieurs. Les plantes, les mammifères et les singes apparaissent. Plusieurs millions d'années plus tard, l'Australopithèque. Six millions d'années passent jusqu'à ce que le père et la mère d'Adèle créent, avec deux gamètes, la cellule mère qui donnera naissance à ce corps qu'elle voit là, aujourd'hui, sous sa robe. Lequel se diluera bientôt dans l'espace et le temps.

2007 je prends enfin la parole car je viens de comprendre (je suis lente) que le problème c'est justement cette chose, là, sur moi.

Le problème c'est que j'ai un corps et que je veux qu'il soit mien.

— Ouais t'es à la masse, quoi. Le corps d'une femme appartient à sa famille, à l'État, à la société, à son homme, à ses frères, à ses enfants. À tout le monde sauf à elle.

C'est dans cette rue de Naples, un soir d'avril où j'errais en quête d'un dernier verre, que je comprends enfin ; je suis uniquement à vos yeux ce corps que vous voyez (rondeurs, creux, les yeux et le nez, sexe, sexe, cul, jambes et pieds), vous ne pouvez détourner le regard, ça vous brûle, et pourtant ce corps qui est moi je ne l'habite pas, je ne pourrai jamais l'habiter, il n'est pas à moi.

— Viens là sale chienne.

Je suis le désir à deux pattes qui vous déborde, et ce truc lourd et chaud qui vous submerge vous ne pouvez accepter qu'il vienne de moi, qu'il naisse d'une chose aussi périssable et détestable qu'un corps de femme, ça vous rend fou, vous perdez le contrôle, vous foutez le feu aux maisons et aux hommes, vous violez leurs femmes, vous tuez leurs enfants, eux-mêmes issus de coïts, tout ce que vous voyez est issu de *coïts*, c'est insensé, cela veut dire qu'à chaque fois une femme a ouvert les cuisses et un homme s'est foutu dedans, chaque garçon et chaque fille est né de cette abjection, ça vous donne envie de vomir – et en même temps, quelque chose vous brûle l'entrejambe qui vous débecte encore plus.

— Allez, sale pute, approche-toi, t'es qu'une pute comme les autres, viens lécher, tu fais ça bien, hein, lécher ? Je sais ça, je le sens.

Iran Congo Italie Brésil Tunisie Indonésie même histoire.

— Bonjour je m'appelle Adèle Cara, je suis chercheuse, en visite à l'université de Naples, pour donner une conférence.

— Bonjour.

Maurizio Gabelli me serre la main et me regarde bien au fond des yeux, comme s'il avait *de fait*, et de toute éternité, le droit d'inventaire sur cette masse corporelle en face de lui. Après la conférence sur la reproduction des cellules cancéreuses immortelles, j'ai retrouvé Maurizio et ses collègues à la cafétéria de la fac pour boire un thé.

— Vous êtes mariée ? me demande-t-il.

— Non. Ça vous regarde ?

— Non non, c'était par curiosité.

Pas mariée, célibataire techniquement parlant, j'étais donc a priori *open*. J'étais sur le marché. Dans n'importe quel endroit du monde j'étais sur le marché. Le gars matait mes jambes, pourtant recouvertes d'un pantalon noir, comme si elles étaient des bâtons de réglisse.

— Vous cherchez quoi, là ?

— Où ça ?

— Sur moi.

— Rien. Je vous ai trouvée très bien. Ça m'a passionné.

— Ah ça devait être ça alors.

J'ai envie de disparaître plutôt que de continuer à être ce pic à escalader.

— Allez, viens, viens-là salope.

D'aller écouter le chant des toucans dans une jungle lointaine.

— Allez viens merde.

J'entends les voix :

— Alors c'est simple il n'y a qu'une alternative. Soit on la fourre, soit on la couvre.

— On la fourre ! On la fourre !

Oui bien sûr on va essayer mais c'est pas toujours possible, parfois des choses nous en empêchent : la pudeur, un mari, ou bien la femme elle-même, mais c'est plus rare. Si malgré tout l'opération rate :

— On la couvre ! On la couvre !

C'est finalement le plus pratique, ainsi nos nerfs et nos sens s'apaisent, ce qui ne nous empêche pas, malgré tout, de soulever parfois le voile pour enfiler la femme subrepticement et en sortir plus détendus encore.

— C'est *win win*, ma chère. Vous êtes au calme, sous ce bout de tissu, et nous aussi.

Maurizio Gabelli était reparti finalement, la queue entre les jambes, et moi aussi, le congrès s'achevait.

— Le problème n'est pas résolu pour autant, ma chère, dit une voix de stentor, venue d'au-dessus, d'en dessous, de quelque part.

— Oui oui, je comprends, je réponds.

— Vous voyez bien que c'est compliqué. Vous avez votre corps, là, *sur* vous, partout, c'est insensé, ça n'arrête pas.

— Oui c'est vrai que j'aime bien avoir mon propre corps sur moi, pour sortir c'est plus pratique.

— J'entends bien, j'entends bien, mais enfin tout de même. Il va falloir faire un effort. Regardez votre peau, elle est tournée *vers* le dehors. Je ne sais pas comment vous le dire autrement : c'est tout à fait obscène.

— J'en suis fort désolée, mais je n'y peux rien, je suis née ainsi.

— Mais la naissance n'excuse rien ! Moi-même, je suis né pauvre et j'ai fait tout mon possible pour ne pas le rester. Vous comprenez ça, j'en suis sûre, vous êtes intelligente. Vous comprenez aussi que s'il n'y avait qu'une peau, encore, cela pourrait peut-être aller. Mais il y a des formes ! Des reliefs ! Et dirigés vers ! C'est insensé ! Des creux, des ravins, des rivières, des tempêtes ! Il y a la loi, madame, et la loi dit de garder ces choses-là pour vous et votre mari. Nous vivons dans une république, il y a des choses que l'on peut montrer et d'autres qu'il s'agit de cacher. Si tout le monde faisait comme vous, que se passerait-il ? Chacun a le droit à une vie, mais c'est la sienne et les autres n'ont pas à la subir.

— Mais je ne fais rien subir à personne, je ne fais que marcher dans les rues.

— C'est bien ce que je dis ! C'est immonde ! On voit tout ! Il faut que vous arrêtiez ça.

— Quoi ?

— Eh bien ça, là, ce que vous avez sur vous, me dit la voix.

— La peau ?

— Oui.

— Je dois arrêter la peau ?

— C'est ça.

2008 Adèle n'a pas le droit semble-t-il mais elle continue quand même à se parcourir

Elle est bien une enfant du XXIe siècle, le corps a tout envahi, on ne voit plus que lui

Dans un joli double mouvement : rien qui dépasse, pas de vagues, lissage extrême des formes, qui par ailleurs nous pètent à la gueule, ratiboisées, démembrées, mille morceaux

Pour autant ne montrez pas de chair à l'écran c'est débectant

Rondeurs photoshopées, culs aplatis

Notre corps nous alourdit, on voudrait bien l'effacer, le commander, le polir, il nous encombre, si on pouvait baiser sur écran ça nous arrangerait

La mort a depuis un siècle quitté la cité, elle n'est plus la bienvenue, on ne souhaite plus la voir

On ne veut plus souffrir, on meurt loin des regards

On n'a plus que ça un corps, on veut le soigner

On avait longtemps pensé que nous nous insérions dans un tout, que nous n'étions pas seuls, intégrés au cosmos et au divin, mais depuis la mort de Dieu et le règne concomitant de l'individu, le lien a été rompu, et notre monde s'achève là où s'achèvent nos pieds

Alors ce seul petit tas de matières qui est à nous on va en prendre soin je peux vous l'assurer

2009 Adèle voudrait écrire l'histoire du monde grâce aux seuls corps. Peut-être n'a-t-elle voyagé que pour cela, elle le comprend maintenant. Elle sait que les visages, les gestes, les bras, les manières de se déplacer, de jouir, de crier, de parler disent tout des hommes. Il suffirait de bien tendre l'œil pour tout comprendre.

Elle voudrait savoir à quoi ça rassemble, le XXIe siècle. Elle voudrait savoir quelle forme ça a. Elle observe les silhouettes pour cela. Elle regarde de loin et de très près, elle alterne, cellules, bactéries, flux, reflux, puis elle s'éloigne et elle voit comment ça tient, comment ça penche, ce que tout ça crée dans l'air. Et alors peut-être que cette silhouette isolée lui montrera la forme globale des choses. Faut voir.

2011 passe vite, c'est une année comme une autre, Adèle manque un peu d'envie ça arrive.

2013 elle ne connaît pas le nom des choses, elle ne l'a jamais su mais elle les observe – elle ne sait pas comment s'appelle le dôme de cette église là-haut dans le ciel de Provence bleu doré et elle s'en fout –, elle regarde la beauté comme une chose lointaine – certes elle connaît les noms des cellules du sang : les leucocytes (globules blancs), les érythrocytes (globules rouges), les thrombocytes (les plaquettes) ; elle connaît les noms des muscles et du chanteur de The National, le plan du cerveau et celui de Buenos Aires, de New York, de Berlin, mais elle se fout de *savoir*, elle ne veut pas savoir, elle voudrait autre chose sans pouvoir vous dire quoi ; peut-être toucher la pellicule, être dedans, et ça c'est très compliqué, a priori on *appréhende*, on *comprend*, *regarde*, on *analyse*, mais on ne peut pas *entrer* – enfin dans un corps, oui, dans une église, dans la terre, mais dans la texture du temps ?

2014, 2011, 2012, 2013, on s'y perd dans les chiffres, c'est finalement la même histoire, un siècle qui ne démarre pas, qui patauge dans le sang frais et l'absence, 2014 c'est pire encore, terrible gueule de bois qui dure depuis vingt-cinq ans déjà, et Adèle non plus ne dessaoule pas, elle s'efforce de comprendre, si encore on pouvait engager ses forces dans un camp ou dans l'autre, mais les puissances en présence sont parfaitement ineptes.

Alors elle retourne à ses fleuves intérieurs et aux amas de matières dans l'espoir d'y trouver quelque chose – elle est cette enfant du XXIe siècle, obsédée par son petit amas de chair, qui plonge à nouveau vers l'espace du dedans.

IVe MOUVEMENT

1

Pour la première fois de l'histoire de l'humanité, la réalité et sa représentation ont coïncidé. Jusqu'alors, seul le réel lui-même était multiple, profus, multidimensionnel, ouvert, dilaté, quand sa représentation, aussi profonde et dense soit-elle, demeurait plane, fixée, à échelle réduite.

Ellen Moody, assise à sa table en bois brut, un œil sur la baie de Rio, a ouvert l'écran de son PC entièrement recouvert de stickers rouges, noirs et argent.

On peut enfin, grâce à un ingénieux système de transmission de données, de câbles, de connexions mis au point par le travail conjoint de brillants cerveaux, non seulement atteindre la complexité du réel, mais la dépasser. Dans ce processus, Internet a bien sûr joué un rôle décisif. Jamais, dans l'Histoire, une organisation physique (car le réseau, aussi impalpable qu'il paraisse, est de la pure matière) n'avait atteint un niveau de sophistication tel qu'il permette à l'homme de visualiser, littéralement, l'infini. Jusqu'alors, nous n'avions eu que le cosmos pour entrevoir, non sans peur, l'incarnation physique de l'idée d'infini. Mais l'univers n'intéresse plus guère en ce début de XXIe siècle (la tendance sera bientôt inversée). Demeure le réseau, à l'image de son créateur : inconsistant, incohérent, multiple, génial & absurde.

Oxana Amaliev est étendue encore à cette heure sur son lit, d'où elle lit du bout de l'œil ce délire abscons.

Tout, absolument tous nos gestes passés et nos pensées à venir, toutes nos œuvres, nos vices, nos tentatives, toute la mémoire du monde et son présent se trouvent là sur le réseau ; c'est une chance absolue, mais l'homme n'a que faire de ce type de merveilles. Le reflet qu'elles lui renvoient est trop violent. Comment pouvons-nous être si vils, pense-t-il, si lâches, si vains, nous qui avons bâti cathédrales et pyramides ? C'est la faute de l'outil, du médium, ça ne peut être la nôtre. C'est la faute du réseau, qui se fait passer pour un miroir fidèle et déforme nos intentions. Le réseau est devenu un monstre incontrôlable qui ne sait plus ce qu'il dit ni ce qu'il montre. Il sera bientôt temps de lui couper la tête. Et les hommes abattront la Bibliothèque de Babel, qui s'effondrera dans un immense fracas. La mémoire du monde enfin à terre, l'homme repartira d'un bon pas, oublieux, vidé, comme il avait toujours aimé l'être – son allure ainsi sera plus vive, et son humeur plus allègre, sans le poids des pensées et des jours.

Khan s'est allumé un joint, nerfs en pelote aujourd'hui comme chaque jour, continuant son errance sur le forum 4chan, loin de ce délire.

L'idée était née un soir au cours d'un repas entre Werner et Lin. Ils se voyaient de plus en plus souvent. Werner admirait la vision et la vitesse d'esprit de Lin, Lin le parcours et la puissance de Werner, qui semblait toujours aussi actif et vivace, à soixante-seize ans maintenant.

— Il y a quelque chose à faire, a dit Werner. On pourrait essayer de réunir toutes les forces vives du réseau. Elles le sont déjà, mais les réunir physiquement. Pour tenter un grand coup.

Ils ont fini la bouteille, un mois a passé. Nouveau dîner et nouvelle bouteille, de vin chilien cette fois-ci.

— Mais ton texte ne va pas, a dit Werner. C'est sympathique, mais ça rime à rien. On ne veut ni un conte, ni une analyse, on veut un appel.

Lin a souri. Comme tu voudras, elle a dit.

À tous ceux qui liront ce message. À tous ceux qui hantent les bas-fonds du réseau. À tous les dingues qui bricolent ce joyeux bordel. Nous en appelons à tous ceux qui pensent que nous ne sommes pas allés assez loin. Que cette machine que nous avons construite n'est qu'un aperçu de ce que nous pouvons faire. À tous ceux-là : venez.

Carla Naletto, debout à sa table de travail dans l'angle droit de sa chambre qui donne sur la via della Renella dans le quartier du Travestere à Rome, est arrivée, sans savoir comment, sur cette page vers laquelle toute la rumeur du net semblait la renvoyer. Elle a commencé à lire en suçant la rondelle d'orange de son spritz.

Le réseau, anarchiste, proliférant, avait tout pour échapper au capitalisme, mais ce dernier a le génie d'assimiler tout corps étranger.

Le réseau est aujourd'hui un agent de ce capitalisme, qu'il déploie et duplique et propage, c'est un agent de la bêtise et de la vulgarité.

Or nous pourrions viser l'infini.

— C'est une secte, a pensé Carla en recrachant l'orange dans la poubelle.

Il faut pour cela créer davantage de Zones d'Autonomie Temporaire, ces espaces éphémères de liberté extrême dont parlait Hakim Bey dans son livre du même nom. Internet facilite l'émergence de ces poches de résistance, de ces îlots d'insurrection devenus impensables dans un monde entièrement cartographié, où plus une terre n'échappe au contrôle de l'État. Sur Internet, il y a de l'espace à revendre : "Si la Zone d'Autonomie Temporaire est un campement nomade, alors le web est le pourvoyeur des chants épiques, des généalogies et des légendes de la tribu ; il a en mémoire les routes secrètes des caravanes et les chemins d'embuscade qui assurent la fluidité de l'économie tribale ; il contient même certaines des routes à suivre et certains rêves qui seront vécus comme autant de signes et d'augures", *écrit Hakim Bey. Mais les États et les puissances économiques s'efforcent de contrôler l'intégralité de ce territoire. La lutte se situe là aujourd'hui. Nous en sommes les forces actives. Nous vous proposons de créer une nouvelle Zone d'Autonomie Temporaire. Elle s'incarnera doublement, dans le monde réel et le monde virtuel, bien que cette dichotomie n'ait plus lieu d'être. Nous nous retrouverons dans un lieu précis de l'espace, au cœur même du système qui veut notre perte. Nous créerons un îlot de joie et de fureur, qui s'autodétruira une fois atteints notre objectif et notre jouissance. La matrice est bien trop puissante et vorace pour nous laisser nous installer durablement sur un territoire. Il nous faut donc être mobiles, éphémères, feux follets. Naître ici, mourir là, renaître plus loin.*

Ellen Moody, elle, est née à Christchurch, dans l'île du Sud de la Nouvelle-Zélande. Elle grandit dans une famille protestante, son père ouvrier agricole, sa mère professeure. La grande sœur achète un jour un Mac, sur lequel Ellen, quatorze ans, se jette ; les montagnes sont belles autour mais toujours pareilles. Deux ans plus tard, elle pénètre dans le système de la NSA, l'Agence nationale de la sécurité américaine, pour *voir comment c'est fait.* La semaine suivante, la police frappe à la porte, 7671 West Melton, à l'ouest de Christchurch. Sa mère, surprise, va chercher sa fille, que les agents demandent. Elle ne la trouve pas. Ellen est sur le siège passager d'une voiture qui escalade la face est du mont Hutt.

— Tu sais rouler ? lui a demandé le type en ouvrant la vitre devant le pouce levé de la fille.

— C'est pas toi qui t'en charges ? elle répond.

— Non j'veux dire des pétards.

— Ah oui ça pas de problème.

Ellen en est au deuxième lorsque la voiture aborde l'immense iceberg rocheux planté là comme une dent au-dessus du lac émeraude. L'ascension est raide, sa tête barbote dans un liquide verdâtre. Pour la redescente, elle en roule un troisième, le type, la soixantaine, belle barbe blanche et sourire franc, lui ayant gentiment demandé si elle pouvait.

Le soir, Ellen dort dans sa grange, derrière la maison en bois où il vit une partie de l'année. C'est la fraîcheur du sac de couchage et les sifflements d'oiseaux qui l'extirpent à l'aube de ses songes légers. Elle s'installe sur une petite table dehors, devant un café, où elle s'applique à effacer toutes ses données IP, TCP, tout ce qui pourrait laisser une trace. Le soir, elle repart.

Vingt jours plus tard, elle est à Bangkok. Une multinationale l'embauche pour protéger son serveur d'intrusions étrangères. Mais vite elle s'ennuie. Une fois le gros chèque empoché, elle dit bye bye et part pour New York. Sur son nouvel IBM, elle a Linux, Nmap et Metasploit. Au moment où Donald Trump se déclare candidat à la prochaine élection présidentielle américaine, Ellen parvient à hacker sa boîte mail dont elle déverse le contenu sur le net. Scabreuse, pleine de menaces et de pressions diverses – Trump perd sept points dans les sondages, qu'il récupère une semaine plus tard. Ellen jette son ordinateur dans l'Hudson et part à JFK prendre un avion pour Rio.

C'est sur un nouvel ordi, déjà barré d'une trentaine de stickers, qu'elle lit, ce 3 mai 2015, le texte de Werner Fehrenbach et de Lin Dài qui a envahi les différents forums, wizardchan, 8chan, 4chan. Elle vit depuis quatre mois dans le quartier perché de Leblon. Le journaliste indépendant Glenn Greenwald, qui avait, en 2013, aidé Edward Snowden à rendre publiques les données de la NSA, a ouvert sa porte à Ellen après avoir reçu son mail. Elle vit chez lui depuis, sur les hauteurs de Rio. La vieille villa s'alanguit sous les cris des perroquets. Elle relit le texte de Werner Fehrenbach et de Lin Dài. Cet homme est fou. Cette femme a toute sa tête.

Retrouvons-nous autour d'un objectif précis – en dehors du seul plaisir de nous connaître et de former une communauté éphémère et insurrectionnelle. Les nouveaux fascistes habitent la Silicon Valley. Ils veulent un monde entièrement pur, lavé de toutes scories, ils veulent un monde net, lisse, où passer l'éternité. La mort est sale, le corps est sale, la dépense d'énergie et l'excès sont leurs ennemis jurés. Les transhumanistes contrôlent les plus grandes entreprises du web, qui sont devenues des machines à broyer, à classer, à contrôler. Il y a d'un côté les forces vives qui cherchent la dispersion, l'éclatement, le mouvement, et il y a le nouveau fascisme numérique du contrôle et de l'oppression. Nous vous proposons de leur bouffer les couilles.

Dès 2002, Majd s'était jeté avec fougue dans le réseau, seul espace politique à sa disposition. Il avait grandi dans un pays livré aux loups, la Syrie. L'espace numérique semblait la seule porte d'accès à la salle des machines, quand le monde alentour s'écroulait sous ses yeux. On pouvait plonger sa main sans retour dans ces limbes du net, on disparaissait dans l'interzone, on revenait avec des choses extrêmement douteuses et cela plaisait à Majd, qui avait hérité des ruines et du feu une appétence pour l'extrême. Il investit les forums du *darknet*, les profondeurs troubles, il acheta une arme, ridiculisa des centaines de personnes, débuta son travail de sape. Tout était bon pour étancher sa soif de combat. Il changea vite de nom pour devenir Khan. Il parvint à suspendre le site d'Amazon suite à la décision de placer *Mein Kampf* dans la section Essais historiques. En mars 2008, il gela durant soixante-quinze heures les mouvements financiers de et vers la banque américaine Wells Fargo. Quelques mois plus tard, c'est l'empire des télécommunications AT & T qui subit une infiltration dans son système de sécurité. Des milliers d'adresses mails furent piratées, leurs documents et fichiers partagés sur le web en libre accès. Le FBI trouva le coupable de cette intrusion, un ordinateur dont l'adresse IP indiquait une localisation à Berlin.

Insolent, Khan poursuit donc une brillante carrière de *black hat*, ces hackers du côté obscur. Il a quitté la Syrie dès qu'il a pu pour s'installer à Berlin, où il retrouve d'autres maîtres du réseau. Il parvient, allez savoir comment, à déjouer les plans d'arrestation d'Interpol, du FBI, les mandats d'arrêt internationaux, il n'habite plus ici, là non plus, essayez à côté peut-être. Khan est présentement au troisième étage d'un immeuble légèrement lépreux de

Hermannstrasse, à l'angle avec Jahnstrasse, quand il lit, sur wizardchan, ce manifeste alambiqué qui pourtant l'interpelle. Les types sont sans doute des pédés, ils ressassent des évidences, mais l'idée de sortir le nez de sa tanière, peut-être même de croiser des êtres humains, tout à coup, au cœur lourd de l'hiver berlinois, le séduit. (Un moment de faiblesse, certainement.)

Le cerveau de l'homme est une carte. Nous ne savons pas naviguer. Le réseau est une ébauche. Nous ne savons pas naviguer.

Werner a resservi du vin rouge à Lin et a dit :

— J'ai lancé une idée, il y a longtemps. De mon être malade est née la vision d'un réseau qui permettrait à l'homme d'être mieux que lui-même. Toi, dit-il à Lin, tu as grandi dans cette idée. J'ai peut-être quarante ans de plus que toi, mais nous venons du même œuf. Et cette idée n'est plus. Elle n'a peut-être jamais été. Les utopies ne tiennent pas la distance. Les dirigeants du web n'ont que cette merde de *partage* à la bouche. On va le leur faire bouffer, leur partage. On va libérer les algorithmes de leurs cages.

— J'attends que ça, dit Lin. Le texte est bien, mais il y a quand même un truc qui me chagrine. La réalité est plus complexe que celle que tu décris. Il n'y a pas les forces d'oppression d'un côté et de libération de l'autre, tout cela se mélange. Il y a plein de hackers qui travaillent pour la sécurité nationale ou pour les géants du web, et ces derniers ne sont pas, comme tu le dis, entièrement malfaisants.

— La réalité est plus complexe, bien sûr, je la connais. Mais je simplifie pour être efficace. Les nuances ne servent pas la révolution.

— Entendu, mon caporal.

— Ce qu'on a écrit ne concerne pas des personnes précises, cela concerne les forces en présence, dit Werner.

— Les forces aussi sont mêlées.

— Il y a un combat, Lin, alors il faut deux camps.

Oxana Amaliev fait tourner l'anneau en argent dans sa narine droite. Elle vit derrière Prospect Park, dans le Sud de Brooklyn, pas loin du quartier jamaïcain. Elle se ressert une bière. Elle a d'autres choses à faire que de continuer à lire ce délire, qui ne cesse de la ramener vers Aaron.

Oxana était déjà à cette époque-là connue de Moscou à Washington comme l'une des activistes les plus féroces de la neutralité d'Internet.

Elle employait toutes ses forces à débloquer les cadenas informatiques, à partager les informations, à ouvrir les portes.

C'est à un congrès sur le web qu'Oxana avait rencontré Aaron Swartz, en janvier 2009. Ce garçon de vingt-deux ans avait grandi d'un coup, il en avait gardé une allure empruntée, des oreilles décollées. Son cerveau cavalait à toute blinde sur les passerelles numériques.

Depuis l'âge de cinq ans, Aaron bricole avec une virtuosité sans égale. À douze ans, dans le sous-sol familial, Aaron crée The Info Network, une plateforme qui anticipe Wikipédia en proposant à tous les utilisateurs d'y rassembler gratuitement leurs connaissances. À quatorze ans, il participe à la création du format RSS, qui structure tout l'hypertexte du web en offrant un aperçu rapide des mises à jour des autres sites, puis aux débuts des Creative Commons et de Wikipédia. On l'invite à de nombreux congrès et colloques, où sa tête dépasse à peine du pupitre. Mais lorsque Oxana le recroise dans cette salle à manger sans âme de Boston, Aaron est livide. Depuis qu'il s'est introduit, le 19 juillet 2011, dans la salle de câblage informatique du MIT, la grande université de la côte est, pour copier sur son ordinateur 4,8 millions d'articles scientifiques qu'il considère à vocation publique, le FBI ne le lâche plus. La procureure se veut d'une fermeté exemplaire. Sur le papier, le délit est en effet passible de trente-cinq ans de prison et d'un million de dollars d'amende. Mais tout inciterait à faire preuve de clémence : la bonne volonté du garçon, son jeune âge, son intelligence et sa santé mentale extrêmement fragile – Aaron est depuis l'enfance sujet à des crises de schizophrénie – ainsi que l'ampleur somme toute anodine du délit. Ces articles que j'ai copiés, comme l'ensemble de la connaissance, devraient être accessibles à tous, proteste Aaron. Mais nous sommes en 2011 et la peur d'Internet est grande chez les autorités politiques et juridiques, à qui cette zone de non-droit s'apprête à ôter le monopole du pouvoir. Il faut frapper fort. Aaron Swartz, avec sa tête légèrement inclinée, son sourire désarmant, sa fébrilité et son obstination de militant, est la victime idéale.

Oxana et Aaron échangent quelques mots, puis chacun repart vers sa vie et ses meubles.

Le 12 janvier 2013, Oxana se prépare un thé aux fruits rouges, se le verse, presse trois oranges, s'assoit, allume son ordinateur. Des mots s'inscrivent sur l'écran qu'elle ne comprend pas. Aaron Swartz s'est pendu dans son appartement de Brooklyn, à quelques centaines de mètres d'ici, dans la nuit de dimanche à lundi. Son procès en appel allait bientôt avoir lieu. Les yeux d'Aaron, sur la photo qui illustre l'article, brillent. Oxana va marcher dans l'air glacé. À l'angle de Prospect Park, sa décision est prise. Elle rentre chez elle en courant.

Le lendemain, la quasi-totalité des articles du MIT qu'Aaron avait téléchargés sur son ordinateur sont mis en ligne.

Le surlendemain, Oxana part vivre en Norvège. Elle s'installe dans une cabane vers Stryn. Elle y retrouve une amie virtuelle et parfaitement réelle. Ses frais étant limités au strict nécessaire, elle peut vivre comme elle l'entend. Elle mange du poisson frais, fume des cigares dans l'air vif du soir, elle poursuit son travail de sape.

Lorsqu'elle lit le texte de Lin

tous ceux qui empêchent que l'intelligence circule de manière aussi fluide seront

elle se dit qu'elle pourrait aller y faire un tour.

Ce manifeste est beaucoup trop long et vous savez tout cela aussi bien que moi. Les détails du plan, nous en débattrons une fois que nous serons tous réunis. Nous vous attendons. Faisons de cette réunion une fête immense, un grand feu de joie. Faisons date.

Le lieu de réunion vous sera communiqué en temps et en heure.

Lin relève la tête.

— Ça va marcher ?

— Ils n'attendent que ça, dit Werner.

Ils finissent l'énième bouteille de vin, totalement ivres à présent. Werner regarde le long corps androgyne de Lin, se demande comment on doit se sentir dedans.

— Tu crois qu'ils sont où nos deux fuyards ? dit Lin.

— Ils ont dû former leur propre Zone d'Autonomie Temporaire.

2

La voiture siffle dans l'air chaud du désert d'Arizona.

Adèle et Álvaro roulent depuis des jours, combien, ils seraient incapables de le dire.

Ils passent Phoenix, Tucson, Lordsburg, El Paso. Ils s'enfoncent.

Ils avaient vu ça dans des films. La bagnole, l'espace autour, les vitres ouvertes pour que ça rentre dedans. Ils ne voudraient pas tout faire comme au cinéma mais enfin quand même c'est tentant : un pied entre la vitre et le rétroviseur, du rock sale, des grands cris dans le grand rien, qui s'essoufflent dans un écho, l'amour à l'arrière, le vent. Ils sont tous les deux nés d'un film, les rêves et les effrois ça avait commencé sur bobine, ils jouissent d'y revenir, comme les bêtes à leur créateur. Les pieds nus d'Adèle penchent côté droit, elle redresse ses Ray-Ban et s'allume une blonde. Elle crache la fumée sur le côté. Elle les avait pourtant vus les paysages à la télé. Mais les couleurs on les distingue toujours mal. Et c'est au-delà (ou en deçà) des rêves, en tout cas ça ne coïncide pas. Ils s'enfoncent dans le rouge mat des canyons.

Álvaro s'appelle Joaquín désormais. C'est plus pratique. Il a tout laissé derrière lui, sa peau brûlée, sa carcasse lourde ; il reprend peu à peu possession de son corps. Il mange avec les mains, il écoute le vent déferler dans ses oreilles, il prête attention aux ondulations, aux silences, aux pointes de vitesse. Il ne s'oublie pas dans les accélérations folles de cette bagnole, il se trouve.

Et puis il passe ses mains sur un autre corps que le sien.

L'animal règne en eux. Il s'agit de défaire les acquis, les nœuds, les amas de raison pour retrouver l'usage sauvage de ses membres. Adèle et Álvaro se déplacent à l'instinct. Ici ils adoptent le vol à pic des aigles, là se font coyotes et renards, l'oreille aux aguets dans les herbes hautes et sur les pierres, le muscle bondissant. Ils se détachent des meutes. Ils ouvrent les vannes et jaillissent en condors à la peau violacée, ocelots aux yeux radars aguerris à la chasse. Ils avancent ainsi, repérant le danger à des kilomètres, avisant la jouissance aussi et la chair tendre.

Ils se font pierres.

Dans le désert couleur vin qu'ils traversent aujourd'hui, ils se fondent dans la roche qui lentement tourne au jaune calciné depuis des millénaires par le soleil, puis au blanc aveuglant ; tout n'est ici que morsure, teintes perdues au fond des âges.

Ils coupent le moteur et sortent dans la chaleur extrême écouter le temps concassé par les étendues désertes. Aucune pensée, aucune histoire ne peut exister dans cette ardeur. Tout s'étire vers l'infinitésimal.

Ils marchent ensuite jusqu'à sentir leurs mains brûler, la vie s'en écoulerait bientôt s'ils continuaient, ils font demi-tour en économisant leur souffle, la voiture est restée seule tout là-bas au bout du ruban gris perdu dans l'immensité blanche.

Ils repartent.

Ils dorment ce soir-là sur un bord de route, sièges baissés, allongés dans l'air glacé qui s'échappe en blocs épais des bouches d'aération.

Ils se réveillent avec les lueurs.

Ils traversent des étendues qui insensiblement passent de la roche calcinée à la colline herbue, de l'infini jaune étalé à la pierre crayeuse. Il n'y a plus de nom aux choses, qui sont revenues d'elles-mêmes à l'essence de leurs textures. Tout se distingue à la couleur et à la matière.

Ils ont déchiré les plans et investi le territoire.

Ils regardent les paysages minéraux défiler. Adèle fume une clope à la fenêtre. Elle ne pense plus à rien. Elle monte le bruit de la radio, recrache la fumée. Álvaro est si loin qu'on dirait qu'il dort.

On est arrivés ici à ce stade ultime du spectacle où l'on est spectacle sans même le désirer, en le refusant, en lui crachant à la gueule, on est fiction en voulant être réel. Les États-Unis d'Amérique n'existent pas, pense Adèle, ils n'ont jamais existé, ils sont pure création conjointe d'une dizaine de régions du cerveau, dont le lobe occipital et le précunéus, lesquels créent des formes imaginaires (qu'elles soient géométriques, spatiales, narratives) aptes à faire saisir au reste du cerveau ce qu'il fait là sur cette planète. Ce pays, dans sa grandeur et sa bassesse, a compris que la fiction est le seul élément qui pourra éventuellement nous faire comprendre quelque chose à ce bordel, ou tout au moins nous le faire croire. Il s'est consacré à en produire. Et maintenant, pense Adèle, maintenant que nous sommes *dans* le décor, tout perd sa contenance. Tout ici a été confisqué par la soif d'entendement des hommes, qui ont réduit en cendres les pierres et les roches, les oiseaux et les fleuves, au service de la fiction.

— Tu fais quoi avec ta main là ? demande Álvaro.

— Ben je l'avance.

— Vers ?

— Le rien.

Elle en rêvait pourtant de cette errance dans les canyons, et elle ne pouvait pas espérer mieux, une cavale avec un écorché aux yeux verts, c'est prodigieux, il manquerait plus qu'une sirène de flic résonne dans le désert. Elle aurait voulu que ce soit réel. Peut-être qu'elle y est, enfin, que la seule chose réelle c'est la fiction. Elle voulait atteindre les choses, elle s'en souvient ; il n'y avait sans doute pas plus con comme idée. En tout cas, elle est plus dedans qu'elle ne le sera jamais.

Katty Flores est assise sur le sommier de la chambre n° 24 qui ploie légèrement sous son cul. Elle a dérapé sur le parking de ce motel de Gravepine, à une centaine de kilomètres au nord de Los Angeles, est montée quatre à quatre, s'est approchée lentement de la porte, l'a défoncée à coups de pied, "contre le mur !", mais rien, plus personne, elle a laissé son bras baller dans le vide. Elle a fouillé la chambre, a retrouvé la puce de l'autre côté du lit entre les touffes de cheveux et les cils.

— Il y a bien cette puce, avait déclaré Ray Ward, l'un des chirurgiens du Cube, lors de l'interrogatoire.

On l'avait implantée au Mexicain au tout début. L'idée de M. Hayes était de contrôler le diabète, la tension, la circulation, mais il y avait également un localisateur dedans. Au cas où.

L'assistant de la commissaire Katty Flores n'avait eu besoin que de vingt minutes pour retrouver sa position géographique sur son ordinateur. Katty avait observé un moment le petit point rouge se déplacer vers le sud.

La veille elle avait trouvé ça étonnamment esthétique cet homme qui baignait dans son sang, un bistouri dans l'œil. Elle n'avait pas eu ce mouvement de recul qu'elle a parfois, et pourtant le spectacle était plutôt gore, mais quelque chose lui avait plu, la disposition du corps, la lumière autour, l'irruption du carmin lourd dans cette immensité blanche. Elle feuillette le dossier judiciaire. Parker Hayes est une sommité mondiale et une des grandes figures de la Silicon Valley. Il est actuellement aux urgences du Saint Francis Memorial Hospital, *son pronostic vital est engagé*. L'inspection des lieux a débouché sur des découvertes étonnantes. Il y avait notamment des organes et des fœtus congelés dans des frigos, et tout un étrange arsenal de recherche. Katty arrive à la page 56 du dossier. Elle se demande pourquoi elle lit ces merdes. Tout est déjà réglé en fait.

Katty a mené les entretiens avec son collègue Travis. Ils ont fait passer tous les employés du Cube, les secrétaires, les chirurgiens, les chercheurs. La situation est très simple : on connaît l'identité du type qui a planté Hayes, il s'appelle Álvaro Beltrán, de nationalité mexicaine, arrivé aux États-Unis illégalement, vraisemblablement en 2015. Il a pris la fuite, selon les témoins, dans la voiture du chauffeur de

Parker Hayes. Que faisait-il au Cube ? Les chirurgiens ont déclaré qu'ils étaient sur le point de l'opérer. Du foie, a précisé l'assistant chirurgien, les pommettes tuméfiées. C'est en page 78. Bref tout cela est étrange, mais toujours est-il que ce Mexicain a pris la fuite, avec une des chercheuses qui travaillait là, et qui s'appelle Adèle Cara.

Lee Tyber, le chef du département de police de la ville et du comté de San Francisco, donne une conférence de presse deux jours après la tentative d'homicide – Parker Hayes flottant pour l'instant dans les limbes, sans que l'on sache s'il en sortira un jour. La majeure partie des informations rassemblées par les équipes du SFPD sont divulguées à la presse. Lee Tyber répond à quelques questions de la meute de journalistes présents, puis remonte les quatre étages jusqu'à son bureau.

— Ah putain les cons, dit Oscar Ordóñez, chef de la section interne de la police fédérale à Mexico.

— Quoi, dit Carlos Menéndez, à côté.

— Il faut toujours que ces putains de gringos nous foutent dans la merde. Bon prépare-toi Carlos. Tu pars tout de suite.

— Où ça.

— J'en sais rien où, à Los Angeles, San Diego, Tijuana, où tu veux bordel, mais tu mets la main sur ce type. Avant eux.

— C'est qui.

— C'est le prof qui était avec les étudiants à Iguala. Tu te démerdes tu le ramènes.

Carlos Menéndez fait partie de la division coup de poing que l'on envoie toutes les semaines ou presque en mission commando à la frontière.

— Tu pars avec Andrés.

— Le gamin.

— Ouais. Il a du nez.

— Très bien, mais on n'a aucune piste. Et je peux pas l'arrêter aux États-Unis.

— Qui t'a dit de l'arrêter ?

Avec toutes ces histoires de peaux et de terre rouge, Adèle et Álvaro ont oublié de changer de voiture. Ils l'ont pourtant rechargée à une borne, ils se souviennent d'elle, mais ça semble plus vraiment un problème. Il faut dire qu'on est plutôt bien dedans. De retour dans son bureau de San Francisco après sa tentative d'arrestation ratée, Katty suit les mouvements de la Tesla qui traverse le Texas.

— Vous voulez y aller quand ? demande son collègue Travis.

— J'attends, répond Katty.

La bande de hackers qui travaillent depuis des années au service du département de police de San Francisco sont parmi les meilleurs du pays. Katty traite directement avec Zach Toplan, un *nerd* au teint étonnamment hâlé, qui n'a eu aucun mal à géolocaliser l'une des cinq Tesla achetées en septembre 2014 au nom d'une des entreprises dirigée par Parker Hayes.

Le petit point rouge se déplace. Et le téléphone de Katty sonne.

— Ici Carlos Menéndez, de la police fédérale de Mexico.

— Bonjour.

— Je viens d'avoir votre supérieur. Vous travaillez sur le cas Álvaro Beltrán.

— Hm.

— Il faut que nous collaborions.

— Je n'ai pas besoin d'aide.

— Je vous parle pas d'aide, je parle de collaboration. Votre supérieur vient de donner son aval.

— Il faudrait plutôt l'aval des autorités fédérales, voyez-vous, cher M. Menéndez.

Carlos rit dans le combiné.

— Vous n'avez pas l'air de comprendre. Álvaro Beltrán était présent lors des événements d'Iguala. Il doit témoigner dans cette affaire auprès de la commission internationale en charge de l'enquête.

— Je suis au courant. Il se trouve qu'Álvaro Beltrán vient de commettre une tentative d'homicide volontaire sur le sol américain. Selon la loi internationale, c'est ça qui est prioritaire.

— Je peux vous aider à le retrouver.

— Je vous remercie, mais je sais où il est.

Adèle et Álvaro retrouvent l'animal en eux, en deçà du chien, en deçà du porc, pure gestuelle et cris.

Il s'agit pour cela d'être enfin là où est son corps.

Adèle et Álvaro s'y emploient tout le jour.

Ça semble facile or il y a des siècles d'exercice contraire derrière eux, des atavismes lourds de violence, de contrainte, de puissance retenue. Ils s'y efforcent pourtant. Il faut plier les muscles, forcer, il faut détaler, se déployer dans l'air, enfoncer ses pieds dans la terre et pousser, il faut tout un ensemble de manœuvres pour parvenir à reprendre le contrôle de nos corps-machines. Ils piaffent, ils s'emballent, ils galopent. La moitié de la journée est composée de bruits, de sons inaudibles qui seraient des mots en d'autres circonstances. Ils se touchent lentement. La peau s'augmente au contact. Ils s'attrapent plus fort : ça ne fait plus mal, on se sent exister. Ils se frottent, se lèchent, se parcourent inlassablement : là il est debout contre la portière et elle est de dos, il la pénètre lentement à côté des yuccas, il la pénètre et ils crient, elle attrape ses fesses et lui dit d'avancer, il accélère, ça dégouline entre ses jambes à elle, il veut rentrer dans sa peau, elle se retourne et s'assoit sur le capot arrière, il se glisse à nouveau en elle, c'est mieux, elle est entrouverte devant lui, il baisse les yeux pour voir sa queue aller venir entre ses jambes, il est là, pleinement, elle lance ses cheveux vers l'arrière, il continue à venir de loin pour buter contre son aine et son cul, il n'a jamais de sa vie connu quelque chose d'aussi puissant que d'aller venir là, il le lui crie, elle ramène sa tête contre son torse, elle hurle, il sent que tout le brûle, elle attrape son corps et ramène tout vers elle, ils tombent à terre.

Ils ne pourraient pas dire le jour. Ils pourraient dire l'heure. Ils s'orientent au soleil et à l'odeur.

Adèle réapprend les gestes. Elle se souvient qu'en Inde, au Brésil, aux Philippines, elle avait tout recommencé depuis le début : l'élocution, la pensée, le regard, le déplacement dans l'espace. Le voyage avait consisté en un nouvel apprentissage d'à peu près tout. Mais ce qu'ils font en ce moment avec Álvaro n'a rien à voir avec un voyage. Si cela porte un nom, elle ne le connaît pas.

Loin derrière elle les indécisions. Tout est clair, tout est décidé, il suffit d'avancer. Il n'y a plus lieu de douter, puisqu'il n'y a plus de lieu, plus de décisions à prendre, plus de vertiges du temps. Ses mains ne ripent plus sur les choses, elles les attrapent, elle a trouvé la précision et l'instinct du prédateur.

Elle redécouvre son corps entre les mains d'Álvaro.

Elle ne reviendra pas.

Elle n'aurait plus rien à faire devant un microscope. Elle *est* le microscope. Elle est dans la chair, le sang, les nerfs. Quand elle roule, quand elle se jette dans les rivières glacées, quand elle fait l'amour, elle est dedans à un point presque insoutenable.

Elle ne reviendra pas.

Ils sont au sud de Leakey, Texas, lorsque cela se produit. Cela s'est imposé au cours des derniers jours comme une évidence. Álvaro, au volant aujourd'hui, accélère. Au loin là-bas l'immense mur de la frontière brille d'un gris métal sous le ciel. Dans ce sens ça devrait passer.

Et ça passe effectivement, les douaniers mexicains regardent leurs nouveaux passeports, leurs nouvelles gueules, quelques questions à peine, ils leur font signe de passer.

— J'ai pas senti, dit Adèle.

— Quoi ?

— On est au Mexique.

— C'est le désert. Des deux côtés. Alors.

— On est chez toi.

— C'est pas chez moi.

La Tesla trace son sillon rouge terre entre les agaves et les nopals. Adèle monte la clim. Dehors, ça bout. Parfois ils parlent aussi. Ils ne viennent pas de la même langue, ils ne connaissent pas la vie de l'autre, mais ils savent déjà tout, ils ont reconnu la race, le sang, l'odeur. Frères. Sœurs. Amants. Ils se connaissent corps à corps. Parfois ils parlent mais ce n'est pas nécessaire. Ils se sont déjà parlé et ils l'ont fait sans mots.

Ils traversent ce désert plus vieux que les hommes. C'est le même rouge vif qu'au Sud-Texas. Comment s'appelle-t-il ce désert. Sonora peut-être ou Mojave. Álvaro écoute le son des pierres sous les roues.

Le Nord du Mexique est ce territoire aveugle dans lequel on avance masqué par les images des pendus et les nappes de chaleur. Álvaro a traversé un bout de cette suite éperdue de cactus, de camions et de morts, mais il ne connaît pas, lui non plus, le lieu du désastre. Il s'en fout à vrai dire. Il veut vivre sa vie à présent, et il lui faut pour cela refaire le chemin en sens inverse, brûler définitivement la piste, dans l'espoir de ressortir de l'autre côté, mort ou vif.

Ils dorment ce soir-là dans la voiture, à l'ombre de quelque chose qui produit allez savoir comment de l'ombre, la nuit tout est frais et comme suspendu, ils sortent enfin de l'antre et marchent tous les deux sous le ciel noir. Le silence fait peur à force d'être. Noir partout, sous les pieds dans les cimes. Mais il y a ces lumignons qui saturent le ciel. Ils marchent main dans la main sur le sol craquelé. Ils n'ont rien à faire là. Ils ne se connaissent pas. Ils n'ont jamais aussi peu douté de leur existence et du lieu où elle se déploie.

Adèle a toujours été un cheval mal dompté. Elle sait depuis l'enfance que les espaces confinés ne lui conviennent pas. Ce n'est pas une vertu, ce n'est pas un vice, c'est ainsi, elle a le sang qui bout fort et de travers. Si elle n'étend pas ses jambes, l'espace lui pète à la gueule.

Elle lâche un moment la main d'Álvaro. Tant de calme dans l'air la blesse. Elle voudrait disparaître là-dedans. Elle se souvient d'un jour, elle marchait à côté de son père, c'était un champ dans l'été, elle ne comprenait rien à ce qu'il y avait autour – des écorces, des chemins, le ciel. Tout cela était très beau mais n'avait aucun sens en soi. Les jours ont passé et elle n'y comprend toujours rien. Pourtant, comme à rebours, elle avance vers un accord. Elle n'y comprend rien, hier c'était vert prairie, aujourd'hui c'est noir-jaune nuit, mais les éléments du tableau lui semblent étonnamment en place. Et pourtant du sens, il y en avait nécessairement plus dans l'enfance. Les choses paraissaient données, elles ne le sont plus. Tout est plus lent, lourd, emprunté. Mais allez savoir pourquoi elle s'y sent bien. Elle marche dans le désert avec un garçon, elle ne sait pas où elle est, mais elle a moins mal en elle.

Ils marchent encore un moment sous le ciel immense. Et puis il faut retrouver la voiture, éviter les serpents, écarter les pierres. Ils allongent les sièges, étendent leurs jambes, s'enlacent, s'endorment.

Ils avalent le Mexique à l'envers. Ils avalent les agglomérations, l'infini rouleau gris, les bords de route et les bicoques en tôle, ils enfilent la plaine volcanique, les montagnes enneigées, les oasis et les sols secs. Ils avalent le Mexique mais en réalité leur géographie n'est plus strictement personnelle. Ils s'attachent à autre chose. Ils ne nient pas que le monde existe et qu'il change d'aspect à chaque instant, ils ne nient pas que le réel ici a des formes spécifiques, non, mais cela ne les concerne plus vraiment. Ils entrent ailleurs.

L'Histoire et la société ont brutalisé leurs corps comme ceux des autres. Ce sont des siècles de force exercée contre leurs squelettes qui ont modelé leurs silhouettes. Des générations de coercition, de pliage, de froissement, de dilatation, d'expansion, de démolition. L'espace du dehors et du dedans sans cesse en opposition. Il s'agit pour eux de refaire tout le chemin en sens inverse pour retrouver l'agilité, la puissance, l'aisance perdues. Il faut remonter en soi jusque-là et c'est une route sans fin.

Ils auront bien le temps ensuite, pense Adèle sur cette route qui file vers le Guatemala, de relier l'animal à la société.

Quand Adèle se gare sur ce parking de l'hôtel en périphérie d'Antigua, elle repère directement la plaque et la voiture. Elle renifle la bête. S'il y a quelque chose qu'elle n'a pas oublié, c'est qu'ils sont traqués. Adèle se gare. Il y a quelqu'un dans la voiture. Une femme en sort : elle s'est trompée, c'est personne.

On frappe le lendemain matin à leur chambre au 1er étage. Adèle est déjà debout.

— Oui ?

— Veuillez ouvrir la porte s'il vous plaît.

Voix de femme tranchante. Adèle entrouvre la porte protégée par le loquet, derrière lequel apparaît un badge SFPD, police de San Francisco. Deux paires de bottes. Adèle ouvre la porte. La femme vient droit sur elle.

— Nous avons un mandat, vous êtes en –

Álvaro jaillit de la salle de bains et lance sa batte de base-ball sur la gueule de Katty, qui gicle sur le lit. La batte s'abat sur les côtes de l'autre flic derrière elle. Adèle menotte les pieds de ces deux masses qui gigotent. Álvaro les fait glisser sur le côté. À terre, les deux flics râlent. Álvaro charge son flingue et leur tire une balle dans chaque pied.

Deux flics américains ligotés dans une chambre d'hôtel au Guatemala avec deux balles dans le corps : l'histoire fait évidemment la une des journaux.

— Finalement là vous allez peut-être avoir besoin de mon aide, dit Carlos Menéndez à Katty Flores, alors qu'une infirmière lui bande la jambe.

Elle se tourne vers le large type qui vient de passer la porte de sa chambre d'hôpital.

— On n'est pas au Guatemala ici ?

— Si, répond Carlos, mais eux ils acceptent de collaborer avec nous. Ils étaient deux, c'est ça ?

— Oui.

— C'était la fille avec lui.

— À votre avis ?

Carlos pose une main sur l'épaule de Katty. À ses doigts, trois bagues.

— Vous n'avez pas bien compris. La position de force, vous ne l'avez plus, dit-il en enfonçant sa main dans la matière blanche.

— Qu'est-ce que vous voulez ?

— Votre ordinateur.

3

— On est quand même un peu cons, non ?

— Complètement oublié la voiture.

Adèle a roulé jusqu'à ce parking de supermarché, dans la banlieue de Ciudad de Guatemala. Ils sont descendus et ils ont crocheté ensemble cette bagnole oubliée dans un coin. Qu'Adèle n'a pas eu de mal, cette fois-ci, à démarrer.

Ils repartent.

— Oh putain j'ai oublié ça aussi, dit Álvaro.

Il attrape son ordi égaré sous un siège, ouvre le document *No Name 3*, relit le texte qu'il avait écrit des semaines auparavant, coupe, refait.

Il ouvre le navigateur. Pas de wifi ici.

— Tu peux rouler un peu ?

— OK.

Álvaro chope la connexion de la cafétéria d'à côté. Il va sur tous les sites consacrés aux quarante-trois disparus d'Ayotzinapa. Il dépose son texte à chaque fois. Il fait de même sur les pages publiques de Facebook *(Escuela Normal Rural de Ayotzinapa, Somos todos Ayotzinapa, Ayotzinapa vive)* et sur Twitter, avec #43desaparecidos #Ayotzinapa #CrimenDeEstado. Il envoie l'article à la journaliste Beatriz Aguilar. Il passe ensuite une demi-heure sur le site du gouvernement mexicain.

Il referme l'écran, inspire longuement, les yeux clos, avant d'abattre le portable sur son genou, une fois, deux fois, le truc résiste, il le jette par terre, saute dessus, l'écrase avec son talon droit. Il prend alors les deux parties et les balance contre le mur. Il regarde les morceaux disséminés sur le trottoir. Il n'y a plus rien, sous le ciel, qu'Adèle et Álvaro devant ce mur en brique.

À Mexico, aux sièges des journaux, les téléphones se mettent à sonner.

Celui de Carlos Menéndez aussi, dans ce café d'Antigua, où il est occupé à localiser la Tesla sur l'ordinateur yankee.

— Oui ?

— Carlos, c'est Oscar. Ta mission est terminée. Va à l'aéroport et prends le premier avion pour Mexico.

— Quoi ?

— Vite.

Carlos interrompt un moment sa recherche, va sur le site du journal *La Jornada* et il lit :

Je m'appelle Álvaro Beltrán. J'étais le prof d'informatique de l'école normale d'Ayotzinapa. J'étais avec mes étudiants la nuit du 26 septembre 2014 à Iguala.

Je n'ai rien d'autre à dire que ceci : l'armée fédérale et la police municipale ont tué les étudiants. L'État mexicain est une machine de mort. En disant cela je n'apprends rien à personne.

J'ai fui parce que je ne peux rien contre cela.

J'écris ce message aujourd'hui pour dire ce que j'ai vu.

J'ai vu la mort et elle avait les yeux de nos maîtres.

Elle avait, pour être précis, les yeux de Luis Soto, Sergio Hernandez, Arturo Rubio, Juan Carlos López, Rafael Chan… [suit la liste des bourreaux qu'Álvaro avait patiemment constituée au cours des derniers mois, et que Carlos saute].

En dessous, un lien sur lequel Carlos clique. Il arrive directement sur le site du gouvernement mexicain, www.gob.mx/presidencia. Du haut de l'écran descend une immense tête de mort, noir et blanc, qui finit par envahir l'écran entier. Cinq secondes plus tard, un bandeau noir vient se poser sur son œil droit. Ses dents se mettent à claquer. Le crâne est pris de convulsions. L'ordinateur s'emplit d'un rire sonore. Le curseur de Carlos est bloqué, le navigateur aussi.

Les autorités mexicaines mettent une vingtaine d'heures à rétablir leur page d'origine, infectée jusqu'à ses fondations, longues heures durant lesquelles le monde entier vient consulter ce nouveau site glaçant dont les médias se gaussent.

Carlos Menéndez referme le PC. À l'aéroport, au lieu de monter dans l'avion pour Mexico DF, il prend un vol pour Rio de Janeiro. Les derniers appels de son chef hiérarchique restent sans réponse.

Une nuit.

Álvaro se réveille en sueur.

Il est allongé dans la voiture, Adèle dort sur le siège passager.

Il la regarde un moment, ses petits poings serrés contre le visage, puis il ouvre la portière.

Sur lui la douceur de la nuit.

Il marche à petits pas dans la plaine puis sur la roche qui s'élève. L'air frais l'emplit.

Il marche longtemps. Il traverse l'obscurité comme une étendue à part. Au petit matin il est de retour à la voiture, il se glisse sur le siège du conducteur. Il reste comme ça les yeux ouverts jusqu'à ce qu'Adèle ouvre les siens.

Elle roule.

Elle en a marre de la voiture elle aussi.

— On s'arrête là ?

C'est finalement assez beau dehors, une enfilade de montagnes vert Empire.

Il fait oui de la tête.

Ils s'enfoncent dans la jungle. Après une heure de lacets, ils débouchent sur une clairière. Le chemin se rétrécit encore. Adèle arrête le moteur. Ils sortent dans la touffeur et le bruit strident des insectes. La voiture reste là.

Ils marchent longtemps sur le petit sentier qui plie sous le poids noueux des racines. Vert infiniment dans l'odeur puissante des jacarandas. Adèle pose sa main sur le tronc devant elle qui se ramifie en mille divisions moussues. Elle ferme les yeux.

Ils s'enfoncent des heures durant comme dans de la terre meuble. Ils aperçoivent alors une tache de bois rectangulaire. Une baraque.

Il y a une porte qu'ils poussent.

Quelqu'un a dû vivre là, tout est resté en place, étagères, table, un vieux matelas jeté dans un coin. Ils s'allongent dessus.

Un mois plus tard ils sont encore là. Ils se sont installés au cœur de cette masse touffue que ne perce qu'à peine la lumière du jour, ils s'y sentent bien.

Ils marchent tout le jour sur les chemins, croisant singes hurleurs et iguanes, ils s'allongent contre les figuiers étrangleurs et les guanacastes, écoutent le ricanement des toucans.

Ils dorment, font l'amour, ils lisent quelques lignes des deux livres que la personne qui vivait là avait laissés par terre.

Álvaro sourit parfois.

Il se souvient de la rage. Il en avait plein la gueule. Il n'a plus mal aujourd'hui. La rage n'est pas partie, elle ne s'en ira pas, mais il ne la sent plus autant. C'était un truc chaud qui lui troublait la vue, l'empêchait de se mouvoir sans à-coups. Il a appris.

Les gestes plus lents. Ne pas mourir chaque jour. Il avait tellement de rage en lui qu'il ne savait quoi en faire. Il sait à peu près maintenant.

Adèle est assise par terre. Elle regarde autour d'elle. Ça lui suffit.

Le soir c'est l'autre qu'ils regardent longuement en silence.

Puis Álvaro s'endort, la tête sur la poitrine d'Adèle.

Ils n'ont jamais senti ça.

Tout est rond.

Léger, léger.

Oui.

Mais tout cela est presque trop rond justement. Ils ont connu autre chose. Ils ne savent pas comment s'y prendre avec cette forme qui glisse entre les mains. On ne peut pas saisir la paix. Le raide et le pointu on peut. Ils disparaissent pourtant sous ces draps étonnamment blancs, leurs corps s'assouplissent et s'assemblent, ils pourraient vivre ici.

Oui.

C'est toujours le même paresseux qui s'approche à l'heure bleue.

Le temps s'étale.

Álvaro ouvre la valise noire qu'ils ont trimballée jusque-là. Elle déborde de billets, ils n'ont finalement qu'à peine tapé dedans.

Il regarde la jungle immense autour d'eux, leurs deux petites têtes de rien du tout.

— On rejoint la meute ?

— Pourquoi pas, elle répond.
Pourtant tout est blanc ici.
Mais le blanc c'est pas pour eux.

Ils ne se retournent pas sur la petite baraque en bois dans laquelle ils ont vécu.

Le chemin descend jusqu'à la voiture qui s'est tenue là bien tranquille.

Ils referment la portière sur tout ça.

4

Lin est enfermée dans la grande salle du fond à Noisebridge. Il y a des gens qui rentrent, d'autres qui sortent, dont on n'entend ici qu'un lointain frottement de tissus. Elle y est presque. Devant elle, un crâne taille réelle en plastique recouvert de flèches de couleur, de lignes, de points. Il suffirait de quelques stimulations déclenchées à l'aide d'un petit appareil électrique pour provoquer une réaction en chaîne, une sorte de contamination des différentes zones du cerveau, dans des combinaisons nouvelles, jusqu'à irradier l'ensemble de la masse neuronale. À partir de là, l'inconnu. Aucun cerveau humain n'a expérimenté jusqu'à présent une telle configuration. Ces différentes connexions entre les zones cérébrales et cette multiplication des synapses pourraient provoquer un état de conscience entièrement nouveau, une appréhension plus ample et profonde de l'espace et du temps, un niveau de représentation et d'entendement supérieur. Là-bas, loin de San Francisco, ce sera le moment de tenter l'expérience.

Werner voit Lin penchée sur son cerveau.

— Tu pourrais aussi parfois prendre l'air, dit Werner.

— J'ai pas le temps.

Les jours passent et Werner voit bien que Lin s'éloigne chaque fois davantage de l'objectif qu'ils s'étaient fixé tous les deux. Ils avaient bien parlé *grande réunion offensive nouveau fascisme*, mais apparemment il y a eu une légère déviation.

Werner est assis sur sa terrasse qui surplombe la ville. Il se prépare un gin-tonic dans un grand verre avec deux tranches de concombre et quelques grains de café. Le jour tombe pour tout le monde mais pour lui un peu plus. Il est arrivé presque tout au bout de lui-même. La force, il l'a encore, à soixante-seize ans, mais il s'agit d'autre chose. Il vient de si loin, de l'autre côté du temps, il a fait une si longue route qu'il ne sait plus vraiment ce qu'il fait là. C'est bizarre, il avait toujours cru aveuglément qu'il avait un rôle à jouer, que, rescapé du désastre, il avait acquis une force supplémentaire, ou hérité d'une telle masse de terreur qu'il était devenu en quelque sorte increvable, mais brusquement il n'y croit plus. Il s'est ratatiné comme une olive rance. Il s'est tassé. Il voit Lin s'épandre dans l'espace, il observe cette matière mouvante, dense, malléable. Il voudrait s'effacer maintenant.

Werner n'a cessé tout au long du siècle de ressentir ce froid dans sa poitrine, cette lame en marbre plantée dans sa gorge. Toujours quand il les croyait partis, ils revenaient. La lame, le froid. Le bloc dans le ventre. Il a peur. Il a toujours eu peur. Il se demande comment il a pu tenir jusqu'ici et faire tout ça avec une telle masse d'effroi en lui. Il n'y avait pas de raison d'y parvenir. Il est arrivé au bout aujourd'hui. Mais il ne veut pas partir. La peur, toujours. La peur du froid autour.

Ça l'a pris comme ça d'un coup. Hier encore il sentait le contraire. Il sait maintenant que le marbre ni le bloc ne s'en iront. Il a tout fait pourtant pour faire ployer l'espace, pour écrire une partie de la seconde moitié de siècle *contre* la première. Il a essayé. Il s'est livré à cette idée du réseau, qui lui semblait la plus belle et la plus susceptible de vaincre le bloc en lui, de souffler sur les cendres, de repousser l'univoque et la brutalité. Il ne sait pas s'il a réussi.

Et il a Lin devant lui, assise là à sa table, plongée dans le futur. Il savait son propre corps lesté dès le début de mille morts, mais celui-là, ce corps du XXIe siècle, transgenre, transnational, transréseau, hybride, immatériel et parfaitement incarné, ce corps mouvant, flottant mais parfaitement là, ce corps de Lin dont il ne connaît plus ni l'âge ni le sexe mais dont il sait la puissance, l'agilité, la grâce, ce corps-là ira bien plus loin qu'il n'était, lui, jamais allé. Il est né sur les ruines d'un monde, quand Lin, elle, ou est-ce lui, a grandi sur un patchwork insensé de matières, de textures, de flux, plein de trous, certes, mais aussi de ramifications nouvelles et de potentialités sans fin.

Werner regarde la silhouette fine de Lin qui s'agite, se lève, essaie, désosse, démantèle. Rien n'est donné, tout est disséqué, réinventé. Elle fait avec le monde comme elle a fait avec elle-même, elle réinvente les genres et les définitions.

Or elle y est presque, il ne reste plus que ça. C'est la dernière chose qui lui résiste encore.

Le XXIe sera un siècle malléable. Pour elle comme pour les autres, rien n'est sacré, rien n'est *tenu* d'être. Lin a tout réinventé. La machine, son corps, l'existence. Mais elle trouve que ça ne va pas assez vite.

Elle va actionner les leviers. Sa puissance est sa fêlure. Lin veut tout alors pourquoi s'arrêter.

— Viens, Lin, lève-toi, on y va.

Elle a levé les yeux.

— On y va, dit Werner, j'ai trouvé l'endroit.

Lin, fatiguée de protester, s'est laissée faire. Elle a remballé toutes ses affaires, qui tenaient finalement dans deux valises, pas grand-chose, elle a suivi Werner le long des rues, des halls d'aéroport, ils sont montés dans des taxis, une voiture de location, et quand la forêt s'est refermée sur eux, Werner a dit :

— Voilà, on y est.

Lin fait trois fois le tour d'elle-même : des pins, des pins, des pins.

L'air glacé lui emplit les poumons.

Werner avait pensé que le Canada c'était mieux quand même que de rester en territoire ennemi, et puis cette forêt dense au nord de Vancouver présentait de nombreux avantages : isolement, grands espaces, froid rassérénant, parfaite connexion Internet. Et il était (légèrement) moins compliqué pour les hackers de haut vol, bien connus des services de renseignement américains, de rentrer sur le territoire canadien.

Werner et Lin ont installé tout leur attirail dans la salle principale de cette grande maison en bois de pin clair. Werner est allé il y a quelques jours acheter six ordinateurs à Vancouver, sur lesquels ils ont installé Linux, les logiciels nécessaires, dont Tor, et qu'ils ont connectés à la meilleure fibre optique qui soit.

Le soir, il va marcher longuement sur les souches qui craquent sous ses pieds. Lorsqu'il pousse de nouveau la porte en lattes lourdes, Lin est dans la pièce du fond en train de fourailler avec son scalpel dans le cerveau devant elle, dont les différentes aires ont été peinturlurées en rouge, vert, jaune, bleu.

— Lin, on avait prévu autre chose, tu te souviens ?

— Oui oui, je suis prête. T'as balancé le lieu de rendez-vous ?

— Oui. J'ai dit la semaine prochaine.

— Parfait.

Mais elle se fout un casque sur la gueule pour voir si.

— Tu sais que tu commences un peu à me fatiguer là, dit Werner.

Qui avale une fraise des bois.

— Quand on veut inventer l'homme nouveau, a priori on le détruit.

— Je ne veux pas inventer l'homme nouveau, je veux voir jusqu'où je peux aller, *moi*. Je n'emmerde personne. Je suis ma propre expérimentation.

— Tu m'emmerdes *moi*.

— Mais je prolonge ton boulot, Werner. Je prolonge l'idée du réseau, mais vers l'intérieur cette fois-ci.

— L'homme est déjà un réseau. Pas besoin de trafiquer notre cerveau, c'est déjà fait – et bien.

— Tu ne comprends pas, dit Lin. L'homme est une fenêtre incroyable, mais c'est une fenêtre fêlée. Les programmes, les machines, on les monte, les démonte, on les travaille. Si on le fait avec bienveillance, pourquoi ne pas travailler l'homme ?

— Parce que quand on le *travaille*, on entre dans la barbarie.

— Précisément j'en sors.

Mais Werner voit bien que Lin n'est plus vraiment là. Il trouve ça beau en réalité cette idée de totalité à atteindre, Lin a raison, ça a tout à voir avec Internet, même hors connexion, mais là n'est pas le problème – c'est la santé mentale de sa jeune amie qui l'inquiète.

Pendant que Werner câble, siphonne toutes les informations qu'il peut sur Bluesky, part marcher en forêt, dort quelques heures, recommence, Lin reste là. Il est pourtant plus que temps de s'activer, il y a encore plein de choses à préparer pour l'opération.

— Allez, Lin, bordel.

— Non mais tu vois c'est ça. Rien n'est quelque chose *en soi* dans le corps humain, les choses n'existent qu'en lien. C'est fascinant, écosystème à part, règles, propriétés, synapses. Toutes les données se répondent.

Lin s'est assise sur un banc devant l'embarcadère, au bout de la jetée de Fisherman's Wharf. Sur sa droite, en contrebas, le Bay Bridge qui relie San Francisco à Oakland. Le vent tiède qui court sur sa peau génère dans son cortex somato-sensoriel une suite de signaux électriques, en rythme, qui lui donnent cette sensation de douceur et de caresse. Le bleu crème tournée du ciel, le frisottis de l'eau, le liseré autour de l'île d'Alcatraz, le vert des collines au-delà des lotissements, de l'autre côté de la baie, sont traités par son cortex visuel, qui leur attribue, en fonction de la mémoire et des symboles associés à chaque couleur, une tonalité particulière, dans ce cas précis de disharmonie et de beauté. Dans le lobe temporal, les zones auditives recueillent des données sur la force du vent qui souffle. Tous ces événements se produisent à des extrémités de notre organisme, depuis les doigts et les pieds jusqu'au crâne et au cerveau. En tant que tels, ils ne sont rien. C'est leur association qui donne, à 15 h 52, ce samedi 7 mars 2015, l'impression à Lin d'être traversée par une sensation liquide et puissante proche d'une expérience panthéiste.

Malgré tout, ce sont des zones limitées de son cerveau qui entrent en jeu.

Lin découvre alors l'existence d'une unité de mesure appelée Phi, inventée en 2004 par le neuroscientifique Giulio Tononi à partir des travaux du grand théoricien de l'information Claude Shannon. Phi, ou Φ, permet d'évaluer la quantité d'informations traitées à un moment T par le cerveau. Le degré de conscience s'élève en même temps que l'unité Phi. Pour autant, même avec une unité élevée, Lin voit bien sur la cartographie du cerveau que les zones mobilisées par le processus de l'entendement ne représentent qu'une infime partie de la masse ronde.

Lin avait parlé longuement de cela avec Adèle à San Francisco, lorsqu'ils y étaient tous encore. Elle lui avait expliqué en détail le fonctionnement des synapses, ces zones de contact entre deux neurones qui permettent de faire passer l'influx nerveux de l'une à l'autre. Et puis Adèle avait ouvert devant elle un monde nouveau et magique, vert-bleu mouvant autour de la matière grise, en prononçant le mot suivant : *astrocytes*.

— Attendez, je ne comprends pas : on lui a ouvert la tête ? demande le directeur de l'hôpital de Princeton, New Jersey.

— Moi je sais pas, c'est le médecin légiste qui était avec le corps, je n'ai pas le droit d'entrer, vous le savez.

— Fermez les portes de l'établissement.

Le corps d'Albert Einstein est allongé sur la table blanche. Il est mort l'avant-veille, le 18 avril 1955. Ses yeux ont été prélevés, avec l'accord de la famille, par l'ophtalmologiste Howard May pour une série d'études. L'embaumeur a comblé les cavités par une pâte, sur laquelle il a refermé les paupières. Mais le cerveau, pense le directeur, le cerveau devrait être en place, or le crâne a été fendu à la scie chirurgicale, ouvert avec des ciseaux puis recousu à la va-vite.

— Moi je peux vous maquiller ça, pas de problème, mais je voulais vous le signaler, dit l'embaumeur au docteur Wade. On lui a volé le cerveau.

Le directeur se tient la tête entre les mains. Albert. Einstein. Le cerveau d'Albert Einstein.

Thomas Harvey, pathologiste en chef de l'autopsie, est déjà de retour dans son bureau de Princeton. Devant lui, l'objet du miracle. Trois jours plus tard, le reste du corps d'Einstein est incinéré dans un endroit tenu secret. Pendant ce temps, Thomas Harvey étudie l'encéphale. Il fait des photos. Il veut percer le mystère. Il mesure les différentes zones au compas, il fait des photos de coupe. Il pèse le cerveau d'Einstein : 120 grammes de moins que la moyenne. Hm. Il continue. Il découpe l'ensemble en presque deux cent cinquante morceaux de 10 centimètres cubes, qu'il plonge dans de la celloïdine pour les protéger. Les petits fragments sont prêts pour le microscope. Harvey passe des mois à observer les différents échantillons. Avant de disparaître.

Vingt-trois années passent. En 1978, le journaliste Steven Levy retrouve la trace du docteur Thomas Harvey à Wichita, au sud-ouest de Kansas City, modeste ville ceinturée de plaines vert tiède, où le jour résonne des meuglements de vaches qu'on balance contre des grilles en métal avant de glisser un bras dans leurs entrailles pour voir si un embryon s'y cache.

— Vous l'avez encore ? demande Steven Levy devant le portique en fer partiellement oxydé. Un souffle doux parcourt sa nuque.

— Il est tard, monsieur, j'ai besoin de mes huit heures de sommeil, dit Thomas Harvey.

— Je ne vais pas vous ennuyer longtemps.

Harvey a bien vu le regard droit de fouille-merde du journaliste planté sur lui, il sait déjà qu'il ne pourra pas s'en sortir par la seule grâce d'une porte qu'on claque. Il la laisse entrouverte et marche jusqu'au salon.

— Écoutez. Je peux vous faire un thé, une tisane, ce que vous voulez. Mais le cerveau, je ne l'ai plus. J'ai légué tout mon travail au laboratoire de Princeton.

— Il n'y a rien au laboratoire de Princeton, j'ai tout épluché avant de venir.

Harvey soupire. Il se lève. C'est pire que la vermine ces gars-là.

Il marche jusqu'à la porte du fond, descend dans le sous-sol. Levy le suit.

Harvey s'approche d'une grosse caisse, tout au fond à côté du freezer. Il en sort deux bocaux, dans lesquels flottent des morceaux de matière grise et jaune.

— Le voilà.

Dans ce garage recouvert d'une couche de givre des premiers jours de février, Levy ne peut réfréner un léger frisson à la vue de ces restes de cerveau striés de circonvolutions qui ont changé le cours de l'Histoire.

Levy rentre finalement dormir quelques heures inquiètes dans son hôtel de Wichita, dont il quitte l'odeur de caoutchouc brûlé aux premières heures du jour pour rejoindre New York et courir écrire son reportage au siège du *New Jersey Monthly*.

Thomas Harvey reçoit dans les semaines qui suivent une quarantaine de demandes d'interview, dont il refuse les trois quarts, avant de mettre toutes ses affaires dans des cartons et de partir pour la Californie.

Quatre ans plus tard, alors que tous les journalistes du pays se sont épuisés à retrouver sa trace, Thomas Harvey envoie un paquet à Marian Diamond, neurologue à Berkeley, en réponse à ses demandes d'éclaircissement, dans lequel il glisse un échantillon de l'objet du délit. Harvey ne quitte jamais sa maison sans poser une chaîne sur la porte du garage. Une relation épistolaire s'engage entre eux, jusqu'à la parution, en 1985, d'un article commun où ils établissent ceci : la fabuleuse intelligence d'Albert Einstein n'était due ni au nombre de ses neurones ni à leur taille, elle était liée à la circulation extrêmement fluide entre lesdits neurones et les différentes aires du cerveau – et cette circulation, ce sont les astrocytes qui l'assurent. Ces cellules favorisent l'établissement des synapses, nourrissent et protègent les neurones, elles contrôlent le flux sanguin dans le cerveau : sans elles, en réalité, les neurones ne fonctionneraient pas.

Harvey et Diamond démontrent par ailleurs que les lobes pariétaux d'Einstein (lequel ressemblait beaucoup au père de Harvey, juif lui aussi, dont le fantôme visite encore de temps à autre les parages de son nouveau lotissement à Santa Cruz, Californie) étaient hypertrophiés. Son mode de pensée si particulier était peut-être également dû à cette anatomie spéciale de cette partie du cerveau, qui traite et intègre une grande partie des informations sensorielles, comme la vision, le toucher, l'audition, et en particulier la perception de l'espace.

— Donc si on augmentait le nombre d'astrocytes, dit Lin, si on fluidifiait le fonctionnement et la circulation entre les neurones, on pourrait accroître l'entendement, non ?

— C'est fort probable, répond Adèle.

— Et comment il faudrait s'y prendre ?

— Pour favoriser la circulation ? Je sais pas. Ouvrir, regarder. Rajouter des astrocytes entre les neurones, je ne suis pas sûre que ce soit une si bonne idée. Ce serait rompre l'équilibre, et c'est toujours dangereux.

Thomas Harvey se décide alors à envoyer à dix-huit chercheurs disséminés sur l'ensemble du territoire un échantillon du cerveau, accompagné parfois de photos ou de coupes suffisamment fines pour être observées au microscope. Mais il faut attendre sa mort pour qu'on puisse enfin reconstituer, même virtuellement, la totalité du cerveau d'Albert Einstein, grâce à la neuro-anthropologiste Dean Falk. On peut dès lors observer, en 3D, le cerveau du génie absolu flotter dans l'air virtuel – c'est beau, sinusoïdal, et on est bien avancés.

Lin est obsédée par cette même idée d'une totalité perdue.

Werner la voit suer devant son cerveau en plastique.

Elle a fabriqué ces derniers jours un casque entièrement relié à des prises et des câbles pouvant s'appliquer sur le crâne.

Werner voudrait s'approcher encore, entrevoir peut-être la fêlure, la raison de cette fixation. Ce fantasme de l'entier doit venir d'une lézarde, d'un pli à déplier. Mais où ? Werner se rapproche. Il pourrait le déceler s'il était plus près. Il pousse la porte. Lin est penchée vers l'avant, elle ne l'entend pas. Il fait un pas. On ne voit que son dos, c'est-à-dire rien. Un autre pas. Oh et puis merde, dit Werner, qui part marcher dans la clairière avec son cerveau à l'ancienne. Je suis trop usé pour ce genre de choses, pense-t-il en faisant craquer les branches.

Il marche longtemps, observant avec attention le vol bas des grives.

Lorsqu'il rentre dans la cabane, il trouve Lin endormie sur son casque. Il lui passe une couverture sur les épaules et retourne à ses ordinateurs.

5

L’aéroport de Vancouver s’est rempli de bruissements de valises noires, de Rangers crissant au sol, ça a démarré lentement mais bientôt le hall B a été envahi par les crânes chevelus, les vestes en cuir, les gars et les filles tatouées, le personnel de la sécu dépassé, oh il y en a quelques-uns d’habitude mais là quand même c’est étrange, nez piercés, bras secs tirant de simples valises refermées sur leur secret, tee-shirts relevés aux manches, Doc Martens noires sous le regard des hôtesses.

Mardi 13 octobre 2015, Oxana Amaliev débarque de New York, suivie de près par Viktor Ehrlich, Hector Tizapa, bio-hacker s’étant déjà introduit une dizaine de puces sous la peau, Gaspard Silen, le gars aux cheveux gras qui s’était infiltré deux ans plus tôt dans le système de la Banque centrale européenne “pour y réaliser quelques opérations financières”, et Madhu Prasad, génie indien des failles de sécurité des systèmes d’exploitation.

Le lendemain, Ellen Moody arrive dans l’avion de 11 h 30 en provenance de São Paulo, après une correspondance à Washington, Khan atterrit deux heures plus tard, Lufthansa depuis Berlin et Los Angeles, dans ce même vol derrière lui Ana Thiela, perdue dans les claviers ténébreux de Trentemöller, Octavio Lynch quelques rangées plus loin en train de dormir.

Toutes les têtes brûlées du net débarquent jour après jour sur l'esplanade du terminal 1 de l'aéroport international de Vancouver où les attend un mini-van blanc.

— C'est pour le… ?

— Montez.

Le type n'est pas causant, ils sont quatre dedans aujourd'hui, le van trace sa route entre les pins.

Ils atteignent une heure et demie plus tard l'orée d'une forêt plus dense encore, où le chauffeur s'arrête et leur dit de les suivre. Les trois cabanes sont au bout du chemin. Ellen tire sa valise entre les branches. Un homme en chemise à carreaux rouges, belle barbe blanche, sort sur le pas de la porte.

— Bienvenue, dit Werner Fehrenbach.

Ils s'assoient à côté d'Oxana, d'Hector et des autres autour de la table recouverte d'un fabuleux enchevêtrement de câbles et de machines. Werner leur sert un thé. Une fille aux cheveux noirs filasse sort de la petite pièce du fond ; Ellen reconnaît immédiatement Lin sans l'avoir jamais vue.

Tous s'installent. La maison, qui baigne dans une odeur de miel et de pin, s'ouvre sur une galerie de pièces et de chambres, qu'ils choisissent au hasard. Ellen n'a pas grand-chose sur elle, l'essentiel. Elle enlève ses chaussures.

Ils sont tous dans le salon, les pieds sur les canapés, ils fument. Werner leur explique. Ils ont, avec Lin, recueilli toutes les informations nécessaires, ils ont localisé les systèmes, ils ont la date, le lieu précis, il ne manque plus que la partie technique, le matériel, les petites mains, mais tout est enclenché, il suffit d'y aller maintenant.

Mais avant ça il y a la joie de se rencontrer enfin. Ils lèvent leurs verres. Ils sont onze à présent.

Ils boivent toute la nuit. Werner avait acheté un frigo entier de bouteilles de bourbon, de vodka, de bière. Ellen jette dès 11 heures sur la table les grammes de cocaïne pure qu'elle a ramenés du Brésil.

Au petit matin, alors que la plupart courent nus dans la neige, Khan s'assoit sur les petites marches du perron. Il observe la cime des ormes. Il inspire l'air froid et sort son portefeuille de sa poche. Il en extrait sa carte d'identité syrienne, son passeport, sa carte de résident allemand, quelques papiers en plus qui traînent là, il jette le tout par terre, sur des branches, approche son briquet. Un petit ruban de fumée s'en élève, qu'il avale en fermant les yeux. Il ouvre ensuite son opinel, trace deux lignes sur ses joues. L'herbe goutte d'une rigole rouge. Il n'est plus personne. Enfin.

Quelques heures de sommeil agité sur un bout de lit et ils sont prêts ; ils se mettent au boulot. Ellen restaure entièrement son système, au cas où, furète sur le *darknet*, achète quinze tonnes d'explosifs à un fabricant sud-africain, qui fait transiter ses marchandises par la mer. Le portable de Khan est parfaitement au point, il discute avec Werner du matériel, des fondations, de la localisation exacte. Octavio et Ana contactent des porteurs de valise et des petites mains dans la baie, Madhu pénètre sans difficulté dans le système de sécurité, Oxana dessine un immense sourire sur une carte avec coordonnées géographiques.

Le soir, ils recommencent la curée.

Le lendemain, ils sont tous attablés autour d'un porc confit, quand on frappe à la porte. Lin, fraîchement sortie de son établi, l'ouvre. Un couple en banderilles, bottes, jeans usés, lunettes de soleil, est debout dans l'encadrement.

— Oui ?

— Tu nous reconnais pas, *maldita* ?

— Oh putain.

Lin tombe dans les bras d'Adèle et d'Álvaro.

Après ces mois de cavale, ils sont heureux d'étirer enfin les jambes. La peau du cochon craque sous les dents d'Álvaro, Adèle embrasse Werner. Avec les autres, c'est simple, même race, mêmes textures, on se reconnaît à l'odeur.

— Bon alors expliquez-nous le plan, dit Adèle.

Ce qui est rapidement fait.

— OK, dit Álvaro après trois cafés-whiskys, on s'y met.

Deux jours plus tard tout est prêt. Álvaro sort dans la forêt pieds nus. Adèle est debout dans la clairière. Il tombe dans ses bras.

Il était temps de revenir à la surface. Moins de profondeur peut-être, moins de silence, trancher à nouveau la pellicule du réel.

Ils avaient pris l'avion pour Vancouver. Ils étaient montés dans le mini-van qui les attendait à l'aéroport, à la demande de Werner. Et là ils sont debout dans cette forêt canadienne, les membres figés par l'irruption du froid, et :

— Merci.

C'est ça qu'il lui dit. Pour tout. Vivant sans elle il ne le serait sans doute pas. Jamais quelqu'un n'avait réussi à faire ce qu'elle a fait pour lui.

Elle prend sa main, l'embrasse.

Sans tes gestes à ce moment-là je serais mort déjà, enseveli sous moi.

Il voudrait lui dire ça. Il la regarde tout au fond des yeux. Il ne sait pas comment le dire. Il serre sa main dans la sienne.

— On est en vie, dit Adèle. Je trouve que c'est une assez belle performance.

Et ils tombent tous les deux dans la neige.

6

Parker s'est assis à l'arrière de la Tesla, le cuir a crissé légèrement sous ses fesses. Max conduit d'une main aérienne jusqu'à l'embarcadère. Son gant noir ouvre la portière dans laquelle s'engouffre le vent frais à peine troublé par les mouettes. Parker sort. Son œil droit brille d'un éclat vert. Au dock n° 21, une goélette l'attend.

Il voulait arriver en premier. Prendre à nouveau le pouls, s'assurer que tout était en place. Les cent vingt employés de l'entreprise de construction ont bien travaillé, son île est un bijou. Le chantier, entamé il y a un an déjà à 15 kilomètres de San Francisco, est achevé à présent. C'est une petite ville bâtie sur des fondations profondes s'achevant hors de l'eau, semblant ainsi flotter, dont les bâtiments sont jour et nuit caressés par la brise marine. Il y a tout ici, depuis les bureaux aux lieux de réunion, des open spaces high-tech aux cuves de cryogénisation, des auditoriums aux laboratoires de physique quantique, un port flottant, une banque de données dans un entrepôt en forme de grande halle, des rues, des maisons, des allées, des voitures. Quarante kilomètres carrés de pure perfection, le lieu rêvé pour l'homme nouveau flottant loin des pesanteurs terrestres. Au début, bien sûr, ils ne seront que quelques-uns, les éclaireurs, les pionniers. Puis les îles se multiplieront. Tous viendront vivre sur ces lieux neufs dans l'histoire de l'humanité, les premiers espaces depuis 1899, date maudite entre toutes, à ne plus battre aucun pavillon national. Ici s'inventera l'homme de demain, qui ne connaîtra plus la douleur, les attaches, les chaînes. Qui échappera à cette érosion des os et de l'être qu'éprouvent les hommes de la terre ferme.

Parker marche, les mains dans le dos, le long de la route qui fait le tour de l'île. Il détaille le fini des bâtiments, d'une netteté impeccable, le tracé des patios, les carrelages, les matériaux, il rentre dans la tour que Sergueï Brin a tenu à se faire construire pour son laboratoire de recherche aux projets tenus secrets, Google X. Il hèle du bras l'homme qui passe à bord de sa mini-voiture.

— Bonjour monsieur. Vous allez où ?

— Je suis chargé des lampes.

— Ah, les lampes.

— Oui, exactement. Vous verrez elles sont très belles. À ce soir, monsieur Hayes.

Parker n'a invité que le haut du panier, cent vingt personnes à peine, les dirigeants de Google, Facebook, Netflix, Apple, Amazon, Uber, Adobe, mais les vidéos online seront là pour retransmettre un peu partout ce moment historique. La première île autogérée. Le cordon coupé en direct.

Il achève son tour par son nouveau labo de recherche. Le Cube s'est achevé sur un échec, il faut voir plus grand. Son nouveau centre est une merveille d'aérodynamisme, qui semble flotter dans l'air. Il pourra y confectionner l'homme dès le début, à la base. Tout se joue très vite, les adolescents sont déjà foutus, les adultes n'en parlons pas. Il faut attaquer avant la naissance. Il va créer sa propre pâte.

Tout est prêt.

Parker mange des cookies au chocolat blanc dans les loges.

— On va y aller dans cinq minutes.

Il a enfilé sa première chemise blanche depuis quinze ans. Il s'approche de l'estrade. Le parterre est plein. Derrière lui sur l'écran une visite animée des différents bâtiments.

— Bonjour à tous. Je suis très heureux de vous accueillir au XXIe siècle.

Il fait passer sa main gauche dans la droite.

— Bienvenue à tous sur l'île Bluesky. C'est un grand jour. Notre utopie a enfin trouvé un lieu où s'incarner. Ici, sur Bluesky, vous pourrez tenter tout ce qu'il est possible de tenter. Nous repousserons, ensemble, les limites. Ici, nous inventerons l'homme de demain.

Il reconnaît les visages, il sourit à Larry Page, reprend son souffle et :

— Comme vous le savez, j'ai été victime, il y a maintenant cinq mois, d'une agression qui a failli me coûter la vie. Je suis heureux d'être passé par là. Ce qui ne nous tue pas, etc. L'œil que j'ai perdu était un de ces vieux restes d'une civilisation en déroute, je n'en avais plus l'utilité. Mon équipe de chirurgiens l'a remplacé par un œil augmenté. J'ai à présent une vision supérieure à celle d'un aigle. Je vois à 300 mètres un oiseau dans le ciel. Vous voyez cet écriteau, là-bas, tout au fond de la salle. Je peux lire : *Inauguration de la salle Steve-Jobs, mercredi 6 janvier 2016, 18 h 30.* Je ne compte bien sûr pas m'arrêter là, je vais changer le deuxième œil, puis je ferai de même avec mon cœur, qui sera une machine de guerre prête à supporter mes coups de sang pendant deux cents ans.

Le visage de Parker Hayes s'étire et se fige dans ce qui doit bien être un sourire.

— L'homme que nous modèlerons ici courra plus vite, entendra mieux, fera infiniment mieux l'amour, comprendra la physique quantique. Son cerveau cavalera à deux millions de mégabits par seconde, sa mémoire dépassera sa propre histoire pour embrasser celle de l'homme. On ne pourrait arriver à de telles hauteurs métaphysiques sur la terre ferme, les lois nous en empêcheraient. Comme elles vous interdisaient, Larry Page et Sergueï Brin, de numériser la connaissance universelle, comme elles interdisaient à Mark Zuckerberg d'utiliser des données personnelles et d'établir des liens entre adultes consentants, à Travis Kalanick de libéraliser la licence des taxis, à Elon Musk de récupérer des fusées russes pour créer sa propre compagnie de vol spatial, et ainsi de suite. Vous avez tous dû contourner des obstacles, dépasser la loi existante pour imposer votre volonté et votre vision comme ont dû le faire tous les grands révolutionnaires, de Napoléon à Lincoln. L'Histoire, dont vous avez modifié le cours, vous a donné raison.

Larry et Mark sourient ; ça fait toujours plaisir.

— Nous avons par ailleurs rapatrié ici, dans un grand entrepôt, les milliards de données personnelles des usagers de Google, avec l'accord de ses dirigeants ici présents, pour pouvoir développer des programmes médicaux d'urgence et lutter, grâce à ces statistiques, contre les maladies les plus développées au monde. Celles, dit Parker en se tournant vers la caméra, l'index pointé, celles dont *vous* souffrez.

Applaudissements.

— Voici donc notre île. Elle n'appartient à aucun État, à aucune caste, à aucun homme. Elle appartient au futur. Vous y êtes tous les bienvenus. Merci beaucoup.

L'audience se lève.

Elle est encore debout quinze minutes plus tard face aux flots, sur ce promontoire bâti en hauteur afin de pouvoir admirer la ligne claire de l'horizon. On se congratule, on s'embrasse, on trace quelques plans, on conclut très élégamment des accords verbaux. On sourit largement, on s'effleure au niveau des coudes, on se prend éventuellement par la taille, après tout on est en famille. Jusqu'à la brise semble cristalline. Parker a fait venir trente-cinq caisses de Dom Pérignon 2003, à ce stade-là ce n'est plus du champagne, c'est de la grâce. Mark Zuckerberg, dans son éternel tee-shirt gris, picore quelques olives de Crète. Son centre de recherche sur l'intelligence artificielle il l'installera de l'autre côté de l'île, dans ce bunker émeraude qu'on aperçoit derrière le stade.

Parker lève les yeux au ciel. Il peut voir tout au bout. Il a réussi. Il écarte les bras.

Il ferme les yeux, inspire longuement.

— Ça va ?

Une voix d'ange l'extirpe de sa rêverie. C'est Emily Shaw, coprésidente d'Adobe, gainée dans une pluie de paillettes.

— Oh oui très bien ma chère, dit Parker en passant sa main sur sa hanche, très bien. Tu sais je voulais te dire que tu es très belle ce soir. Est-ce que tu voudrais travailler avec nous ? Je t'explique.

Parker s'interrompt. Il a senti quelque chose sous lui. Il a peut-être un peu forcé sur le Dom Pérignon.

— Oui donc je disais –

Ça recommence, il attrape le bras d'Emily. Le sol s'ouvre sous lui.

On entend des cris. Les invités s'affolent, lèvent les bras, certains courent vers les marches.

Et là ce qu'ils entendent tout à coup dépasse le mur du son : une explosion démentielle venant des tréfonds de l'océan, qui déflagre dans l'air. Le centre de l'île s'affaisse brutalement. Parker et tous les invités tombent à terre.

Des mains les extirpent des décombres et de la fumée. Les pales des hélicoptères battent l'air poudreux. Les rescapés s'y glissent à la volée. Mais cinq hélicoptères n'y suffisent pas, il faudra revenir. Les dirigeants les plus importants ont trouvé une place dans les premières cabines. Parker s'envole avec eux. Il essuie le sang et la poussière sur son visage. L'hélicoptère s'extrait du rideau de fumée. Parker tourne la tête. Bluesky se noie dans l'océan. Au large, là-bas, des choses brillent. Son œil gauche peine à distinguer ce dont il s'agit, mais l'œil droit voit, lui, les lumières qui flottent sur l'eau, dessinant quelque chose – le pilote fait volte-face et se dirige vers la *skyline* de San Francisco. Parker prend sa tête entre ses mains. Un rire nerveux le secoue soudain. Ces gars sont des coriaces. Le rire emplit la cabine. Larry Page se retourne. Ça va, Parker ? Qui rit, rit, rit.

Ce sont des coriaces, pense Parker en reprenant lentement ses esprits, mais je le suis aussi.

L'hélicoptère descend déjà vers l'embarcadère.

Dans la cabane en bois on a crié un peu, on s'est embrassés.

Ellen a allumé la télé, ils ont tous regardé le large sourire flotter dans les eaux internationales sur CBS News, en direct de San Francisco, à vous l'antenne, Patrick Hearbst. Le gros plan assez sommaire pris d'hélicoptère laissait malgré tout admirer la précision avec laquelle les ampoules 1 500 watts entièrement recouvertes d'une protection plastique dessinaient le sourire-cicatrice parfaitement reconnaissable de Guy Fawkes et du masque des Anonymous. Ellen s'allume une clope en regardant les infos à leur tour lentement dériver vers l'île Bluesky coulant au fond de l'océan, puis vers la Maison Blanche qui prépare apparemment un communiqué. "Mark Zuckerberg et Travis Kalanick seraient dans un état critique. Ils ont été transférés d'urgence à l'hôpital central. Sergueï Brin est quant à lui porté disparu." Elle rejoint les autres autour des marches de l'entrée. Tout le monde est là. Ellen, Ana et Oxana se marrent. Khan s'allume un cigare. Adèle danse avec Werner. *Well it's one for the money, two for the show, three to get ready, now go cat go*. C'est la seule danse que Werner connaît. Álvaro enlève ses chaussures de cow-boy, jette un œil dedans, un caillou effectivement, qui tombe ; il reprend une gorgée de bière. Adèle l'embrasse entre deux tournoiements. Il sourit. Tout le monde est là. Adèle se lève pour aller voir dedans. Une vodka dans le frigo, voilà, ça c'est une bonne idée. Elle jette un œil dans le salon : personne. Elle va jusqu'à l'atelier du fond, où Lin bricole d'habitude sur sa table : vide.

— Vous avez vu Lin, demande-t-elle de retour sur le perron.

Non.

Les branches craquent au fond des bois. Lin s'arrête finalement sous un séquoia. Elle passe et repasse ses mains sur l'écorce fendue en morceaux lourds et chauds. Elle n'a plus peur. Elle ferme les yeux. Elle s'étend finalement sur la mousse.

Lorsqu'elle revient vers la cabane, l'obscurité a tout gagné, les gars dansent dans la salle du fond, d'autres fument allongés sous la voûte. Lin passe par la porte de derrière et entre dans l'atelier. Tout est prêt. Elle sourit, regarde les pages des magazines accrochées au mur, les photos de Kim Kardashian et de Steve Carell qui la faisaient marrer, elle commence à brancher le matériel. Elle place le casque sur son crâne. Il s'agit maintenant de vider entièrement son esprit, d'arriver au point zéro pour que tout circule le plus harmonieusement possible, sans blocage. Elle inspire et expire pendant trois longues minutes. Elle ouvre les yeux. C'est bon. Elle branche le casque. Lin l'a programmé pour qu'il monte en puissance, cinq paliers de six minutes. Les connexions entre les zones commencent à s'établir. Des ondes diffusent des astrocytes en permanence sous la peau, lesquels s'infiltrent dans le cerveau grâce aux électrodes. Les puces, au nombre de trente, se chargent quant à elles d'activer les zones, du cortex préfrontal jusqu'au cervelet à l'arrière du crâne. Lin comprend tout de suite que cela fonctionne. Elle s'est tellement préparée à ce moment, sa machine est si puissante que sa pensée virevolte à une allure démentielle. Elle sent tout ce qu'elle n'avait pas senti. Les synapses tracent des chemins nouveaux. Rapidement elle n'est plus seulement ici, dans la forêt proche de Vancouver, elle est à Rangoon, à Lima, dans les mers du Sud. Elle n'est plus il ou elle, elle n'est plus hier ou aujourd'hui, ici ou là, elle est tout à la fois. À chaque inspiration, elle sent une odeur entièrement nouvelle, qui se détache, dans sa fragrance de vanille, de thé, d'humidité, de toute dénomination qu'elle avait pu jusqu'alors porter. Les paliers montent, elle voit tout, au-delà des formes connues, des pays, des silhouettes, elle voit tout ce qui existe jusqu'au bout.

Puis son activité cérébrale se relâche quelques instants et elle laisse sa pensée vagabonder sauvagement d'un point à l'autre à une vitesse entièrement nouvelle.

Nouveau palier, ça repart, coulant cette fois sans sujet, sans lieu, autour d'un blanc immense, désert de craie et de sel s'étalant sous elle, elle avance, elle ne marche pas sur le sol, il n'y en a pas, pas de ciel non plus, tout est blanc infiniment, elle est là. On ferme les yeux. Blanc. Blanc. On comprend.

Mais nouveau palier programmé qui rebalance dans le multiple et l'infini des formes. Ça va vite, elle a pourtant le temps d'attraper une branche, une main, de les relâcher ensuite.

La totalité enfin lui appartient. Elle parvient en une seconde à la saisir, sans avoir pour cela besoin d'appuis triviaux, un poteau, un visage, un paysage, non, elle saisit l'idée même de la totalité au-delà du réel.

Elle comprend qu'elle en est au dernier palier, que tout cela va bien trop vite et que ce n'est pas tenable, que ce n'est peut-être même pas possible, elle comprend qu'entrevoir ainsi l'infini n'est définitivement pas de son ressort ni de celui d'aucun homme. Lorsqu'elle comprend cela, qu'elle entre *littéralement* dans l'infini, c'est déjà trop tard. Son cerveau a brûlé.

Les derniers moments de grâce elle les goûte dans l'air. Elle se dilate lentement dans la chambre et dans le temps.

Au matin, Werner et Adèle poussent la porte du bureau. Ils trouvent un petit fruit sec et sans noyau allongé par terre dans une odeur de fils brûlés. Ils s'approchent. Le casque est tombé sur le côté, découvrant son crâne. Adèle passe sa main sur le visage de Lin. Werner prend sa main. Álvaro se tient debout dans l'encadrement de la porte.

Ils enterrent le corps deux jours plus tard entre les frênes.

2016

Ils sont repartis lentement.

La cavale c'est derrière eux maintenant.

Ils ont passé leur vie à courir, ils vont ralentir un peu.

Ils ont repris l'avion, on les a pas emmerdés.

Ils sont arrivés à Londres, ils sont restés quelques semaines, ils sont repartis. Ils ont vécu un long moment à Berlin, au bord du canal, dont la douceur a pansé leurs plaies. Ils sont repartis. Ils ne sont pas plus d'ici que d'ailleurs.

Ils ont tout mis dans leur valise, y avait pas grand-chose à vrai dire, leurs ordinateurs surtout, quelques livres, des pantalons, peu.

Ils ont pris l'avion pour Jakarta, puis un autre pour Sorong, à la pointe ouest de l'île de Papouasie.

C'est amusant de détruire des îles mais on pourrait en construire aussi.

Ils ont pris un bateau, puis un autre plus petit, puis une barque, habilement pagayée par un homme à la peau noire d'ébène et aux cheveux blonds décolorés. Ils accostent sur un rivage. On est arrivés.

Ils se sont installés dans la cabane là-bas.

La langue de mer effleure leurs pieds.

Ils ont le wifi, ils travaillent, ils pêchent des langoustes, ils boivent le jus de canne à sucre.

Ils ont la main dans la main de l'autre et ils avancent comme ça.

Jamais Álvaro n'aurait pensé que tant de paix puisse lui être accordée.

Le sommet de l'île est à 120 mètres. Ils y montent souvent. On voit de là-haut une grande partie de l'archipel, qui constelle l'océan.

Ils ont retrouvé l'usage de leurs corps. Ils tiennent parfaitement dedans à présent. Álvaro regarde les vagues qui le déplient. Les gestes d'Adèle sont précis. Elle marche pieds nus. Elle est rentrée dans la toile.

Ils regardent la mer. C'est comme Internet en plus bleu. Ils se concentrent sur le frisottis léger qui fait trembler l'horizon. Ils regardent la mer, qu'ils devraient appeler océan, cette manière de toujours s'épancher vers l'avant, dans un sursaut de noyé. Ils l'observent. Ce calme absolu de toutes choses. Ça dure longtemps.

Ils ont ralenti les jours, dompté l'espace. Ils vont rester un peu.

Après, s'ils reviennent vers les hommes, ils auront tout loisir de prolonger les architectures qu'ils avaient entamées, sous la peau ou dans les câbles.

Après, oui, ils feront ça.

Pour l'instant, ils regardent l'océan.

Leur siècle peut commencer.

OUVRAGE RÉALISÉ
PAR L'ATELIER GRAPHIQUE ACTES SUD
ACHEVÉ D'IMPRIMER
EN MARS 2019
PAR L'IMPRIMERIE NOVOPRINT
À BARCELONE
POUR LE COMPTE DES ÉDITIONS
ACTES SUD
LE MÉJAN
PLACE NINA-BERBEROVA
13200 ARLES

DÉPÔT LÉGAL
1re ÉDITION : MAI 2019

(Imprimé en Espagne)